स्टोरीमिरर प्रस्तुति

पोटली किस्सों की

अद्भुत कहानियों का संग्रह

STORYMIRROR
Stories that reflect you

प्रथम संस्करण: अक्टूबर 2022
भारत में मुद्रित

टाइप : कोकिला

ISBN: 978-93-95374-23-1

आवरण रचना: जया लोखंडे

STORYMIRROR
Stories that reflect you

प्रकाशक : स्टोरीमिरर इंफोटेक प्राईवेट लिमिटेड,
7वीं मंजिल, एल तारा बिल्डिंग,
डेल्फी बिल्डिंग के पीछे, हीरानंदानी गार्डन,
पवई, मुंबई, महाराष्ट्र - 400076, भारत।

Web: https://storymirror. com
Facebook: https://facebook. com/storymirror
Instagram: https://instagram. com/storymirror
Twitter: https://twitter. com/story_mirror
Email: marketing@storymirror. com

अनुक्रम

लेखक के बारे में

बहुमुखी प्रतिभा के धनी '**धन पति सिंह कुशवाहा**' का जन्म लखनऊ में किंतु नाना-नानी के संरक्षण में पालन-पोषण उ.प्र. के शाहजहांपुर जिले के ग्रामीण क्षेत्र में हुआ। धार्मिक व शैक्षणिक पारिवारिक परिवेश में आपकी पठन-पाठन में रुचि बचपन से ही रही। पत्र-पत्रिकाओं से शुरू साहित्यिक यात्रा में एक साझा कविता-संग्रह ('इंद्रधनुष के सात रंग'), दो साझा कहानी-संग्रह ('क्षितिज अपना-अपना' व 'कथा कहो मन') प्रकाशित हो चुके हैं। शिक्षण-कार्य हेतु समर्पित कुशवाहा जी ने दिल्ली सरकार के शिक्षा विभाग में मेंटोर टीचर के रुप में शिक्षा के उन्नयन हेतु देश-विदेश यात्राएं की हैं। एक प्रेरक वक्ता, कवि और लेखक रूप में आपकी रचनाएं सहयोग, नैतिकता, अनुशासन आदि जीवन मूल्यों के लिए प्रेरित करती हैं।

सच्ची दौलत

– धन पति सिंह कुशवाहा

"क्या हुआ आंटी, लगता है आप की तबीयत ठीक नहीं है?"-मेरी बेटी स्नेहा ने दौड़कर हमारे पड़ोस वाले घर की मिसेज चौधरी को गिरने से बचाने के लिए पकड़ते हुए कहा। वे अस्वस्थ सी लग रहीं थीं और शायद सिर चकराने के कारण वे असंतुलित होकर गिरने वाली थीं।

मिसेज चौधरी कुछ बोलतीं इससे पहले ही बेटी ने कहा - "आंटी, आपको तो तेज बुखार है। चौधरी अंकल कहां हैं? चलिए हम आपको अस्पताल ले जाकर डॉक्टर को दिखाते हैं।"

मिसेज चौधरी कुछ बोल ना सकीं। उन्होंने अपने घर की ओर इशारा किया। इतने में ही चौधरी जी स्नेहा की आवाज सुनते ही अपने घर से तेजी से दौड़ते हुए आए। उन्होंने घबराई हुई मुद्रा में पूछा - "क्या हुआ? मैं तो तुम्हें इस चबूतरे पर बैठा कर गाड़ी निकालने गया था।"

स्नेहा बोली - "अंकल, आंटी को काफी तेज बुखार है इसी वजह से शायद इन्हें चक्कर आ गया और यह गिरने ही वाली थी कि मैंने इन्हें पकड़ लिया। इन्हें तुरंत डॉक्टर को दिखाना चाहिए। मैं पापा को बुलाती हूँ। हम अभी डॉक्टर के पास चलते हैं।"

स्नेहा ने आवाज देकर मुझे बुलाया। बाहर आने पर मुझे सारी स्थिति की जानकारी हुई। मैंने स्नेहा से हमारे अपने घर से पानी की बोतल, गिलास, ग्लूकोज लाकर मिसेज चौधरी को पिलाने को कहा। मैंने चौधरी जी से कहा - "जब तक पानी लेकर आती है और मैं गाड़ी निकालता हूँ तब तक आप भाभीजी का ध्यान रखिए।"

मैंने गाड़ी निकाली। चौधरी जी और स्नेहा मिसेज चौधरी को बीच में बैठाकर सहारा देते हुए पीछे वाली सीट पर बैठे। हम चारों गाड़ी से अस्पताल के आपातकालीन विभाग में पहुंचे।

डॉक्टर ने मिसेज चौधरी का चेकअप किया और उन्हें स्वास्थ्य संबंधी कब और क्या समस्या है? इसकी जानकारी दी। इसके पश्चात उनके उपचार में उनको कुछ इंजेक्शन

देकर इंट्रावेनस ग्लूकोज देने के लिए बोतल चढ़ाने की प्रक्रिया शुरू कर दी गई। डॉक्टर के अनुसार मिसेज चौधरी को डिहाइड्रेशन हो गया था इसलिए रिहाइड्रेट करने के लिए चिकित्सीय देखरेख में उन्हें अस्पताल में रोकना अनिवार्य था। डाक्टर के अनुसार उन्हें पहले ही आ जाना चाहिए था कभी-कभी देरी होना घातक हो जाता है। डाक्टर ने उन्हें आपातकालीन विभाग से वार्ड में भेजने के साथ ही आवश्यक दवाइयां लेकर आने को कहा। मैंने चौधरी जी और स्नेहा को उनके साथ वार्ड में चलने को कहा और स्वयं दवाइयां लेने के लिए मेडिकल स्टोर चला गया।

डॉक्टर के द्वारा लिखी गई सभी दवाइयां मैं मेडिकल स्टोर से लेकर आ गया। स्नेहा मिसेज चौधरी के बेड के पास स्टूल पर बैठ गई। स्टाफ नर्स ने इशारे से मरीज के पास सिर्फ एक व्यक्ति को छोड़कर बाकी लोगों को बाहर जाकर बैठने को कहा ताकि वार्ड में भीड़-भाड़ न हो।

चौधरी साहब हमारे पड़ोसी थे। उनको और उनकी पत्नी को अपनी अमीरी पर बड़ा ही गर्व था। हमारे साथ वाले परिवारों से वे बातचीत करने में अपना अपमान समझते थे। बातचीत और व्यवहार से प्रायः वे लोग यही प्रदर्शित करते थे कि उनके पास सब कुछ है और उन्हें कभी भी किसी की मदद की आवश्यकता ही नहीं पड़ेगी। वे 'पैसा फेंको - तमाशा देखो' वाले सिद्धांत को मानने वाले व्यक्ति थे। मिसेज चौधरी भी गली में अपनी चर्चा के दौरान कहती थीं कि इस गली में हमारे पतिदेव की सैलरी के बराबर किसी की भी सैलरी नहीं है। गाँव में भी हमारे पास जितनी प्रॉपर्टी है उतनी प्रॉपर्टी हमारी इस गली में तो क्या पूरे मोहल्ले में भी किसी के पास नहीं होगी। उनके अनुसार उनके स्टैंडर्ड के हिसाब से यह गली है ही नहीं है। वे बतातीं हम तो बड़ी वाली गाड़ी लेने को हैं लेकिन यहाँ गलियां इतनी पतली है कि गाड़ी इन गलियों में कैसे निकलेगी इसलिए वे ही नहीं रहे हैं।

वे तो जब बोलना शुरू करतीं तो ऐसा लगता था कि उन्हें केवल बोलना ही है। बोलते समय ज्यादा सोच विचार में भी अपना वक्त बर्बाद नहीं करती थीं। अपनी अमीरी का यशगान करने में शायद उन्हें बड़े ही आत्मिक सुख की अनुभूति होती थी। एक बार वे अपने शाही खर्च का बखान करते हुए बता रही थीं कि हमारा बेटा एक महीने में तीन हजार रुपए से ज्यादा के तो कोल्ड ड्रिंक ही पी जाता है। तब स्नेहा ने उनसे कहा था - "आंटी, दस रुपया प्रति बोतल के हिसाब से तीन हजार की तीन सौ बोतलें हुईं। एक महीने में तीस दिन होते हैं। इस हिसाब से एक दिन में दस बोतलें उसके हिस्से में आती

हैं। अब आपका बेटा एक दिन में ये दस बोतलें कैसे पीता है? चौबीस घंटे में कितने घंटे सोता है? कितने घंटे जागता है? दस बोतल रोज खत्म करने के लिए उसने अपना क्या रूटीन तय किया हुआ है? अगर वह इतना कोल्ड ड्रिंक पी लेता है तो यह उसके स्वास्थ्य के लिए भी यह बहुत ही नुकसानदायक है। योगगुरु स्वामी रामदेव जी तो कहते हैं कि ठंडा मतलब टॉयलेट क्लीनर।"

मिसेज चौधरी ने झूठ पकड़े पर भी झेंपना तो सीखा ही नहीं था। ऐसे मौकों पर भी मुस्कुराते हुए अपने घर के अंदर घुस जाती थीं। वैसे वे तो आसपास लोगों से बात करना भी अपनी प्रतिष्ठा के खिलाफ समझती थीं। सामान्यतया किसी से बात भी तभी करतीं जब उन्हें शेखी बघारनी होती थी। आसपास के लोग उनकी इस आदत से भलीभांति परिचित थे तभी तो जब वह अपनी हांक रही होती थीं तब उनकी बात को कोई गंभीरता से नहीं सुनता था।

मिस्टर चौधरी उनसे भी चार कदम बढ़ाकर थे। वे शायद ही कभी किसी से बात करते थे। किसी के सुख-दुःख उन्हें कुछ लेना-देना नहीं था। अपने घर से बाहर निकलते समय या बाहर से आते हुए घर में प्रवेश करते समय वह किसी की तरफ आँख उठाकर भी देखना नहीं पसंद करते थे। किसी से मेलजोल का तो कोई सवाल ही नहीं।

चौधरी दंपत्ति का शायद यही विचार था कि उनके पास बहुत सारा पैसा है। आज के समय पैसे की मदद से कुछ भी किया जा सकता है। अगर आपके पास पैसा है उससे आप दुनिया की कोई भी सेवा प्राप्त कर सकते है। सीधा सा सिद्धांत है कि पैसा फेंको- तमाशा देखो। शायद इसीलिए वे किसी से कोई संबंध नहीं रखना चाहते थे। उनका ऐसा मानना था कि लोग अमीरों से संबंध अपने लाभ के लिए ही बनाते हैं। हर किसी को अपने संबंध अपने समान स्तर वाले लोगों से ही बनाने चाहिए।

उनके पास पैसा चाहे जितना हो लेकिन वे रिक्शेवाले से, सब्जी वाले से, फल वाले से या अन्य जिस किसी की सेवा लेते उससे दो-चार रुपए के लिए भी लंबी बहस करने पर उतर आते थे। और इस बहस में वह अपनी अमीरी को बढ़ा चढ़ाकर वर्णन करके पूरे मोहल्ले को जानकारी करवा देते थे। बहस करते-करते वे गाली-गलौज और झगड़े पर उतर आते थे और इस क्रम में एक नहीं बल्कि अनेक बार उनकी पिटाई भी हो चुकी थी। मोहल्ले का कोई भी आदमी उनके झगड़े के बीच कोई समझौते की बात या उनका पक्ष लेने की जहमत नहीं उठाता था क्योंकि उनके व्यवहार सभी-सभी लोग भली भांति परिचित हो चुके थे।

अपने बच्चों के साथ भी उनके संबंध मधुर नहीं थे। बेटी शादी के बाद दूसरे शहर अपने ससुराल चली गई और उनका इकलौता बेटा शहर में कहीं दूर किराए पर रहता था। बच्चे केवल त्यौहार आदि पर आ जाते थे। शायद उन्हें अकेले रहने में ही ज्यादा शांति और संतुष्टि का अनुभव होता था। पहले जब बच्चे साथ रहते थे तो बच्चों को डांटने-फटकारने की उनकी आवाज अक्सर सुनाई देती रहती थी।

बच्चों के जाने के बाद उनके घर पर काम करने के लिए जो बाई आती थी। उसके काम में मीन-मेख निकालना उनकी आदत थी। अक्सर वे उसे डांटने के बहाने ही तो अपनी अमीरी का यशगान करके संतुष्टि का अनुभव करते थे क्योंकि लोगों से उनकी बातचीत न के बराबर होती थी और आसपास के लोगों को उन्हें अपनी यशगाथा गाने का सामान्यतः अवसर ही प्राप्त नहीं होता था।

इमरजेंसी के बाहर मेरे साथ बैठे हुए चौधरी साहब आज बेहद गंभीर और गमगीन लग रहे थे। शायद उनको आत्मग्लानि का अनुभव हो रहा था। उनके चेहरे की भावना से स्पष्ट था कि वे बेहद परेशान हैं। उनके कंधे पर मैंने ज्यों ही हाथ रखा तो वे फफक-फफक कर रो पड़े।

मैंने उन्हें धैर्य बंधाते हुए कहा - "चौधरी साहब, आप बिल्कुल चिंता न करें। हम सब तन-मन-धन सहित आपके साथ हैं। आपको किसी भी प्रकार की चिंता करने की आवश्यकता नहीं है। भाभी जी जल्दी ही ठीक हो जाएंगी जैसा कि डॉक्टर भी कह रहे थे कि हम लोग उन्हें सही वक्त पर ले आए। देर हो जाना घातक हो सकता था।"

इतना सुनते ही तो वह फूट-फूटकर रोते हुए कहने लगे - "हम दोनों का व्यवहार आप लोगों के साथ मधुर नहीं रहा लेकिन फिर भी आपने हमारी उन गलतियों की तरफ ध्यान न देकर हमारी मदद की है। इस समय आप लोग देवताओं की तरह हमारे रूखे व्यवहार को ध्यान में दिए बिना हमारी सहायता में लग गए। हम आपके आजीवन शुक्रगुजार रहेंगे।"

मैंने सांत्वना देते हुए उनसे कहा - "आप नाहक ही अपराध बोध लिए बैठे हैं। हम लोग तो ऐसा कभी नहीं सोचते। आजकल सभी का समय बहुत ही कीमती है। हर आदमी अपने काम में व्यस्त है। आखिर हम एक दूसरे के पड़ोसी हैं हमारा - आपका सबसे निकट का संबंध है। हमारे पड़ोसी एक-दूसरे के सुख-दुःख में जितनी जल्दी भागीदारी निभा सकते हैं इतना जल्दी कोई दूसरा नहीं निभा सकता। हमारा या आपका कोई निकट संबंधी जब

जानेगा तभी तो आ पाएगा और जानने के बाद भी उसे हमारे पास कितना समय लगेगा यह भी परिस्थितियों पर ही निर्भर करता है।"

"आज हमारी समझ में आ चुका है कि आदमी का काम आदमी से ही होता है। अगर इस समय आप लोगों ने मदद न की होती तो मैं अकेले इसे कैसे लाता? और अगर देर हो जाती तो न जाने क्या हो जाता? इंसान की जान अमूल्य होती है। इसकी पैसे से तुलना नहीं की जा सकती है। मानवीय मूल्यों की कभी भी पैसे से तुलना नहीं की जा सकती।"- चौधरी जी के मन से पश्चाताप की ज्वाला शांत नहीं हो रही थी।

मैंने उन्हें इस विषय से पूरी तरह निश्चिंत और शांतिपूर्कवक धैर्य धारण कर पूरा ध्यान भाभी जी के स्वास्थ्य की ओर लगाने के लिए कहा। जब मैंने उनसे यह जानने की कोशिश की कि इतनी गंभीर समस्या अचानक तो नहीं आ सकती। तबीयत कई दिनों से खराब रही होगी। तब उन्होंने बताया कि पिछले एक हफ्ते से इसने काम वाली बाई को डांट कर भगा दिया। तबीयत खराब होने के बावजूद यह काम करती रही। मेरे पास भी इसे डॉक्टर को दिखाने का समय नहीं था। आजकल बेटे से बातचीत बंद है इसलिए उसे भी खबर नहीं की गई। पिछले तीन-चार दिन से लूज मोशन आ रहे थे। कल सुबह से हल्का और बाद में बुखार तेज हो गया। शाम को भी तबीयत खराब लग रही थी पर बहुत ज्यादा नहीं। रात में करीब दो बजे तबीयत कुछ ज्यादा खराब होने लगी थी लेकिन इतनी रात में ले जाना संभव नहीं लगता था। सवेरे तक जो हाल हुआ उसके हिसाब से इसे मैं अकेले कैसे लाता। स्नेहा ने जिस समय इसे पकड़ा उस समय की हालत को देखकर तो मेरे हाथ पांव ही फूल गए थे। आज मैं यह जान चुका हूँ कि सच्ची दौलत आपसी सहयोग संबंध ही है बाकी ये धन सम्पत्ति सब गौण है।"

मैंने उन्हें अपराध बोध से पूर्णतया मुक्त कराने के उद्देश्य से कहा - "आप इन सब चीजों को भूल जाएं और "बीती ताहि बिसारि के आगे की सुधि लेहु" क्योंकि वे क्षण जो दुःख दें उन्हें भूल जाना ही श्रेयस्कर है। देखिए! वार्ड ब्वॉय शायद हमें बुला रहा है।"

चौधरी साहब मेरे साथ साथ वार्ड ब्वॉय की ओर बढ़ चले।

लेखिका के बारे में

प्रीति अग्रवाल ने इंजीनियरिंग के बाद मास कम्युनिकेशन में पोस्ट ग्रेजुएशन किया है। इन्होंने इंजीनियरिंग के विभिन्न विषयों में हजारों बच्चों का मार्गदर्शन किया है। विगत 25 वर्षों से वह विभिन्न तकनीकी एवं सामाजिक संस्थाओं जैसे इंस्टीट्यूट ऑफ इलेक्ट्रॉनिक्स एंड टेलीकम्यूनिकेशन इंजीनियर्स, ब्रॉडकास्ट इंजीनियरिंग सोसायटी एवं विभिन्न प्रतिष्ठित अग्रवाल संस्थाओं से जुड़ी हुई हैं। लेखन इनका शौक और जुनून है। ये इसरो, प्रजापिता ईश्वरीय ब्रम्हकुमारी विश्वविद्यालय एवं विभिन्न कंपनियों के लिए सामाजिक, धार्मिक, व्यवसायिक एवं तकनीकी विषयों पर वीडियो कार्यक्रमों की पटकथा लिखती रहीं हैं। ये डेकु, इसरो में स्थापित अनुवादक पैनल मेंबर हैं।

ये विभिन्न डिजिटल माध्यमों द्वारा सामाजिक पहलुओं पर अपनी सकारात्मक कहानियों के माध्यम से समाज को जागरूक करने कार्य कर रही हैं। इनके तीन लघुकथा संग्रह प्रकाशित हो चुके हैं।

बहकते कदम

– प्रीति अग्रवाल

"मम्मी आज मैं स्कूल में भूखी रह गई! ये क्या रखा था तुमने टिफिन में?"- पलक ने स्कूल से आते ही अपना बस्ता सोफे पर फेंका और अपनी मम्मी से नाराजगी जाहिर की।

"अरे मेरी गुड़िया! क्यों भूखी रह गई? सब्जी-रोटी रखी थी, वही खाना चाहिए। अब रोज-रोज क्या नया बना कर दूं? बाहर का आलतू-फालतू खाने से तबीयत और खराब होती है।"

"तुम खुद ही देखो, क्या रखा था? सब्जी कहां हैं? केवल रोटी थी। किसके साथ खाती?"- पलक ने रूआंसी होकर अपना टिफिन खोल कर दिखाते हुए कहा। "वह तो अच्छा था कि मानू चिप्स लाई थी।"

"मम्मी तुम सुबह दूध भी देना भूल गई आज तो" - नन्हा सा कृष्णा भी शिकायत कर रहा था।

"अरे! ऐसे कैसे मैंने इतनी बड़ी गलती कर दी। सॉरी बच्चा!" - रीना को बहुत अफसोस हो रहा था। उसने प्यार से दोनों बच्चों को पुचकारा और उनकी मनपसंद फ्रेंच फ्राइज बनाने किचन में आ गई।

रीना और ऋषि की शादी को 12 साल हो गए थे। 10 साल की पलक और 8 साल के कृष्णा जैसे प्यारे-प्यारे दो बच्चों के साथ उनकी गृहस्थी वैसे तो अच्छे से चल रही थी पर बात-बात पर ऋषि की टोका-टोकी, अपने आप को बेहतर दिखाना और हर काम में दखलअंदाजी उसे कई बार खलती थी। जब भी वो कुछ नया करने की कोशिश करती या कोई नई चीज बनाती तो तारीफ करने की बजाय ऋषि उसमें कोई ना कोई कमी निकाल ही देता था।

6 महीने पहले ही उनके पड़ोस में नेहा और आलोक रहने आए। उनकी शादी को 2 साल ही हुए थे। बहुत हँसमुख और मिलनसार दंपती। दोनों नौकरी करते थे। धीरे-धीरे उनकी रीना और ऋषि से बहुत दोस्ती हो गई। शाम को उनके ऑफिस से आते ही दोनों बच्चे भी उनके घर खेलने चले जाते थे। रीना जब भी कुछ नया बनाती, पड़ोसी होने के नाते

उनके घर जरूर देती थी।

आलोक रीना के खाने की बहुत तारीफ करता था। हमेशा नेहा से कहता कि “भाभी से कुछ तो सीखो। घर को बहुत सुंदर तरीके से सजा कर रखा है। खाना तो इतना अच्छा बनाती है कि उंगलियां तक चाट जाएं। पूरा घर बहुत अच्छे से मैनेज करती है।”

नेहा हमेशा हंस कर कह देती कि जब भी कुछ अच्छा खाने का मन हो, भाभी से ही बनवा लिया करो।

धीरे-धीरे आलोक की तारीफें कब रीना के मन में एक खास स्थान बनाने लगी, उसे पता ही नहीं चला। जब उसकी बनाई चीज को आलोक बहुत ज्यादा तारीफ करके खाता तो उसे बहुत अच्छा लगता था। ऋषि से मिलने वाले तिरस्कार एवं अवहेलना की जगह आलोक से मिलने वाली तारीफों की वजह से वह बरबस ही उसकी ओर खिंचने लगी। धीरे-धीरे दोनों में दोस्ती बढ़ने लगी और समय के साथ वह आकर्षण में बदलती चली गई। दोनों एक-दूसरे के साथ ज्यादा से ज्यादा समय बिताने का मौका ढूंढने लगे। कभी चैट पर, कभी फोन पर तो कई बार रूबरू।

बहुत करीब आने पर रीना को आलोक की गलत आदतों के बारे में भी पता चलने लगा। उसकी सिगरेट और शराब की लत, बहुत सी लड़कियों से दोस्ती! पर पता नहीं किस आकर्षण के कारण वो इन सभी बातों को नजरअंदाज करते हुए उसकी ओर खिंचती चली गई और कब अपने परिवार एवं ऋषि से दूर होने लगी उसे पता भी नहीं चला।

ऋषि भी उसमें आ रहे बदलाव को महसूस कर रहे थे। रीना पर तो जैसे आलोक का जादू छा गया था। ऋषि ने उससे कई बार पूछा भी था कि कहां खोई रहती हो आजकल? उन्हें धीरे-धीरे अंदाज हो गया था कि शायद रीना के कदम बहकने लगे हैं पर उसे रीना पर भी पूरा विश्वास था इसीलिए उसने रीना के साथ प्यार से पेश आने का फैसला लिया।

और आलोक! आलोक तो भंवरे की तरह कभी इस फूल पर तो कभी उस फूल पर मंडराने वाला। उसे यकीन हो गया था कि रीना उसके मोहजाल में बुरी तरीके से फंस गई है। उसकी दोस्ती ऑफिस में नई आई लड़की के साथ बढ़ने लगी तो उसने रीना को नजरअंदाज करना शुरू कर दिया। ऑफिस में बहुत व्यस्तता का बहाना बनाकर रीना के फोन भी उठाता नहीं था और अब उसके मैसेजेस का जवाब देना भी कम कर दिया था। पर रीना की तो मति मारी गई थी वह एक ऐसी मरीचिका के पीछे दौड़ रही थी

जो कभी भी मिलने वाली नहीं थी। जितना आलोक उसे नजरअंदाज करता उतनी ही ज्यादा बेसब्र होकर वो उसके करीब जाने का प्रयास करती। उसे भी समझ में आ रहा था कि उसके इस कदम से उसका परिवार बिखर रहा है पर उसका अपने मन पर कोई बस ही नहीं था।

इधर कोरोना के कारण सरकार ने लॉकडाउन की घोषणा कर दी। जो जहां था बस वहीं रह गया। घर, स्कूल ऑफिस सब बंद हो गया। जान-पहचान वाले, दोस्त और रिश्तेदारों के यहाँ जाना तो दूर पड़ोसियों के घर भी जाना बंद हो गया।

रीना सहम गई कि ऋषि के साथ कैसे कटेंगे यह लॉकडाउन के दिन? वो तो दिनभर ताने मार-मार के परेशान ही कर डालेगा और उधर ऋषि मन ही मन बहुत खुश था कि अब रीना के साथ उसे ज्यादा से ज्यादा समय बिताने का मौका मिलेगा और शायद उनके बीच बढ़ती दूरियां इस सोशल डिस्टेंसिंग की वजह से कम हो जाए।

ऋषि ने रीना के सभी कामों में हाथ बंटाना शुरू कर दिया। दूध, फल, सब्जी जैसे जरूरी सामान लाने की जिम्मेदारी उसने अपने ऊपर ले ली। वह रीना को इंफेक्शन के डर से बिल्कुल भी बाहर नहीं निकलने देता था और उसका बहुत ध्यान रखता था। वह अभी भी रीना को हर छोटी-छोटी बात पर टोकता था पर उसकी एक्सट्रा केयर से धीरे-धीरे अब रीना ने भी उसकी समझाइश को सहजता से लेना शुरू कर दिया। ऋषि की हर डांट में उसे अपने लिए ऋषि की चिंता और प्यार की झलक दिखने लगी थी। वह समझ गई थी कि उसकी बेहतरी के लिए ही ऋषि उस पर नाराज होता था।

इस सोशल डिस्टेंसिंग ने उनके बीच की दूरी को खत्म कर दिया। यह एक ऐसा लॉकडाउन था जिसके कारण उसके कदम भी बहकने से थम गए थे।

लेखक के बारे में

मुजीब पेशे से "पर्सनालिटी डेवलपमेंट और कम्युनिकेशन" के प्रोफेसर होने के साथ साथ दिल से एक लेखक और कवि भी हैं। मुजीब बचपन से ही रचनात्मक प्रवृति के थे लेकिन पहले शिक्षा और बाद में करियर की व्यस्तताओं के चलते इसे पर्याप्त समय नहीं दे पाए। लॉक डाउन के दौरान मिले समय का सदुपयोग करते हुए इन्होने अपनी लेखनी को फिर एक धार प्रदान की। इनकी कई कहानियां और कवितायें " स्टोरीमिरर" और कई अन्य ऑनलाइन प्लेटफार्म पर प्रकाशित हुई और सराही गयी जैसे "पिताजी की सीख", "एक मीठी सी टीस", "बचपन" और "दिल हिंदुस्तान जान हिंदुस्तान"। "पिताजी की सीख" को स्टोरीमिरर द्वारा आयोजित कहानी प्रतियोगिता में तृतीय स्थान प्राप्त हुआ। इनके पसंदीदा लेखक प्रेमचंद है। इनका लेखन आम लोगों और आम ज़िन्दगी के इर्द गिर्द केंद्रित रहता है। इनका एक काव्य संग्रह भी प्रकाशनाधीन है। मुजीब एक ब्लॉगर भी हैं। इनकी रचनायें इनके ब्लॉग mujeebkhanjaipur.blogspot.com पर भी पढ़ी जा सकती हैं।

ये वादा रहा

– मुजीब ख़ान

सुबह सुबह दरवाजे की घंटी से मेरी नींद खुली, घड़ी देखी तो ६ बज रहे थे। कौन इतनी सुबह सुबह आया होगा? मेरा सारा शक दूध वाले पर था। "ये दूध वाले का भी कोई टाइम टेबल नहीं है" बड़बड़ाते हुए दूध का बर्तन लेकर दरवाजे की और बढ़ी। जैसे ही दरवाजा खोला, श्वेता को सामने देख ख़ुशी के मारे उछल पड़ी.. "श्वेता तुम.... व्हाट ए सरप्राइज, कैसे, एकदम से, अचानक" मैने ख़ुशी के मारे एक के बाद एक सवालों की बौछार सी कर दी।

"अरे।..दरवाजे पर ही सारे सवाल पूछ लोगी या अंदर भी आने को कहोगी",श्वेता हँसते हुए बोली

"अरे, हाँ हाँ आओ न" में सकपका सी गयी।

"यार ऑफिस का एक काम निकल आया था तो सोचा चलो काजल से और तुमसे मिलना भी हो जायेगा", श्वेता ने सामान उठा कर अंदर आते हुए कहा।

"अरे इन्फॉर्म तो करती" मैने थोड़ी नाराज़गी जताते हुए कहा।

"तो फिर तुम्हे सरप्राइज कैसे करती?" श्वेता हँसते हुए बोली।

"हाँ ये बात तो सही कही" इस बात पर हम दोनों हँसने लगे।

श्वेता मेरी कॉलेज फ्रेंड, मेरी सबसे ख़ास दोस्त, हर मुसीबत में मेरे साथ खड़ी रहने वाली, सगी बहिन से भी ज्यादा सगी. उसको यूँ अपने साथ पा कर लगा कि पुराने दिन जैसे लौट आये थे।

"कितना हँसते थे न हम कॉलेज में बेकार की बातों पर!" श्वेता पुरानी बातें याद करते हुए कहने लगी।

"हाँ और हँसते थे तो, हँसते ही चले जाते थे" मैने भी उसकी बात से हाँ में हाँ मिलते हुए बोला

हम दोनों फिर से हँसने लगे।

हमारी हँसी से काजल की नींद खुल गयी थी शायद,

"माँ क्यों इतनी जोर जोर से हँस रही हो" आँखें मलती काजल कमरे से बाहर आयी।

मैने उसे आते हुए देख बोला "देख तो सही कौन आया है!"

"अरे मौसी", कहते हुए काजल भाग कर श्वेता से लिपट गयी, "कितने दिनों बाद आयी हो।"

"हाँ बेटा! ऑफिस के काम से छुट्टी ही नहीं मिलती" श्वेता ने उसको पुचकारते हुए कहा।

"छुट्टी मिलती नहीं है मौसी, लेनी पड़ती है" अच्छा अब बताओ कितने दिन हो मेरे पास?" काजल ने लाड में आते हुए पूछा।

"बस बेटा! कल शाम को निकलूंगी।" श्वेता का जवाब सुन काजल थोड़ी मायूस सी हो गयी, फिर कुछ सोच के बोली "ठीक है अभी मैं कॉलेज जा रही हूँ। शाम को मिलते है रात तो है न अपने पास, सारी रात बातें करेंगे ओ.के.", कह कर काजल तैयार होने चली गयी।

"बिलकुल अपने पापा जैसे बातें करती है काजल, वही शक्ल, वही तेवर, वही शरारत".. श्वेता काजल को जाते हुए देख कर बोली "वैसे तुमने बहुत प्यार से पाला है काजल को, कोई कसर नहीं छोड़ी, बहुत त्याग और बलिदान दिए तुमने!" कहते कहते श्वेता थोड़ी संजीदा सी हो गयी, आगे कहने लगी "एक बात कहूँ प्रिया बुरा तो नहीं मानोगी!"

मैने कहा 'हाँ ,हाँ बोलो न!"

"तुमने बहुत कुछ सहा, बहुत कुछ किया सिर्फ एक पश्चाताप के लिए, और पश्चाताप भी उस जुर्म का जो तुमने किया ही नहीं, तुम काजल को अच्छे बोर्डिंग में डाल कर अपना एक नया जीवन शुरू कर सकती थी पर.............

"नहीं श्वेता" मैं उसकी बात बीच में काटते हुए बोली "उसका बचपन मैं उससे नहीं छीन सकती थी, उसको ये सजा मैं नहीं दे सकती थी। ऐसा मैं सोच भी नहीं सकती थी और इतने छोटे बच्चे को बोर्डिंग में डालना ज्यादती होती। फिर आकाश को दिया वादा निभाने की भी तो जिम्मेदारी थी" कहते कहते मैं यादों के समंदर में गोते लगाने लगी।

कल ही की तो बात लगती है शहर के एक प्रेस्टीजियस फैशन डिजाइनिंग कॉलेज में मेरा दाखिला होना, पूरे परिवार के लिए एक अचरज भरे गर्व की बात थी। मैं हमेशा से ही फैशन डिज़ाइनर बनना चाहती थी, पर मिडिल क्लास फॅमिली, पिता एक सरकारी महकमे में क्लर्क, एक छोटा भाई, किराये का मकान और सीमित आमदनी ये सब के होते मेरे सपने का पूरा होना असंभव सा ही प्रतीत होता था और तो और उस वक़्त मध्यमवर्गीय परिवार के बच्चे ऐसा प्रोफेशन चुनने का सोच ही नहीं सकते थे। समाज भी ऐसा नहीं था। लड़कियाँ खास तौर पर टीचर या नर्सिंग का कोर्स ही चुनती थीं। मुझे अच्छे से याद है जब मैने पिताजी को इस बारे में बताया तो उन्होंने सीधे सीधे कहा था "टेलर बनोगी?,.बी.ए. करो और घर का काम काज सीखो। यही तुम्हारे काम आएगा और ऐसा कोर्स कराने की मेरी माली क्षमता नहीं है।" पर माँ ने मुझे पूरा सपोर्ट किया और पिताजी को मना ही लिया। और मैं निकल पड़ी अपने सपनो का संसार बसाने पर ये राहें इतनी आसान न थीं।

फैशन डिजाइनिंग एक तो वैसे ही हाई प्रोफाइल, अपर क्लास वर्ग का प्रोफेशन और ऊपर से शहर का नामी कॉलेज, पहले दिन बड़ी ही नर्वस थी, कॉलेज में घुसते ही वहाँ का माहौल देख नर्वसनैस और बढ़ गयी, लड़के लड़कियों के फैशनेबल ड्रेसेस और हाव भाव देखते ही बनते थे, जैसे कोई फैशन परेड हो रही हो। बिलकुल फ़िल्मी कॉलेज जैसा माहौल, डरते डरते रिसेप्शन पर पहुंची और वहाँ बैठी मैडम से पूछा "मेम फर्स्ट ईयर की क्लास कहाँ लगेगी?" मेम ने साइड में लगे नोटिस बोर्ड की तरफ इशारा कर दिया, बोर्ड पर लगी लिस्ट में फर्स्ट ईयर का रूम का नंबर देख कर क्लास रूम की तरफ चल पड़ी, मन मे बड़ी उलझन थी, रह रह कर मन में कई तरह के सवाल घूम रहे थे। इस माहौल में ढल पाऊँगी या नहीं? मेरे जैसा कोई मिडिल क्लास नार्मल लुकिंग तो कोई दूर दूर तक नज़र ही नहीं आ रहा था, एक बार तो ख्याल आया कि लगता है गलत डिसिज़न ले लिया। पर अचानक से मां और बाबूजी का चेहरा आँखों के सामने घूम गया। कितने सपने होंगे दोनों के मुझको लेकर, कितनी मुश्किलों से उन्होने मेरे एडमिशन के लिए पैसों की व्यवस्था की थी। माँ ने कितना संघर्ष करा मेरे इस डिसिज़न को अमली जामा पहनाने में। ये सोचते ही ज़िम्मेदारी का एहसास होने लगा और क्लास रूम तक पहुँच गयी। बाहर थोड़ा ठिठकी, पर फिर भगवान का नाम लेकर अंदर चली गयी। बड़ा सा क्लास रूम,सीढ़ीनुमा सिटिंग अरेंजमेंट,प्रोजेक्टर, ए.सी. प्रोजेक्टर सिस्टम,ऐसे क्लास रूम तो अब तक सिर्फ फिल्मो में ही देखे थे। मेरी धड़कनें और बढ़ गईं थीं। क्लास में घुसते ही

सामने की लाइन में कोने की सीट पर लपक के जा बैठी। थोड़ा नॉर्मल हुई तो आसपास नज़र घुमाई, कुछ स्टूडेंट्स झुण्ड में बैठे थे जो शायद पहले से ही एक दूसरे को जानते थे। कुछ इक्का दुक्का लोग छितराये से यहाँ वहाँ बैठे थे। मैंने अपनी नोटबुक और पेन निकाला और क्लास शुरू होने का इंतज़ार करने लगी। धीरे धीरे क्लास की संख्या बढ़ने लगी, कुछ अपने जैसे लोगों को आता देख थोड़ी सांस में सांस आयी। उन्हीं लोगों में से एक लड़की मेरे पास आ कर बैठ गयी। मुस्कराहटों के आदान प्रदान के बाद एक दूसरे से पहचान का सिलसिला शुरू हुआ। मैने उसकी और देख के कहा, "हेलो! मैं प्रिया" वो मुस्करा कर बोली "हाय! मैं श्वेता". बातों बातो में लगा, श्वेता से अच्छी पटेगी और हुआ भी ऐसा ही और हम क्लास शुरू होने से पहले ही अच्छे दोस्त बन चुके थे।

पहली क्लास इंट्रोडक्ट्री क्लास थी उसके बाद ब्रेक हुआ, ब्रेक में हमारे जैसे कुछ और मिडिल क्लास लोगों से मुलाकात हुई पर उनमें से अली, विकास और रानी से हम लोग थोड़ा ज्यादा हिल मिल गए. ब्रेक के बाद पूरी क्लास कमोबेश दो ग्रुप्स में बंट चुकी थी, अपर क्लास और मिडिल क्लास या हिंदी मीडियम और इंग्लिश मीडियम। और जैसा कि होता है अपर क्लास वालो का ध्यान पढाई पर कम और मौज मस्ती पर ज्यादा था, पर हम लोगों को तो दो साल में अच्छे मार्क्स लेकर एक अच्छी सी नौकरी पकड़नी थी जिससे हम घर की कुछ ज़िम्मेदारियाँ निभा सकें और अपने सपनों को पूरा कर सकें. अपर क्लास वाले लोग हम पर ताने कसने और मज़ाक उड़ाने का कोई मौका नहीं छोड़ते थे, पर धीरे धीरे हम लोग इस माहौल में ढलने लगे और वक़्त बीतने लगा। इधर घर पर माँ की तबियत ख़राब रहने लगी और मेरे ऊपर घर के कामकाज की ज़िम्मेदारी भी आ गयी, मैं दोनों चीज़ो में तालमेल बिठाने की कोशिश करने लगी।

उस दिन सुब्रमणियम सर जो कि हमारे कॉलेज के डीन भी थे, उनकी क्लास में प्रेजेंटेशन थी। माँ की बीमारी की वजह से सारी रात ठीक से सो नहीं पायी, न ही तैयारी ढंग से कर पायी। जाने क्या सोच के आधी अधूरी तैयारी के ही प्रेजेंटेशन दे दी थी, बहुत डांट पड़ी सर से, खिल्ली उड़ाई थी मेरी सारी क्लास सामने, "तुम जैसे लोग बने ही नहीं हो इस प्रोफेशन के लिए, "pull up your socks or go home" उनकी ऐसी बातें सुन कर बेइज़्ज़ती सी महसूस कर रही थी, दिल रोने को कर रहा था, बड़ी मुश्किल से अपने आप को संभाल के अपनी सीट पर जा बैठी, पर क्लास ख़त्म होते ही आँसुओं का सैलाब बह निकला, दूसरे ग्रुप को अच्छा मौका मिल गया ताने, तंज कसने का। कुछ आवाज़ें जैसे कि "कहाँ कहाँ से आ जाते है लोग", "इनको कोई समझाता क्यों नहीं कि यह प्रोफेशन

इन लोग के लिए बना ही नहीं", "ब्लडीफूल्स"... जैसी आवाज़ें कानो में पिघलते सीसे की भांति लग रही थी। अली, श्वेता सब के सब मुझे चुप कराने में लगे हुए थे, कुछ और लोग भी हिंदी मीडियम ग्रुप के वहाँ सहानभूतिवश मेरे इर्द गिर्द खड़े थे, पर धीरे धीरे सब क्लास के बाहर निकल गए। बस रह गए तो श्वेता, अली, विकास और रानी।

"इन आँसुओं को यूँ ज़ाया न करिये" पीछे से अचानक आयी इस आवाज़ से मेरा रोना भी एक बार रुक सा गया।

"आँसू अगर ज़मीन पर गिर जाये तो ज़ाया हो जाते हैं , पर अगर इसे पी जाएं तो ये उस आग को सींच देते है जो हर शख्स के दिल में जलनी ज़रूरी है, इस मटेरियलिस्टिक, सेल्फिश और मौकापरस्त दुनिया से लड़ने के लिए, अपने को साबित करने के लिए। इनको अपनी कमज़ोरी नहीं ताक़त बनाओ!"

"लड़ाई बस डटे रहने की है, हिम्मत मत हारो, जितना ये दुनिया तुम्हे नीचे दिखाए उतना ही ऊपर देखने की कोशिश करो। दुःख और गुस्से को अपनी शक्तियां, अपनी ताक़त बढ़ाने के लिए इस्तेमाल करो और मौका आने पर दिखा दो इस रंगबदलती दुनिया को, क्या चीज़ हो तुम!"

उसकी इन बातों से बड़ा सुकून मिला, पर कौन है ये! पहले तो कभी नहीं देखा! पास आकर वो बोला, "उठिये अब बैठने का वक़्त नहीं है! वक़्त है इन आँसुओं को पीकर उठ खड़े होने का।" मैने नज़र उठा कर उसकी ओर देखा, मुस्कराता हुआ चेहरा, लम्बी कद काठी, न जाने क्यों उसकी बातों पर विश्वास करने का मन हो रहा था, मेरे आँसू खुद ब खुद रुक गए। वो मुस्कराकर चला गया और मैं उसकी ओर देखती रह गयी। सब आपस में पूछने लगे यार, ये है, कौन! अली ने बताया ये आकाश है, अक्सर लास्ट की बेंच पर बैठता है। सभी ये कह रहे थे यार! कभी नोटिस नहीं किया, पर उसकी बातों में दम था। ये तो सब एक्सेप्ट कर रहे थे।

अभी तक मैने उसे नोटिस नहीं किया था पर अब नोटिस करने लगी थी, वो एक मस्त मौला टाइप था। औरों से बिलकुल अलग! किसी ग्रुप में न होकर भी वो सब में था, साथ रह कर अलग और अलग रह कर साथ रहने का हुनर उसे दूसरों से अलग बनाता था। उसका स्टाइल बिलकुल अलग था। वो कभी लाइब्रेरी की खिड़की में पैर फैलाये बैठा पढ़ते मिल जाता था, या स्कूटर स्टैंड में खड़ी किसी बाइक की सीट पर लेट कर धूप सेकते हुए या कैंटीन में ब्रेड में समोसा लगा कर खाते हुए देखा जा सकता था। अक्सर

जीन्स ,टीशर्ट और कोल्हापुरी चप्पल की साधारण ड्रेसिंग और उसके इस तरह की जीवन शैली का कई लोग मज़ाक भी उड़ाते थे,पर उसे रत्ती भर भी फर्क नहीं पड़ता था। उसकी ये यूनिकनेस ही उसे सबसे अलग बनाती थी. उस दिन उसकी दिल छू लेने वाली तसल्ली ने मेरे मन में उसके लिए एक सॉफ्ट कॉर्नर बना दिया था। मैं उसे अब नोटिस करने लगी थी। सुबह कॉलेज में नज़रें मिलने पर हैलो हाय होने लगी। हमारा ग्रुप भी उसे उस दिन के बाद से पसंद करने लगा और वो भी कभी कभार हमारे ग्रुप में आने लगा था।

जब उसे नोटिस करने लगी तो पाया कि उसकी इस बेफिक्री में एक फ़िक्र थी। उसकी इस बेपरवाही में भी एक परवाह थी। सिंपल सी दिखने वाली उसकी इस लाइफ में एक काम्प्लेक्स सा ऐम था, उसकी लम्बे लम्बे डग भरने वाली चाल बताती थी कि उसे अपने लक्ष्य को पाने की जल्दी थी शायद!

"आकाश"……………… जैसा उसका नाम था, वैसा ही उसका व्यक्तित्व था विस्तृत, विराट, अपने में ब्रह्माण्ड समाये पर फिर भी एक शून्य सा सूनापन, सबको अपनाने वाला, सबकी मदद को हमेशा तत्पर, पर अपने में ही खोया रहने वाला। उसका हमारे ग्रुप में अब रेगुलर आना होने लगा, मुझे उसका आना पहले भला लगता था, फिर अच्छा लगने लगा और फिर मैं उसका इंतज़ार करने लगी। ये शायद शुरुआत थी, दिल के किसी ऐसे कोने की भावनाओं की जो शायद अब जवान होने लगी थी।

श्वेता शायद मेरी फीलिंग्स को समझ गयी थी और एक दिन मेरी इंतज़ार करती आँखों को देख कर शरारत भरी हंसी से पूछ बैठी "किसको खोज रही हो, कहीं आकाश से प्यार तो नहीं करने लगी?" मैंने अपनी शरमाहट और झेंप छुपाते हुए कहा "धत पगली! ही इज जस्ट ए फ्रेंड, गुड फ्रेंड बस, सबका ही है। सब लोग ही उसका इंतज़ार करते हैं और रही बात प्यार की, टाइम कहाँ है इन सब के लिए! यहाँ की पढाई, माँ की देखभाल, राजू का होमवर्क, पिताजी का खाना पीना! दिन कहाँ जाता है पता ही नहीं चलता।" वैसे ये सब कह कर मैं श्वेता को नहीं, अपने मन को समझा रही थी। अपने आप से कह रही थी,पर शायद शुरुआत हो चुकी थी उस चीज़ की जिसका डर था! भगवान् ने भी इंसान को क्या खूब बनाया है दिल और दिमाग दोनों दे दिए, दिल जो कहता है दिमाग नहीं मानता और दिमाग की दिल नहीं मानता! और दिल में जब भावनाएं उमड़ने लगती है तो फिर तो इंसान कहीं का नहीं रहता, और मैं शायद उसी अवस्था में आ गयी थी, दिल और दिमाग अलग अलग सोच रहे थे, दिमाग तार्किक बात कर रहा था और दिल में सुनहरे सपनो

की दस्तक हो रही थी। मैं दिल की सुन रही थी और दिल की बातों में आने लगी थी।

आकाश से मिलने के बहाने ढूंढ़ने लगी थी मैं। कई बार खुद से पूछती थी कि क्या हो गया है मुझे, क्या कर रही हूँ मैं! पर दिल था कि मानता नहीं था। आकाश के लाइब्रेरी की टाइमिंग्स को मैने अपने टाइमिंग्स से मिला लिया। धीरे धीरे बात बढ़ने लगी, मुलाकातें बढ़ने लगी, बातों-बातों मे पता लगा कि उसके पिता फौज मे हैं। इकलौती संतान होने के बावजूद पिता से उसकी नहीं बनती थी क्योंकि पिता उसे फौज में भेजना चाहते थे पर उसका मन लगता था रंगों में, डिजाइनिंग में। जब उसने फैशन डिजाइनिंग कोर्स के बारे में अपने पिता को बताया था, उन्होंने भी बिलकुल वही बात कही जो मेरे पिता ने कही थे "टेलर बनोगे?" जब मैंने उसे ये बताया तो बहुत ज़ोर से हँसा और कहने लगा "शायद सारे मिडिल क्लास पिताओं के दिमाग में एक ही सॉफ्टवेयर डला हुआ है।", उसके इस गजब सेंस ऑफ़ ह्यूमर पर बहुत हँसी आयी थी मुझे। इसके अलावा भी हमारी बहुत सी बातें मिलती जुलती थीं, वो हमेशा कहा करता था कि अपनी कमजोरियों को ताक़त में बदल डालो, वो मुझे पढाई में भी मदद करने लगा, प्रेजेंटेशंस बनाने से लेकर कैसे देनी है, सब उसने मुझे सिखाया। उसकी बातें न जाने क्यों भली लगने लगीं, वो मुझे ज़िन्दगी के फलसफे समझाता था, मोटिवेट करता था, कहीं न कहीं उसने मुझे आने वाली ज़िन्दगी के लिए तैयार कर दिया था, एक कॉन्फिडेंट सोच विकसित हो गयी थी मेरी। मैं अपने आप पर विश्वास करने लगी थी। एक मिडिल क्लास लड़की जिसके ज़ोर से हँसने पर पाबन्दी थी, नज़र नीचे कर के चलने की हिदायत थी; वो आज ठहाके लगाना और लोगो से आँख से आँख मिलाना सीख गयी थी, ये सब उस ही की तो बदौलत था।

आकाश की वजह से ही नेक्स्ट सेमेस्टर में मैंने सुब्रमणियम सर की क्लास में जब प्रेजेंटेशन दी तो क्लासरूम तालियों से गूँज उठा था। सर ने भी मुझे कॉन्ग्रैचुलेट किया था, मेरे में एक पॉजिटिव बदलाव होने के साथ साथ प्यार की जड़े भी मजबूत होने लगी थी। मैं सपने देखने लगी थी पर कभी कभी अनजाना सा डर मन में आता था। कहीं... सपना टूट न जाये! पर "उम्मीद" एक ऐसी भावना भगवान ने हम इंसानों को दी है जो असंभव से दिखने वाले हमारे टूटे फूटे, आधे अधूरे सपनों को भी हमारे मानस पटल पर फिल्मों के रुपहले पर्दे जैसे फिल्मांकित कर देती है और हम उसी उम्मीद के सहारे रहने लगते हैं, मैं भी उसी उम्मीद के सहारे रहने लगी। और कुछ छोटे मोटे सपने बुनने लगी।

आकाश के साथ वक़्त गुजरने का पता ही नहीं चला! आखिरी सैमेस्टर शुरू हो चुका था।

एक दिन आकाश बोला "हम को अब अपने अपने घरवालों से बात करनी चाहिए" अचानक आये इस स्टेटमेंट से मैं चौंक गयी। वो समझाते हुए बोला "हाँ आखिरी सेमेस्टर आ गया है। जल्द हम एग्ज़ाम्स में और फिर प्लेसमेंट में बिजी हो जायेंगे। हमे अपनी करियर प्लानिंग करने के साथ अपनी भी प्लानिंग कर लेनी चाहिए। आखिर घर वालों को भी समय लगेगा निर्णय करने में।" बात उसकी सही थी पर घर पर बात करने के विचार से ही मुझे पसीने छूटने लगे थे। कैसे कहूंगी! पिताजी का क्या रिएक्शन होगा! सोच के ही मेरा दिल डूबने लगा था। डरते- डरते मैंने माँ से ये बात कही। सुनकर उनके चेहरे के भाव शून्य हो गए। मेरी ओर देखते हुए बोली, "अपने पिता के बारे में सोचा है? तुम तो जानती हो उनको, फिर समाज क्या कहेगा! पहले ही मैंने तुम्हें समाज से बड़ी लड़ाई लड़कर यहाँ एडमिशन दिलाया। फिर ये बात सुनेंगे तो उन्हे और अच्छा मौका मिल जायेगा कहने का कि हम तो पहले ही कहते थे, "लड़की हाथ से निकल जाएगी,.....!" "बता, बेटा! क्या ये सही होगा।" मुझे अब कुछ समझ नहीं आ रहा था। जीवन ने मुझे एक दोराहे पर ला खड़ा किया था। एक तरफ आकाश था, दूसरी तरफ माँ बाउजी! मेरे दिमाग ने काम करना बंद कर दिया था।

मैं गुमसुम रहने लगी। श्वेता ने समझाया, कोई न कोई रास्ता निकल आएगा, अभी अपनी पढाई पर ध्यान दो। सेमेस्टर के एग्जाम आने को थे, प्रेप लीव शुरू होने को थी। आकाश एक दिन बोला, "वो पिताजी छुट्टियों छुट्टियों में आए हुए हैं। मैंने उनको और माँ को तुम्हारे बारे में बताया, वो तुमसे मिलना चाहते हैं, फिर वो तुम्हारे माता पिता से मिलेंगे। बताओ, कब चल रही हो?" एकाएक आए इस सवाल से में सन्न रह गयी।...ज़िन्दगी कभी कभी आप पर एक के बाद एक रैपिड फायर की भांति घटनाओ को प्रस्तुत करती है कि दिमाग काम करना बंद कर देता है। में जड़वत हो गयी, दिमाग शून्य हो गया, हाथ पैर ठंडे पड़ गए।ये एक बड़ा फैसला था। शायद मैं इसके लिए तैयार नही थी। मेरे को देखकर अगर आकाश के माता पिता ने हाँ कह दिया तो? मैं कैसे माँ बाबूजी से उनको मिलवाऊँगी? क्या कहूँगी कि ये लोग कौन हैं? क्यों आये है,शादी का इतना बड़ा फैसला अकेले लेने की हिम्मत नहीं थी मेरे में!

कॉलेज से घर पहुँचने पर मैंने मौका देख कर माँ को डरते डरते बोला, "माँ वो आकाश के बारे में बताया था न आपको! उसके माता पिता मिलना चाहते हैं। एक बार मिल लेते है न" मैने कोशिश की पर माँ थोड़ा भड़कते हुए बोलीं, "मैने पहले भी तुम्हें समझाया था न और बता देती हूँ कि अपने यहाँ नहीं होता ये सब! जिससे कहते हैं, लड़की चुपचाप उसी

के साथ फेरे ले लेती है। और तुम्हें एक बात और बता दूँ, तुम्हारे पिताजी ने एक लड़का देख रखा है तुम्हारे लिए। वो दोस्त हैं न उनके, मिश्राजी... जिन्होंने तुम्हारे एडमिशन के लिए पैसों की व्यवस्था की थी न, उनके लड़के से, अच्छा व्यवसाय है उनका, फिर उनका अहसान भी तो है हमारे ऊपर! खुश होते हुए ये भी बोलीं कि "और रिश्ता उनकी तरफ से ही आया था।"

"माँ! तुमने मेरे से पूछा तक नहीं!" मैने गुस्से से पूछा।

"अरे! इसमें क्या पूछना! लड़का अच्छा है, घर अच्छा है, पैसा है इज़्ज़त है और क्या चाहिए।" माँ ने कहा।

"अरे! तो कम से कम बता तो देती" मेरा सर चकराने लगा था।

"अरे हम ने सोचा, तेरी पढाई में खलल हो जायेगा इसलिए थोड़े दिन बाद बताते।" माँ अपने इस निर्णय पर बहुत खुश थी।

मैं अपने कमरे में जा कर सोचने लगी ये क्या हो गया! क्या प्यार करने के लिए भी परमिशन लेनी पड़ती है? आकाश को क्या कहूँगी! कभी मन कहता, सब कुछ छोड़छाड़ के भाग जाऊँ, पर फिर पिताजी और माँ का चेहरा आँखों के सामने आ जाता। उनकी इज़्ज़त और विश्वास की चिता पर में अपने सपनों का महल नहीं खड़ा कर सकती! पूरी रात सोचती रही पर समझ नहीं पायी कि मेरे साथ ये क्या हो रहा था!

मैं गुमसुम सी रहने लगी थी। कॉलेज में डर के मारे आकाश से नज़रें चुराते घूमती रहती। अजीब बेचैनी थी। आकाश के लाख पूछने पर भी मैं उसको असलियत नहीं बता पायी पर कब तक बचती! आखिर उसने दो दिन बाद पूछ ही लिया, "कब चल रही हो तुमने बताया नहीं?" मैने नज़रें चुराते हुए कहा, "मैंने अभी बात नहीं की घर पर, मैं कल बताउंगी" कह कर मैं जल्दी से घर को निकल गयी। घर आकर के बहुत रोई। ये मैंने अपने आप को किस मुसीबत में डाल लिया। एक तरफ माँ बाउजी है, एक तरफ आकाश- मेरी नयी ज़िन्दगी। ये मैंने क्या कर लिया! रात भर रोती रही।

अगले दिन तबियत ठीक नहीं होने के बहाने से कॉलेज नहीं गयी। तीन दिन बाद एक सप्ताह की प्रेपरेशन लीव्स शुरू होने वाली थी फिर एग्जाम थे। प्रेपरेशन लीव्स में कॉलेज जाना नहीं होगा और एग्जाम में इतनी बात होगी नहीं। दिल पर पत्थर रख कर आकाश से बचने का मैने ये प्लान बनाया। समस्या को टालने के अलावा और कोई चारा भी तो नही

था। मुझे पता था,आकाश बहुत नाराज़ होगा! ये तो धोखा देने जैसा हो गया पर शायद इतना बड़ा क्रांतिकारी कदम उठाने की हिम्मत नहीं थी मेरे में। मैं दिल और दिमाग के बीच द्वन्द में फँस चुकी थी।

प्रेप लीव में श्वेता के हाथों आकाश ने माता पिता से मिलने का सन्देश भी भिजवाया पर मैंने श्वेता को तबियत ठीक नहीं का बहाना बनाने को कह दिया,

"तुम कब तक ऐसे ही छुपती रहोगी?" श्वेता ने पूछा।

"एग्ज़ाम्स तक तो देखते हैं। माँ से फिर बात कर के कोशिश करेंगे।" मैं अभी भी आशान्वित थी। एग्ज़ाम्स शुरू हुए, एग्जाम के डर से ज्यादा आकाश से सामना होने का डर ज्यादा था। पर बड़ी अजीब सी बात हुई कि आकाश एग्जाम में नहीं आया, सब को बड़ी जिज्ञासा थी। मेरा मन अनजाने डर से काँप रहा था,पता चला आकाश के पिता की ड्यूटी पर वापस लौटते हुए एक्सीडेंट में मृत्यु हो गयी, वो माँ को लेकर गाँव चला गया है। एग्जाम इस साल ड्रॉप कर दिए हैं। प्रिंसिपल सर की स्पेशल परमिशन से उसका बाद में एग्जाम लिया जायेगा। सब लोग दुःख में डूब गए, और मैं पता नहीं क्यों एक अपराधबोध, कुछ ग्लानि सी हो रही थी मन में। श्वेता से मन की पीड़ा कहीतो उसने कहा 'तुम्हारी कोई गलती थोड़े है इसमें, नियति को यही मंज़ूर था। एग्ज़ाम्स की वजह से हममें से कोई आकाश के गाँव नहीं जा पाया।

हम लोग उसके आने का इंतज़ार करने लगे पर एग्ज़ाम्स भी ख़त्म हो गए, प्लेसमेंट्स होने लगे, पर वो नहीं आया। उसका मोबाइल आउट ऑफ़ कवरेज आ रहा था। संपर्क का कोई और साधन था नहीं।

उसके गाँव के पते पर हम सब लोग ने एक कॉमन चिट्ठी लिखी, पर जवाब नहीं आया। प्लेसमेंट का क्रूशल टाइम था। हमारे पास इंतज़ार के सिवा कोई चारा नहीं था। पर वो इंतज़ार कभी पूरा नहीं हुआ। हम सब लोग अपने प्लेसमेंट लेकर अपनी अपनी जॉब्स पर निकल पड़े। मेरा सिलेक्शन हमारे शहर से १५० किलोमीटर दूर एक बड़े शहर में एक मल्टीनेशनल कंपनी में हुआ। माँ बाउजी बहुत खुश थे। खुश तो मैं भी थी पर इस ख़ुशी में कही कोई कमी थी। वो कहते हैं न "हर किसी को मुक्कमल जहाँ नहीं मिलता कभी ज़मीं तो कभी, आसमां नहीं मिलता" मेरी ज़मीं तो मुझे मिल गई थी पर मेरा आसमां यानि आकाश नहीं मिला था। इसको किस्मत मानकर मैं अपने नए सफर पर भारी मन से निकल पड़ी। दिन यूँ ही निकलने लगे, श्वेता, अली, विकास, रानी सबसे फ़ोन पर बात

होती थी, पर आकाश की किसी को भी कोई खबर नहीं थी। हर फ़ोन की घंटी पर दिल किसी खुशखबरी की उम्मीद करता था, पर हर बार निराशा ही हाथ लगती थी।

दिन निकलने लगे, बाउजी का रिटायरमेंट हो गया था। राजू का एडमिशन दिल्ली IIT में हो गया था। मैं माँ बाउजी दोनों को अपने साथ ही ले आयी। माँ की बीमारी बढ़ती जा रही थी और एक दिन उसने हमेशा के लिए आँखें मूँद ली। दुःख फिर से रूप बदल कर आया था पर जीवन में जो सबसे ज्यादा निश्चित है वो है अनिश्चितता और सुख और दुःख का चक्र। बाउजी, शायद माँ के जाने का ग़म बर्दाश्त नहीं कर पाए और वे भी ६ महीने बाद माँ की राह पकड़, मुझे इस दुनिया में तनहा छोड़ गए, पर वक़्त ज़ख्मों का सबसे बड़ा इलाज है। वक़्त निकलता रहा, ज़ख्म भरते रहे, ज़िन्दगी चलती रही। राजू अपनी पढाई में बिजी था, मैं अपनी जॉब में।

मैं अपनी ज़मीन पकडे चल रही थी इस उम्मीद मैं कि कभी तो आसमान मिलेगा, और उम्मीद पर तो दुनिया कायम है।

समय का चक्र तेजी से घूमने लगा। कब २ साल निकल गए, पता ही नहीं चला। राजू को USA में जॉब मिल गयी और मैं अब बिलकुल अकेली हो गयी। रिश्तेदार कोई थे नहीं और जो थे वो न होने के बराबर थे।

उस दिन ऑफिस ख़त्म कर के घर जाने की कुछ ज्यादा ही जल्दी थी। बात ही कुछ ऐसी थी, कॉलेज की सिल्वर जुबली फंक्शन और एलुमनाई मीट में जो जाना था। २ साल बाद सब इकट्ठा होंगे, और जिसका इंतज़ार था उससे भी शायद मुलाकात होगी।

6 बजे की बस थी। घर पहुँच कर जल्दी- जल्दी सामान पैक किया और बस स्टैंड की तरफ निकल पड़ी। बस ने जैसे ही शहर छोड़ हाईवे पर रफ़्तार पकड़नी शुरू की, मेरी यादों की गाड़ी ने भी रफ्तार पकड़ ली। क्या दिन थे वो, बेफिक्री, मस्ती! असल में तो लाइफ पहले जीते थे अब ढ़ोते हैं। यादों के झरोखे से झांकते हुए बस की खिड़की से बाहर देखने लगी। पास की चीजें तेजी से पीछे छूटे जा रहीं थी और दूर की चीजें साथ- साथ चल रहीं थीं। पहली बार ये महसूस हुआ कि ज़िन्दगी की रफ़्तार में भी तो यही होता है, माँ बाउजी का साथ छूट गया, राजू विदेश चला गया, आकाश का कोई अता पता नहीं, दोस्त सब दूर हो गए, साथ चल रहा है तो बस एक सपना, एक महत्वाकांक्षा, एक उम्मीद, और शायद वो पास आएंगे तो वो भी छूट जायेंगे! सोचते- सोचते कब आँख लग गयी, पता ही नहीं चला। मोबाइल की घंटी से आँख खुली, श्वेता का कॉल था।

"अरे कहाँ हो? कब आ रही हो?"

मैने बस के बाहर झांक के देखा तो पता चला अभी भी ६० कि. मी. दूर है। "तकरीबन एक घंटा और लगेगा" मैने कहा।

"ओके" श्वेता बोली, "गेस्ट हाउस में आ जाना वही अपना अरेंजमेंट है, रानी अली विकास सब आ गए हैं।"

"ओह, अच्छा... और।.." कह कर मैं रुक गयी।

"मुझे मालूम है तुम क्या जानना चाह रही हो, आकाश का कुछ पता नहीं है अभी तक। तुम आ जाओ। फिर देखते हैं।" श्वेता ने मेरी जिज्ञासा को भांपते हुए कहा।

"ठीक है" बोल कर मैने फ़ोन रख दिया, श्वेता से बात कर उत्सुकता और जिज्ञासा चरमोत्कर्ष पर पहुँच गयी थी अब वो ६० कि.मी. बहुत लम्बे लगे थे उस दिन।

गेस्ट हाउस पहुँच कर सब को २ साल बाद देख कर कर फिर कॉलेज के दिनों की यादें ताज़ा हो गई। एक दूसरे को देख कर सब बहुत उत्साहित थे। कुछ नहीं बदला था सब में, वही शरारतीपना, वही बेबाक निश्चल हँसी। पर जीवन के थपेड़ो का असर सबके चेहरों पर साफ़ दिखाई दे रहा था। दरअसल ज़िन्दगी जब किताबों से निकल कर असलियत में आती है और सपनो का असलियत से जब सामना होता है, तो दोनों में सामंजस्य बिठाना बहुत मुश्किल होता है पर दोस्तों को देख कर सबके चेहरे पुलकित हो उठे थे। खाना खा कर सबने अपने अपने अनुभव साझा किये, पुरानी यादें ताज़ा की। सारी रात तो बातों में ही निकल गयी, आकाश की तरफ से कोई सूचना न होने की वजह से सब चिंतित थे। सबने मिल के डिसाइड किया कि सुबह कॉलेज एलुमनाई ऑफिस जहाँ से सब को कार्यक्रम का निमंत्रण भेजा गया था, वहाँ जाकर आकाश के आने की कन्फर्मेशन के बारे में पूछा जाये क्योंकि आमंत्रित लोगों को अपने आने की कन्फर्मेशन भी भेजनी थी। वहाँ जाकर पता लगा कि आकाश के आने का कन्फर्मेशन है। मैं मन ही मन में खुश हो गयी, उम्मीद फिर से नए सपने दिखाने लगी।

सिल्वर जुबली उत्सव और एलुमनाई मीट का ये कार्यक्रम दो दिवसीय था। अगले दिन सुबह ब्रेकफास्ट के बाद सबको ऑडिटोटरियम में मेधावी छात्रों और फैकल्टी सम्मान समारोह के लिए एकत्रित होना था, फिर लंच और शाम को कल्चरल प्रोग्राम था। मेरा इंतज़ार लंच तक भी इंतज़ार ही रहा। हम लोग उम्मीद कर रहे थे शायद आकाश शाम

तक पहुँच जायेगा।

शाम के कल्चरल प्रोग्राम का समय ६ बजे था। हम लोग जब पहुंचे, तो लगभग हाल भर चुका था। सबको एक साथ जगह नहीं मिली। मुझे बीच की लाइन में और श्वेता अली, विकास और रानी को पीछे कहीं अलग- अलग जगह मिली। मेरी नज़रें हाल में घूम रहीं थीं, प्रोग्राम में कोई इंट्रेस्ट नहीं था मेरा। पूरा ध्यान आकाश को ढूंढ़ने में था पर उसका कहीं अता- पता नहीं था। अचानक मैंने उसे हमारी अपोजिट वाली लाइन में AISLE के पार कोने वाली सीट जो अभी तक खाली थी, पर बैठे हुए देखा। वो मेरी और देख मुस्कराया, और हाथ हिलाया मैने भी मुस्करा कर हाथ हिलाया। मैं बहुत उत्साहित हो गयी थी, पर हॉल में बात हो नहीं सकती थी। आकाश ने बाहर चलने का इशारा किया और उठ कर बाहर निकल गया। कुछ देर बाद मैं भी बाहर निकल आयी। हाल के बाहर कॉरिडोर में वो खड़ा था, उसे देख कर मैं अपने पर काबू नहीं रख पायी।

"कहाँ थे तुम? कोई खैर खबर नहीं! कोई अता पता नहीं! इंतज़ार करते करते आँखें थक गई!" कहते कहते मेरी आँखों से आँसू निकल पड़े।

"ओह! ओह! इतने सवाल एक साथ! और फिर वही आँसू का सैलाब" कह कर आकाश हँसने लगा।

"तुम्हारी बड़ी हँसी निकल रही है। यहाँ मेरी जान निकल रही थी" मैं रोती हुई बोली।

इंतज़ार...?? क्यों?..वैसे क्यों कर रही थी मेरा इंतज़ार? और ये सारे सवाल तो लॉजिकली मुझे पूछने चाहिए थे तुम्हारे से

ये सुनकर मैं शर्म से पानी- पानी हो गयी। "उस दिन के लिए "ऑय ऍम सॉरी, मैं कमज़ोर पड़ गयी थी, माँ बाउजी से बात करने की हिम्मत नहीं जुटा पायी" कहते कहते मेरी आँखों से आँसुओं का सैलाब निकल पड़ा।

"अरे! में तो मज़ाक कर रहा था"।..अपने चिरपरिचित, केयरलेस और इजी गोइंग अंदाज़ में हँसते हुए वो बोला "मुझे मालूम है, मैं समझ सकता हूँ क्या मजबूरी रही होगी तुम्हारी, और जो तुमने किया सही किया।

मैं हतप्रभ थी, उसके इस इजी गोइंग एप्रोच पर, मैं तो उसका गुस्सा अपेक्षित कर रही थी।

"तुम्हारे पिताजी के बारे में सुन कर हम लोग ने तुमसे कांटेक्ट करने की बहुत कोशिश की," मैने अपने आप को संभालते हुए कहा।

"हाँ तुम लोगो की एक चिट्ठी मुझे मिली थी पर जवाब नहीं दे पाया। घटनाएं ही इतनी जल्दी हुई। एक चीज़ समझ पाता उससे पहले ही दूसरा कुछ हो जाता था, सँभलने का मौका ही नहीं मिला। तुम्हारा नहीं आना, फिर पिताजी का यूँ चले जाना, माँ को संभालना, फिर करियर, एग्ज़ाम्स , जॉब।....ज़मीन जायदाद के झगड़े........ सब कुछ एक के बाद एक।..........चलो छोड़ो" कह कर वो खामोश सा हो गया।

"अच्छा, और बताओ! इन दो सालों में कैसी रही ज़िन्दगी? शादी हो गयी तुम्हारी'?" मैंने पूछा।

"तुम्हारी हो गयी?" उसने पलट कर हँसते हुए पूछा ।

"पहले मैने पूछा है इसलिए पहले तुम बताओ" मैं भी ज़िद पर अड़ी रही।

बातें करते- करते हम ऑडिटोरियम की सीढ़ियों पर जा बैठे। उसने आदतानुसार सिगरेट सुलगा ली, मैंने पूछा, "अभी तक नहीं छोड़ी तुमने?"

"अरे कुछ आदतें कहाँ छूटती हैं" और हँस के मेरी आँखों में देखने लगा।

मैं शरमा सी गयी ।

उसने बोलना शुरू किया "पिताजी के जाने का माँ को बहुत आघात लगा, वो मानसिक और शारीरिक दोनों रूप से बहुत कमज़ोर हो गईं थीं। उनकी देखभाल की चिंता मुझे हर वक़्त रहती थी और ये सारी भागदौड़ की वजह से मैं हर वक़्त उनके पास नहीं रह सकता था, माँ भी ज़िद थी और वक़्त की ज़रुरत भी, सो मैंने शादी कर ली।"

"कौन है वो खुशकिस्मत " मैने अपने मन में आयी सारी भावनाओं को छुपाते हुए पूछा।

उसने सिगरेट का गुल झड़कते हुए बोला "पिताजी के एक आर्मी के दोस्त जो जंग में शहीद हो गए थे और दो साल पहले उनकी पत्नी की भी मृत्यु हो गयी, उनके एक ही लड़की थी। कोई करीबी रिश्तेदार न होने के वजह से उनकी इकलौती लड़की की देखभाल भी माँ पिताजी ने ही की थी। पिताजी की इच्छा भी थी कि मेरी शादी उससे हो जाये, सो मेरी शादी उससे हो गयी।"

मैं थोड़ी मायूस सी हो कर चुप हो गयी। माहौल में थोड़ी देर सन्नाटा सा छा गया।

अपनी मायूसी को समेटते हुए मैंने टॉपिक बदला "ओके, जॉब कहाँ लगी तुम्हारी?"

"हमारे ही गाँव के पास जो इंडस्ट्रियल एरिया है, वहाँ एक बहुत बड़ा फैशन हाउस है

उसमे काम करता हूँ।" वो बोला।

"ओह गुड"

कुछ रुक कर वो बोला "जीवन अपनी गति से चल रहा था, पर पिछले साल बेटी हुई, उसको जन्म देते वक़्त मेरी पत्नी नहीं रही। तब से जीवन बस मेरी बेटी "काजल के इर्द गिर्द ही घूम रहा है।"

मैं भी थोड़ा ग़मगीन हो चली थी। मैंने दुखी हो कर कहा "भगवान् भी कैसे कैसे इम्तिहान लेता है"

"फिर काजल को कौन रखता है"? मैंने पूछा

"माँ देखभाल करती है और ऑफिस से आने के बाद मैं"

उसने टॉपिक बदलते हुए पूछा "अच्छा! तुम बताओ अपने बारे में। शादी कर ली?"

"नहीं", कह कर मैं चुप हो गयी।

कुछ देर के लिए माहौल में एक सन्नाटा सा छा गया ।

थोड़ी देर बाद उसने पूछा 'क्यों?"

"यूँ ही" मेरा जवाब न तो उसे संतुष्ट कर पाया था, न ही मुझे। पर यहाँ और कहा भी क्या जा सकता था।

"तुम्हें मेरा इंतज़ार था या कहीं कोई पश्चाताप" कह कर वो हँसने लगा।

बात तो उसकी सही थी। दोनों ही बातें थीं।

माहौल थोड़ा भारी होते देख उसने बोलना शुरू किया "देखो प्रिया इस संसार में जो कुछ भी होता है वो सब कुछ पहले से ही लिखा हुआ है। हम लोग सिर्फ एक कलाकार की भांति अपने अपने किरदार को जैसी- जैसी सिचुएशन मिलती है, वैसे- वैसे निभाते जाते हैं । क्या मिला क्या खोया, उस पर ज्यादा सोच विचार नहीं करना चाहिए। इंसान की एक फितरत है कुछ मिल जाये तो खुश हो कर किस्मत समझ लेता है और खो दें तो बदकिस्मती। पर जो मिल जाये, उसमे संतोष करना चाहिए, खुश रहना चाहिए। और जो. नहीं मिला उसका ग़म नहीं करना चाहिए क्योंकि नहीं मिलने का ग़म, जो मिला है उसकी ख़ुशी को कम कर देता है।" कह कर वो मेरी और देखने लगा।

“मेरे को ये फिलॉसॉफिकल बातें कम ही समझ आती हैं। कहना क्या चाहते हो तुम?” उसकी बात को समझने के लिए मेरा उतावलापन बढ़ रहा था।

“देखो प्रिया”जीवन की किताब का पन्ना अब पलट चुका है और हम अब अपने अपने नए रोल मे है, और तुम्हे भी एक अच्छा लड़का देख कर सेटल हो जाना चाहिए, जो बीत गया सो बीत गया” वो मुझे समझाते हुए बोला

मैंने पूछा “तुम अपने इस नए रोल में खुश हो? कोई शिकायत नहीं किस्मत से या जीवन से?

उसने फिर फिलोसॉफिकल अंदाज़ में जवाब दिया “नहीं...... कोई शिकवा शिकायत नहीं,.और हो भी क्यों? जैसा पहले मैंने कहा, रोल नया है। जीवन का उद्देश्य अब बदल गया है। प्यारी सी बिटिया है काजल, अब वही मेरी दुनिया है .....पर.”... कहते कहते वो रुक सा गया।

मैंने पूछा “पर क्या”?

मेरी और देख कर बोला “पर ....बस एक डर हैं।.जो हमेशा सताता है।”

डर? कैसा, किसका डर?”मैंने हैरानी से पूछा।

“कहीं मुझे कुछ हो गया तो....... मेरी बेटी का क्या होगा! उसका तो कोई नहीं है इस दुनिया में। माँ की भी तो अब उम्र हो चली हैं”......कहते कहते वो संजीदा सा हो गया। उसके इस डर को लेकर पहली बार उसको भयभीत और मायूस देख रही थी। उसे इस तरह देख कर मैं अंदर तक हिल गयी।

“तुम्हें कुछ नहीं होगा!” मैंने उसे आश्वस्त करते हुए कहा।

“नहीं प्रिया! जीवन में बहुत कुछ खोया है तो एक डर सा बैठ गया है।.मैं यहाँ आया ही इसलिए हूँ कि तुमसे एक वादा ले सकूँ!” उसकी ये बात सुन कर मैं थोड़ा चौंक सा गई। वादा? मेरे से? कैसा वादा? मेरे मन मैं हर्ष, दुःख और घबराहट की मिश्रित भावनाएँ उमड़ने घुमड़ने लगी। क्या ये वादा वही तो नहीं जिसका मुझे इंतज़ार है और जो मैं सुनना चाहती हूँ।

मेरी भावनाओं को काबू करते हुए मैंने बोला, “बताओ कैसा वादा?”

“तुम मुझसे वादा करो कि अगर मुझे कुछ हो गया तो तुम काजल का पूरा ध्यान रखोगी!”

आकाश ने मेरा हाथ अपने हाथ में लेते हुए कहा।

उसके इस डर को देख कर मैं भी डर गयी। वो शख़्स जो दूसरों को हिम्मत देता रहा, खास तौर पर मुझे। उसको ग़मगीन और चिंतित देख कर मैंने उसके हाथ को अपने दोनों हाथों में लेकर कहा " तुम्हे कुछ नहीं होगा!"

"नहीं।.फिर भी अगर कुछ हो गया तो? वादा करो" वो अपनी बात पर अडिग था।

उसका मेरे पर विश्वास करना मुझे भला सा लग रहा था ।

मैंने उसे आश्वस्त करने के लिए कहा "अच्छा, बाबा! मैं वादा करती हूँ मैं काजल का पूरा पूरा ध्यान रखूंगी। अब तो खुश! पर तुम्हें कुछ नहीं होगा!"

मेरा जवाब सुन कर उसका चेहरा दमकने लगा था। इतना तेज़ उसके चेहरे पर कभी नहीं देखा था, एक दिव्य आभा से ओतप्रोत था।

"थैंक यू प्रिया" उसकी आँखों में कृतज्ञता दिख रही थी।

मैंने डरते- डरते पूछा "पर तुमने मुझे उस दिन के लिए तो माफ़ कर दिया न" ?

"माफ़ तो मैं जब करता, जब तुमने कोई गलती की होती। इसलिए मन पर कोई बोझ मत रखना, पर मेरा वादा याद रखना।" उसने फिर वही बात दोहराई।

"क्या हो गया है तुम्हें!" मैं पूछ बैठी।

उसने मेरे हाथ को कस कर पकड़ा और बोला कुछ नहीं।

हॉल से राष्ट्रगान होने की घोषणा हुई। प्रोग्राम ख़त्म होने को था।

'चलो, अंदर चलते हैं। फिर डिनर पर मिलेंगे।" कह कर वो दरवाजे की तरफ बढ़ गया, मैं भी उसके पीछे पीछे चल पड़ी।

अंदर जाने के बाद राष्ट्रगान जैसे ही ख़त्म हुआ, अचानक आई भीड़ में हम लोग गुम से हो गए।.बड़ी मुश्किल से श्वेता मिली। डिनर पर आकाश को बहुत ढूंढा पर वो नहीं दिखा।

मायूस हो कर हम रूम पर आ गए। श्वेता को मैंने सारी बात बताई। वो भी सारी बातें सुन कर दुखी हो गयी और उसके इस तरह वादा लेने की बात पर असमंजस में पड़ गयी। हम सुबह उससे मिलने की उम्मीद में सोने चले गए, पर नींद कहाँ आनी थी! सारी रात करवटें बदलती रही और आकाश के अनजाने डर और मुझसे वादा लेने के बारे में

सोचते- सोचते सुबह कहीं जाकर आँख लगी।

सुबह श्वेता की आवाज़ से नींद खुली।

"प्रिया, प्रिया उठो!"

आँखें खोल कर मैंने पूछा "क्या हुआ?" उसके चेहरे पर हवाइयां उड़ रहीं थीं। वो सन्न थी! आवाज नहीं निकल रही थी। बड़ी मुश्किल से बोली 'वो आकाश!" कह कर वो रुक गयी।

"जल्दी बोलो आकाश का क्या"?

"तुम मिली थीं उसको कल?"

"हाँ, हाँ मिली थी न..... तो?"

अली और विकास खबर लाये है कि ....

"क्या खबर लाये हैं?"मैं बेसब्र हो चुकी थी।

श्वेता की आँखों से आँसू निकल पड़े, "वो कह रहे है कि आकाश का एक्सीडेंट हो गया!"

"क्या"....मैं चिल्ला पड़ी!कब, कहाँ, कैसे?"

मेरी आवाज़ सुन कर अली, विकास भी रूम में आ गये।

विकास ने कहा "कल शाम को ६ बजे उसकी बस का एक्सीडेंट हो गया।"

'बस का? कहाँ जा रहा था वो? वो तो यहीं था'! मैं सवाल पर सवाल कर रही थी।

'आर यु श्योर "खबर सही है?" मैं यकीन नहीं कर पा रही थी।

"हाँ "अली और विकास एक साथ बोले, 'न्यूज़ पेपर में भी आया है।"

"एक मिनट रुको। पर मैं तो उससे कल मिली थी। शाम को ६ बजे बाद ही तो मिले थे। कुछ गड़बड़ है!ऐसा हो ही नहीं सकता!" मेरा दिल ये मानने को तैयार नहीं था!

"मरने वालों की लिस्ट जो पेपर में आयी है, उसमें उसका नाम है।" विकास ने धीरे से बोला।

"तो क्या पूरी दुनिया में एक ही आकाश थोड़े ही है!" मैं अपने पर कंट्रोल नहीं रख पा रही थी।

“पता करो यार’ मेरी आँखें भर आयी थी। घबराहट और एंग्जायटी के मारे मेरा शायद बी पी. हाई होने लगा था।

श्वेता ने कहा “प्रिया अपने पर कण्ट्रोल रखो, हम चल कर मालूमात करते हैं।”

सबसे पहले हम डीन सुब्रमण्यम सर के पास गए उन्होने कहा “हाँ, ये सही है।” आकाश की जेब से मिले ड्राइविंग लाइसेंस और कॉलेज प्रोग्राम के इनविटेशन से उसकी पहचान हुई, क्योंकि उसके घर पर किसी तरह से संपर्क नहीं हो पा रहा था, इसलिए पुलिस ने कॉलेज अथॉरिटीज को इन्फॉर्म किया।”

सर की बात पूरी होने से पहले ही मैं बोल पड़ी “पर सर! मैं कल ही तो उससे मिली थी, कल कल्चरल प्रोग्राम के वक़्त वो मेरे साथ था। ये गलत है सर! ज़रूर कोई गलतफहमी हुई है!” कहते कहते मेरी आवाज़ भर्रा गयी थी।

‘पर ऐसा कैसे हो सकता है प्रिया!” ‘सर भी सोच में पड़ गए।

सोचते हुए बोले ‘चलो! एक बार के लिए हम तुम्हारी बात मान भी लें, तो आकाश को किसी और ने भी देखा होगा, कोई और भी मिला होगा!’,सर ने अली, विकास, रानी और श्वेता की तरफ देखा, “क्या आप लोगों में से किसी ने आकाश को देखा या मिले?”

सभी की तरफ से ना सुनने के बाद सर फिर कुछ सोच में डूब गए, थोड़ी देर बाद बोले

“अली और विकास, तुम दोनों जाकर बॉयज गेस्ट हाउस में लड़कों से पूछो, उनमें से किसी ने आकाश को देखा या उसे मिला?”

“ओके सर” कह कर विकास और अली सर के चैम्बर से बाहर निकल गए।

“प्रिया! तुम यहाँ बैठो एंड रिलैक्स” सर ने मेरी घबराहट को देखकर मेरे लिए कॉफ़ी मंगवाई।

“थैंक्स सर”, मैंने कृतज्ञतावश कहा।

जब तक मैंने कॉफ़ी पी, तब तक अली विकास वापस लौट आये। उनके अनुसार न तो किसी ने आकाश को देखा, न मिला। यहाँ तक कि गॉर्ड ने भी नहीं देखा। उन्होंने और लोगों से भी पूछा पर किसी ने नहीं देखा।

बात बहुत उलझती जा रही थी। सभी सोच में पड़ गए थे और मेरी ओर शक की नज़रों से देख रहे थे कि कहीं ये मेरी कोरी कल्पना तो नहीं? सबकी नज़रों को भांपते हुए मैं बोली

"सर मुझे मालूम है कि आप लोग सब इसको मेरी एक कोरी कल्पना मात्र मान रहे होंगे, कोई भी अगर ऐसी बात बोलेगा तो लोग उसे पागल ही बोलेंगे....पर मैं श्योर हूँ सर! मैं मिली थी उससे। वो आया था।"..

अचानक मेरे दिमाग में एक विचार कौंधा "सर!हॉल की और हॉल के बाहर कॉरिडोर की cctv की फुटेज मँगाकर देखिये। उसमें सब क्लियर हो जायेगा।"

"गुड आईडिया" सर ने बोला और साथ में सब ने उनकी हाँ में हाँ मिलाई।

cctv कण्ट्रोल रूम से फुटेज मंगाया गया और सर के चैम्बर के बड़े led TV पर सब देखने बैठ गए। फुटेज शुरू हुए मैं और श्वेता, अली विकास सब हॉल में एंटर होते हुए दिखाई दिए। मैं अपनी सीट पर बैठी दिखाई दी। मेरी लाइन के उस पार AISLE के पार कॉर्नरसीट खाली दिखाई दे रही थी। मैंने सब को बताया "हाँ, यहीं, इसी सीट पर वो बैठा था। अभी देखिये सर, कुछ देर बाद वो आ कर बैठेगा। फिर हम बाहर जाएंगे, पहले वो फिर मैं।" मैं उत्साहित थी

पर आधे घंटे बाद की फुटेज में भी कुछ नहीं नज़र आया। हाँ, मैं जरूर बाहर जाते दिखाई दी।

"सर ज़रा फिर से चलाइये, शायद वो नज़र आये!" मेरे कहने पर फुटेज रीप्ले किया पर फिर वही! सिर्फ मैं बाहर जाते दिखाई दे रही थी।

मेरा सर चकराने लगा....सब मेरी और प्रश्नवाचक नज़रों से देख रही थे।

"शायद कॉरिडोर के फुटेज मैं नज़र आये वो" मैं अभी भी आशान्वित थी।

कॉरिडोर के फुटेज में मैं गेट से बाहर निकलते हुए नज़र आयी। और बाहर ठीक उसी जगह रूकती हुई नज़र आयी, जहाँ मुझे आकाश खड़ा मिला था। मैं बोल रही हूँ,हँस रही हूँ.पर अकेली। आकाश फुटेज में नहीं दिख रहा है। मैं हँसते- हँसते जा कर हॉल की सीढ़ियों पर बैठ जाती हूँ और बातें करती नज़र आती हूँ, जैसे मेरी बगल में कोई बैठा हो।मेरा सर अब फटा जा रहा था।

"प्रिया! यहाँ सिर्फ तुम नज़र आ रही हो। आकाश तो कहीं है ही नहीं" सुब्रमण्यम सर की आवाज़ से मेरा ध्यान टूटा।

"ये कैसे हो सकता है!" मैं सोफे पर निढाल हो गयी! चक्कर सा आ गया मुझे। आँखों के

आगे अँधेरा छाने लगा और फिर कुछ याद नहीं।.

जब आँख खुली तो अपने को रूम के बिस्तर पर और साइड में श्वेता को बैठे हुए पाया।

उठने की कोशिश करने लगी पर बदन निढाल था। कमज़ोरी सी थी। देखा हाथ में ड्रिप लगी हुए थी।

"उठो मत! लेटी रहो" श्वेता ने कहा।

"क्या हुआ था मुझे, आकाश का कुछ पता चला ?" मैंने बेचैन हो कर से पूछा।

"डॉक्टर ने तुम्हें आराम करने को कहा है, अपने को स्ट्रेस मत करो। अली, विकास पता कर रहे हैं"

"तुम लोग मेरी बातों का विश्वास नहीं कर रहे हो न!" मैंने लेटे- लेटे श्वेता की ओर देख कर पूछा।

"अरे! ऐसा कुछ नहीं है, पर तुम्हारी बात का कोई सबूत भी तो नहीं है न साबित करने के लिए!"

उसकी बात सही थी। मैं सोचने लगी, ये हो क्या रहा है और कैसे हो रहा है! ये बिलकुल समझ नहीं आ रहा था।

'प्रिया' ...... श्वेता की आवाज़ से मेरा ध्यान टूटा। "तुम बुरा न मनो तो एक बात कहूं!" वो कहने लगी "सब का ये सोचना है कि हम लोगों को एक सायकाट्रिस्ट की मदद लेनी चाहिए।"

"मतलब मैं पागल हो गयी हूँ! है न! तुम लोग यही समझ रहे हो?" मैं आपा खोने लगी थी।

"नहीं, नहीं! ऐसा नहीं है, कभी कभी ऐसा होता है कि जिस चीज़ के बारे हम ज्यादा सोचते हैं, वो हमारे दिमाग में असर करती है और वो हमे नज़र आने लगती है।" श्वेता अपना तर्क देने लगी।

"अगर ऐसा होता तो मुझे चीज़े उस वक़्त ही क्यों नज़र आयी, पहले क्यों नहीं या अभी क्यों नहीं नज़र आती?"..मैंने गुस्से से कहा।

श्वेता मेरी ऊँची आवाज़ सुन कर चुप हो गयी। कुछ देर बाद बोली, "समझने की कोशिश

करो प्रिया! जो कुछ हो रहा है या हुआ है, सामान्य नहीं है। सामान्यतः लोग ऐसी बातों को स्वीकार नहीं करते हैं या तो ऐसा कहने वाले को पागल समझते हैं या किसी तरह के भूत प्रेत का साया! समझ रही हो न! मैं, विकास, रानी और अली तो तुम्हारी बात का विश्वास कर रहे हैं पर हम लोग चाहते हैं कि और लोग भी तुम्हारी बात का विश्वास करें। इसलिए हमने सोचा है कि मेडिकल एडवाइस और हेल्प भी ली जाये, जिससे हम बाकी लोगों को आसानी से हमारी बात समझा सकेंगे। वरना आकाश को दिया वादा कैसे पूरा कर पाएगी?" श्वेता ने मुझे समझाते हुए कहा।

बात मेरी समझ में आ रही थी। थोड़ी देर में डीन सर के साथ, एक भली सी लगने वाली अधेड़ उम्र की महिला ने जो सायकाट्रिस्ट थी, कमरे में प्रवेश किया।

उन्होंने मुझे देखते ही कहा "कैसी हो प्रिया! अब कैसा महसूस कर रही हो?"

"ठीक हूँ" मैंने अनमने ढंग से जवाब दिया।

मेरा जवाब सुन कर वो मुस्करायी और कहा "मुझे अपना दोस्त समझो।" उन्होंने सबको बाहर जाने के लिए कहा " प्लीज! आप लोग कुछ देर के लिए हमे अकेला छोड़ दें!"

मेरे पास बैठते हुए कहा, "मैं डॉ. मेघा हूँ।, मुझे पूरी बात बताओ कि क्या, कब कैसे हुआ?" शायद ये उनका इलाज का तरीका था। न चाहते हुए भी मैंने उनको सारी बात बताई, पूरे टाइम उनके चेहरे पर हाव भाव आते जाते रहे, और कुछ- कुछ वो अपनी डायरी में नोट करती रहीं। मेरी बात ख़त्म होते ही उन्होंने कहा, "कोई करे न करे! मैं तुम्हारी बात का विश्वास कर रही हूँ।" फिर एक मधुर मुस्कान के साथ पूछा, बहुत चाहती हो न आकाश को?"

मेरी आँखो से आँसू बह निकले। उन्होंने प्यार से मेरे सर पर हाथ फेरते हुए कहा "तुम्हारे आँसू तुम्हारे प्यार की गवाही दे रहे हैं।"

माँ के जाने के बाद ऐसा दुलार पा कर मेरी रुलाई फूट पड़ी। उन्होंने ढांढस बंधाते हुए कहा, "इंसान की जो सबसे बड़ी ताक़त है, वही उसकी सबसे बड़ी कमज़ोरी भी है। और वो है उसके इमोशंस। तुम्हें उन पर काबू पाना होगा और आकाश को दिया वादा पूरा करना होगा।" डॉ. के मुँह से ये सुनकर मैं आश्चर्यचकित थी पर शायद सायकाट्रिस्ट इसी तरह इलाज करते होंगे।

"मेरे कुछ सवाल हैं, जिनका जवाब मुझे चाहिए होगा। क्या तुम मेरा सहयोग करोगी?"

वो मुझे देखकर मुस्करायी।

मैंने हाँ में अपना सर हिलाया।

"तुम उस दिन आकाश के पेरेंट्स से मिलने नहीं जा पाईं, क्या उसको लेकर तुम्हारे मन में कोई अपराध बोध है?"

मेरे हाँ कहने पर उन्होंने दूसरा सवाल पूछा-

"कल जब तुम्हें आकाश मिला और वो शादी के लिए ऑफर करता तो क्या तुम मान जाती ?"

"हाँ शायद" मेरे इस जवाब से वो संतुष्ट नहीं थी।

"शायद या हाँ.? साफ़ कहो", उन्होंने कहा।

"जी हाँ" मैं थोड़ा हिचकिचाते हुए बोली।

"आकाश को कितने अच्छे तरीके से जानती हो तुम? उसकी कोई बुरी आदत? "उनका अगला सवाल था।

"वैसे तो कोई बुरी आदत नहीं थी, पर हाँ! सिगरेट पीने का शौक था।"मैंने याद करते हुए कहा।

"एक पर्सनल सवाल, जवाब नहीं देना चाहो तो मत देना", डॉक्टर ने मेरी आँखों में आँखें डालते हुए पूछा "तुम उसे २ साल से जानती हो। तुम्हारा रिलेशनशिप काफी क्लोज था। हर मनुष्य के शरीर की एक गंध होती है जो हम आसानी से महसूस कर सकते हैं और जिसके हम अक्सर नजदीक रहते हैं, उसकी गंध को हम भली भांति पहचानते है, तुम भी आकाश के शरीर की गंध को पहचानती होंगी।"

"हाँ, डॉक्टर! पहचानती हूँ और वो एक पर्टिकुलर ब्रांड का डीओ भी इस्तेमाल करता था।"

"वैरी गुड" डॉ, ने आगे पूछा, "क्या कल जब तुम मिली तो उसमे से वो पर्टिकुलर गंध आ रही थी? सोच के बताओ?

कुछ देर सोचने के बाद मैंने कहा "नहीं"

एक्सीलेंट कह कर उन्होने अपना अगला सवाल पूछा, "उसने कल क्या पहना था, कपड़ों

का कलर या टाइप याद है?

"हाँ डॉ, उसने ब्लू जीन्स पर सफ़ेद काली लाइन्स वाली शर्ट और ब्राउन शूज पहने थे।"

"ओके" डॉ. कुछ निष्कर्ष पर पहुँचती नज़र आयी।

"ओके एक आखिरी सवाल" कह कर कर वो मुस्करायी। "जब तुम उसके साथ रही उस एक घंटे में क्या उसने सिगरेट पी?"

मैंने कहा "जी डॉ," जब हम सीढ़ियों पर जा कर बैठे तो वहाँ उसने सिगरेट पी थी।

"ओके" कह कर डॉ, मेधा ने सबको अंदर बुला लिया और डीन सर से पूछा "क्या हम उस CCTV फुटेज को फिर से देख सकते हैं?"

"यस यस क्यों नहीं "" डीन सर ने कहा।

फुटेज मंगवाया गया। डॉ, मेधा की उपस्थिति में उसको दुबारा देखा गया।

सीढ़ियों वाले फुटेज को डॉ मेघा ने ३ से ४ बार देख कर उसे ज़ूम करने के लिए कहा ज़ूम करने पर सिगरेट का जलता हुआ सिरा और उड़ता हुआ धुंआ देखा जा सकता था।

उन्होंने सर को कहा "सर कैन यू सी समथिंग?" धुआँ भी है और सिगरेट का जलता हुआ सिरा भी दिखाई दे रहा है। शायद आप लोग पहले इसलिए इस चीज़ को नोट नहीं कर पाए क्योंकि CCTV कैमरे के बहुत दूर फिक्स होने की वजह से पिक्चर धुँधली है, ज़ूम करने पर ये सब दिखाई दिया।

इसका क्या मतलब डॉ. साहब? सब लोगों ने सम्मिलित स्वर में पूछा।

डॉ. मेघा ने समझाते हुए कहना शुरू किया "साइकोलॉजी की एक ब्रांच है पेरा-साइकोलॉजी, जो पैरानॉर्मल साइंस भी कहलाती है। जैसा कि नाम से विदित है वो सब बातें जो नार्मल नहीं है, या जो मानव मस्तिष्क की सोच से परे है, उनके बारे में बात करती है। सामान्यतः भूत प्रेत या आत्माओ से संबंधित मानी जाती है पर इसका मतलब सिर्फ यह ही नहीं होता, आपने टेलीपेथी, पूर्वाभास इत्यादि के बारे में जरूर सुना.होगा वो सब इसी के अंतर्गत आते हैं।

"आप कहना क्या चाहती है?" सर ने उत्सुकतावश पूछा।

डॉ. ने आगे बोलना जारी रखा, "मेरी बात ध्यान से सुनिए। सारी बातें सुनने के बाद मैं कह

सकती हूँ कि यह एक पैरानॉर्मल एक्टिविटी है। आकाश का एक्सीडेंट ६ बजे हुआ।वहीं वो ६:३० बजे प्रिया के पास कॉलेज में था। वो आकाश नहीं उसकी अतृप्त आत्मा थी, जो कि प्रिया से मिलने आयी थी।.

ऐसा माना भी जाता है कि मरे हुए व्यक्ति की आत्मा अपनी अतृप्त इच्छाएँ, अपने अधूरे काम या जो काम सबसे ज्यादा शिद्दत से करना चाहते थे; उसे करने के लिए वो जरूर आती है और जब तक वो पूरे नहीं हो जाते वो आत्मा यहीं आसपास रहती है।"

"आकाश जब यहाँ के लिए निकला तो उसका मक़सद प्रिया से मिलना था, जो उसकी अकाल मृत्यु के कारण सफ़ल नहीं हो पाया। प्रिया से मिलने की शिद्दत उसकी आत्मा को यहाँ खींच लायी। दूसरा आकाश को कहीं न कही ये अहसास भी था कि प्रिया इस अपराधबोध के साथ जी रही होगी कि वो आकाश के माता पिता से मिलने नहीं जा पायी। प्रिया का ये अपराधपोध भी उसे मुक्त करना था। आकाश अगर ज़िंदा होता तो शायद वो प्रिया से शादी करने के लिए कहता क्योंकि वो अपनी बेटी काजल को माँ का प्यार देना चाहता था, पर वो हो नहीं पाया इसलिए उसने, ऑय मीन, उसकी आत्मा ने प्रिया से ये वादा लिया। कहते हैं न 'किसी चीज़ को अगर आप शिद्दत से चाहो तो पूरी कायनात उसे आपसे मिलाने की साज़िश रचती है" वही यहाँ हुआ, उसकी आत्मा अपने इन्ही मक़सद से यहाँ आयी थी।

दूसरी चीज़ जो कपड़े प्रिया ने आकाश को पहने हुए बताया है वो बिलकुल हूबहू पुलिस रिपोर्ट में दर्ज आकाश के कपड़ो से मेल खता है। आत्मा कभी फोटोग्राफ नहीं की जा सकती इसीलिए CCTV फुटेज में प्रिया के अलावा कुछ नज़र नहीं आ रहा पर सिगरेट और उसका धुआँ यहाँ देखा जा सकता है। और जैसा कि प्रिया ने मुझे बताया कि उसने उस दिन आकाश के शरीर से किसी भी प्रकार गंध नहीं महसूस की क्योंकि आत्माओ में मनुष्यो के शरीर की तरह कोई गंध नहीं होती और आत्माएं हर किसी को नहीं दिखती। सिर्फ उन्ही को दिखती है जिनसे वो कुछ कहना चाहती हैं या कुछ करवाना चाहती हैं।

सबके मन में आये डर को भांपते हुए डॉ, मेघा ने कहा कि "डरने की कोई बात नहीं है। ये आत्मायें किसी को नुक्सान नहीं पहुंचाती। बस अनकही बातों को कहने और अधूरे कामों के पूरा होते ही यहाँ से चली जाती हैं।" ये सब बातें सुन कर मेरी रुलाई छूट चुकी थी। मैं अपने आप को रोक नहीं पा रही थी। ये सब मेरे लिए यकीन करना मुश्किल था।

डॉ ने मेरी और देख कर कहा, "प्रिया, तुम्हें इस सच को स्वीकार करना होगा कि आकाश

अब हमारे बीच में नहीं हैं और अब तुम्हे आकाश से किये हुए वादे को पूरा करना है।" सबकी और देखते हुए कहा "और मेरी आप सबसे ये रिक्वेस्ट है कि आप लोगों को को यह पूरा करने में प्रिया की यथासंभव मदद करनी चाहिए। वही आकाश को आप सबकी ओर से सच्ची श्रद्धांजलि होगी और तभी उसकी आत्मा को मुक्ति मिलेगी।"

'ओके प्रिया! टेक केयर एंड आल द बेस्ट' कह कर डॉ. मेधा चली गयी।

मेरे लिए इस बात को स्वीकार करना एक बड़ा शॉक था कि आकाश अब इस दुनिया में नहीं है। मेरा रो रोकर बुरा हाल था, परमैंने अपने आप को किसी तरह से समेटा और आगे के लिए मानसिक रूप से तैयार करने लगी।

हम सब ने मिल कर शाम को ही टैक्सी से आकाश के गाँव, जो लगभग २०० किलोमीटर दूर था, जाने का तय किया। टैक्सी शहर से निकल कर तक़रीबन १०० कि.मी. चली थी कि ख़राब हो गयी। ड्राइवर ने आगे जाने से मना कर दिया, रास्ता बियाबान था...रात हो रही थी। कोई ट्रैफिक भी नहीं था। तभी एक चरवाहा अपने मवेशिओं को ले जाता हुआ दिखा। उससे गाँव जाने के बारे में पूछा तो उसने बताया गाँव को जाने वाली आखिरी बस ५ बजे निकल गयी, और कोई साधन अब नहीं मिलने वाला।..७ बजने को थे। अँधेरा बढ़ने लगा था, सब बहुत चिंतित थे न पीछे जा सकते थे न आगे। किसी को कुछ नहीं सूझ रहा था।.अचानक शहर की और से आती एक गाडी की लाइट नज़र आयी। विकास अली ने हाथ दे कर उसे रुकवाया। अंदर से एक सफ़ेद बालों और दाढ़ी वाले बुज़ुर्ग ने झाँका। पूछा "क्या हुआ गाड़ी ख़राब हो गयी?"

हमने उनसे लिफ्ट के लिए रिक्वेस्ट की।.

"आ जाओ .... अंदर आ जाओ" उनके इस जवाब से सब लोगों की जान में जान आयी। हम लोग उनके साथ लिफ्ट लेकर गाँव पहुंचे।

आकाश के घर में घुसते हुए उसकी कही हर बात मेरे कानो में गूंजने लगी।.एक कमरे में कुछ महिलाएं एक बुज़ुर्ग सी महिला जो शायद आकाश की माँ थी; को घेरे बैठी थी। मैं और श्वेता जा कर उनके पास बैठ गए, श्वेता ने बताया हम आकाश के साथ पढ़ते थे।

"अच्छा... अच्छा... हाँ तुम लोगों की बड़ी बातें करता था आकाश" उन्होने आँखों में आये आंसुओं को रोकते हुए कहा।

"मैं श्वेता हूँ और ये प्रिया है वो अली, विकास, और रानी" सबको उनसे इंट्रोडूस करवायाा,

थोड़ी देर बाद उन्होंने कहा "रात बहुत हो गयी है आप लोग सो जाईये",

उन्होंने किसी को आवाज़ दी और उसके साथ अली और विकास को पड़ोस के घर में सोने भेज दिया। रानी, श्वेता और मुझे कहा "आप लोग बगल के कमरे में सो जाईये।", श्वेता और रानी तो चली गयी पर मैं वही रुकी रही।

"तुम भी चली जाओ" वो मुझे रुका हुआ देख कर बोली,

"मांजी में थोड़ी देर में चली जाऊँगी" मैंने कहा।

"अच्छा" कह कर वो बगल में सोई काजल को थपकी देने लगी और कहने लगी" आप लोगों का धन्यवाद आप लोग आये, मेरा दुख बांटने..पर मुझे जो दुःख भगवान ने दिया है।.उसको तो मुझे ही उठाना पड़ेगा, ये एक साल की काजल का क्या होगा! सोच के कलेजा मुँह को आता है कह कर वो सुबक पड़ी, मैं उठ के उनके पास गयी और उनको संभाला।

"मांजी आपको विश्वास तो नहीं होगा पर ये सच है, हादसे के बाद आकाश मेरे से मिला था. उनको सारी बात बताई, वादे वाली बात सुन कर वो फूट फूट के रोने लगी।.रोते रोते कहने लगी "बहुत चाहता था तुम्हे आकाश ,जान से भी ज्यादा, पर भगवान को शायद कुछ और ही मंज़ूर था".

हम दोनों सुबकने लगे।

मैंने रुक कर कहा, 'आप चिंता मत कीजिये। अब मैं हूँ, आपकी और काजल की ज़िम्मेदारी अब मेरी है।

ये सुन वो थोड़ा संभली... और बोली "पर बेटा ये कैसे होगा? तुम्हारे रिश्तेदार हमारे रिश्तेदार क्या कहेंगे, समाज क्या कहेगा फिर तुम्हारी अपनी भी तो ज़िन्दगी है!"

"मांजी मेरे तो कोई रिश्तेदार हैं नहीं, और आपके भी जैसा कि आकाश ने बताया था कोई नजदीकी रिश्तेदार है नहीं जो कोई एतराज़ करे! वैसे भी कोई रिश्तेदार अभी कहाँ आया आपका दुःख बांटने, उनकी चिंता मत करिये! जहाँ तक बात समाज की है उसका सामना में करूंगी" मैंने उनको समझाते हुए कहा।

"पर बेटा कल तुम्हारी भी शादी होगी, तुम्हारे अपने बच्चे, अपना घर" कह कर वो रुक गयी।

फिर बोलीं "बुरा मत मानना, बहुत मुश्किल होता है बेटा! अपना बच्चा अपना ही होता है, फिर तुम्हारे पति इसको स्वीकार करे या नहीं" क्यों अपनी ज़िन्दगी को दांव पर लगाती हो, भगवान भरोसे है हम,..... राम भला करेंगे कह कर वो फिर सुबकने लगी।

"पति होगा, तब एतराज़ करेगा न! मैं शादी ही नहीं करूंगी, मांजी काजल ही अब मेरा जीवन है आप दोनों ही अब मेरा परिवार है "मेरे में न जाने कहाँ से इतनी हिम्मत और दृढ़शक्ति आ गयी थी।

"नहीं बेटा! तुम सोच कर देख लो कई बार भावनाओ में आकर उठाया हुआ कदम बाद में पश्चाताप का अहसास कराता है।" मांजी ने मुझे समझाने का प्रयत्न किया।

"पश्चाताप तो मेरा पूरा नहीं होगा अगर मैंने ये नहीं किया तो, ,सारी उम्र मैं आत्म ग्लानि की आग में जलती रहूंगी मैं! और आकाश से किये हुए वादे का क्या, उसकी आत्मा का यूँ आना मेरे पर विश्वास करना, मतलब उसे मुझसे आशा थी, मेरे पर विश्वास था। उसका विश्वास यूँही तोड़ दूँ? नहीं मांजी नहीं! मैंने इरादा कर लिया है और आज मैं आपको वचन देती हूँ कि मैं कभी शादी नहीं करुँगी और काजल को अपनी बेटी जैसा प्यार दुलार दूँगी" मैं अपने निश्चय पर अडिग थी।

"पर बेटी! मेरा कोई भरोसा नहीं, आज हूँ कल नहीं! तुम कैसे इस बच्ची को अकेले संभालोगी, तुम तो खुद एक बच्ची हो, कोई अनुभव भी नहीं, बच्चे के रख रखाव का" वो अभी भी मुझे समझाने की कोशिश कर रही थी।

"मांजी जब लड़की पहली बार माँ बनती है, तब भी तो उसको कोई अनुभव नहीं होता, वो भी तो अपने बच्चे को संभाल ही लेती है" मेरी दृढ़शक्ति के आगे मां ने भी हार मान ली।

काजल और माँ को लेकर मैं अपने शहर चली आयी, श्वेता और बाकी दोस्तों के कहने पर काजल के कानूनी तौर पर गोद लेने के औपचारिकताएं भी कर ली, अब काजल मेरी कानूनी तौर पर बेटी थी काजल भी धीरे धीरे मेरे से घुलमिल गयी। हम दोनों को यूँ घुलता मिलता देख मांजी भी प्रसन्न रहने लगी,

काजल का पास के एक प्ले स्कूल में दाखिला करा दिया और उसकी देख रेख के लिए एक मेड भी रख ली, मेरे ऑफिस से आते ही काजल मेरी गोद में चढ़ जाती और अपनी टूटी फूटी भाषा में अपने पूरे दिन के बारे में बताती। मेरी गोद में बैठ कर ही खाना खाती.

एक दिन मांजी हमको खेलता देख कहने लगी " तुमने इसे असली मां के जैसा प्यार दिया है। अब मैं चैन से मर सकूँगी। भगवान् तुम्हे सलामत रखे!"

"ऐसे क्यों कह रही हो मांजी " मैंने टोंका तो कहने लगीं "और नहीं तो क्या एक बस इसकी चिंता थी पर अब नहीं है, ,और अब दिन ही कितने बचे है।.

और वास्तव में ऐसा ही हुआ कुछ दिन बाद मां भी चल बसी। मैं फिर से अकेली हो गयी थी पर इस बार मेरे पास जीने की, हँसने की एक खूबसूरत सी वजह थी – 'काजल'

काजल को बड़े स्कूल में एडमिशन कराने का वक़्त आ गया था पर सबसे बड़ी चिंता थी उसके देख रेख की, माँ के जाने के बाद मेड के भरोसे मैं उसे पूरे दिन नहीं छोड़ना चाहती थी, और मेरे ऑफ़िस का टाइम ९:३० से ६:३० तक का था। बात धर्म संकट की थी पर मैं काजल के साथ कोई चांस नहीं लेना चाहती थी, इसलिए मैंने नौकरी छोड़ने का फैसला किया। श्वेता को जब ये बताया तो वो गुस्से से बोली, "पागल हो गयी हो इतनी अच्छी जॉब, अच्छी सैलरी, अच्छा फिर क्या करोगी।.खर्चा कैसे चलेगा जरा बताओ!"

"देखते हैं" मैंने कहा। न जाने कहाँ से इतने दृढ़ फैसले करने की हिम्मत मेरे में आ गयी थी, ये सब आकाश का ही तो उधार था। उसने ही मुझे जीना, वक़्त से लड़ना सिखाया था। बात उसकी सही थी, फ्लैट का किराया, काजल के स्कूल की फीस ये सब को लेकर मैं चिंतित थी।

मैं नौकरी छोड़ने से पहले दूसरी नौकरी ढूंढ़ने लगी, कोशिश कर रही थी पर कहीं बात नहीं बन रही थी, कहते हैं न कि अगर आपके इरादे मज़बूत हो और दृढ़ इच्छाशक्ति हो तो अवसर अपने आप पैदा हो जाते है,

काजल को रोज़ाना शाम को मैं अपार्टमेंट्स के पार्क में ले जाती थी वहाँ और बच्चे भी आते थे, काजल बच्चों के साथ खेलती और, उसके साथ मैं भी खेलने लगती थी, मुझे भी उनके साथ खेलने मैं बड़ा मज़ा आता था और बच्चे भी मेरे साथ बहुत एन्जॉय करते थे एक दिन जब हम लोग खेल कर वापस जा रहे थे तो पीछे से आवाज आयी "एक्सक्यूज़ मी" देखा तो एक महिला खड़ी थी।

"जी आप" मैंने पूछा

"मैं मिसेज खन्ना, इसी बिल्डिंग में रहती हूँ, सी ब्लॉक में, एक स्कूल में प्रिंसिपल हूँ" "आप को अक्सर बच्चों के साथ खेलते हुए देखती हूँ, आप बहुत जल्द बच्चों के साथ

घुल मिल जाती हैं और बच्चे भी आपको बहुत पसंद करते है और आपकी कंपनी को लाइक करते हैं, ये हुनर बहुत ही कम लोगो में होता है।"

"जी थैंक्स" मैंने शिष्टाचारवश कहा। वो आगे कहने लगी 'दरअसल मैं आप की ही जैसी एक लड़की को ढून्ढ रही थी जो हमारे स्कूल के बच्चों को खेल खेल में सीखा सके और कुछ ऐसी एक्टिविट्स डिज़ाइन कर सके जो बच्चों को स्कूल आने के लिए मोटिवेट कर सके!"

"पर मैं तो एक फैशन डिज़ाइनर हूँ, स्कूल का कोई अनुभव नहीं मुझे" मैंने थोड़ा हचकिचाते हुए कहा।

वो मुस्करायी और कहने लगीं "मेरे हिसाब से किसी काम को पर्फेक्ट्ली करने की लिए उसकी स्किल्स या उसके अनुभव से कही ज्यादा पैशन की जरूरत होती हैऔर जिस काम को इंसान करते हुए एन्जॉय करे वो काम हमेशा परफेक्ट होता है! और आप में दोनों चीज़ें हैं - पैशन और आप बच्चों के साथ एन्जॉय भी करती है।.. है न ? आप मेरे अनुसार उस प्रोफाइल के लिए सबसे फिट रहेंगी, क्या आप हमारे लिए काम करेंगी? आपको स्कूल के तरफ से कई सुविधायें मिलेंगी जिसमे शामिल होगी आपके रहने के लिए फ्लैट, और बच्चे की पढाई फ्री, सैलरी आप जो बोले!" कह कर वो फिर मुस्कुराई।

मेरे मन की मुराद पूरी हो गयी थी। ऐसा प्रतीत हुआ जैसे साक्षात् भगवन मेरी मदद करने को आये हो

मैंने उस स्कूल में नौकरी कर ली, काजल का भी एडमिशन करा दिया।

जीवन यूँ ही चलने लगा, काजल अब बड़ी हो रही थी, जब भी वो अपने पापा के बारे में पूछती तो में आकाश की तस्वीर दिखती और बताती कि उसके पापा कितने हिम्मत वाले थे।

अक्सर अकेले में आकाश की तस्वीर के सामने खड़े हो कर पूछती, मेरे से काजल के पालन पोषण में कोई कमी तो नहीं रह रही, मैंने अपना वादा ठीक से निभाया न?

"अरे कहाँ खो गयी" श्वेता की आवाज़ से मेरा ध्यान टूटा,

मैंने हँसते हुए कहा, "अरे यूँही यादों में खो गयी थी। तुम जाओ, जल्दी हाथ मुँह धो कर आओ, मैं नाश्ता लगाती हूँ," श्वेता को वाशरूम दिखा कर में किचन में नाश्ता बनाने लगी। नाश्ता लेके जैसे ही डाइनिंग टेबल पर पहुंची वहाँ देख कर एक बार तो होश ही

उड़ गए।

"आकाश"..तुम.... मैं आकाश देख कर अपनी जगह जैसे जम सी गयी।

"हाँ.... डरी तो नहीं तुम?" उसने मुस्कराते हुए पूछा।

मेरी साँसे तेजी से चलने लगी आँखों से आँसू बह निकले। मैं दौड़ कर उसके पास गयी। उसको छू कर देखा। तुम और फिर उससे लिपट गयी

आकाश .....इससे ज्यादा मैं बोल नहीं पायी और आँखो से सैलाब निकल पड़ा।

वो अपने चिरपरिचित अंदाज़ में हँसते हुए बोला "फिर वही रोना धोना।..अब क्यों रो क्यों रही हो?"

मैंने अपने आप को थोड़ा संभालते हुए कहा "इतने दिन कहाँ थे, कितनी अकेली थी मैं... पहले भी तो आ सकते थे जैसे उस दिन आये थे।

वो मुस्कुरा के बोला " मैं आया था कई बार!"

"अच्छा झूठ मत बोलो, अच्छा बताओ! जरा कब आये थे" मैंने रोते हुए पूछा।

वो फिर मुस्कराया, "आया था, पर नज़र नहीं आया।" वो कहने लगा "डॉ. मेघा का सिगरेट के धुएं को नोटिस करना कितना मददगार रहा तुम्हें ये प्रूव करना कि तुम मेरे से मिली थी वरना लोग तो तुम्हे पागल ही समझ बैठते। वो सब महज संयोग नहीं था और "वो बूढ़े सज्जन याद है जिन्होने तुम लोगों को अपनी गाड़ी में लिफ्ट दी थी, जब तुम लोग मेरे गाँव जा रहे थे। वो मैं ही तो था।"

"ओह माय गॉड" मेरा मुँह अचरज से खुला रह गया

"मिसिज खन्ना का यूँ आना और जॉब ऑफर करना वो क्या था, वो सब मैंने ही तो किया था, मैं तुम्हे दिखता नहीं पर तुम लोगो के आस पास ही रहता हूँ।" उसकी बात सुन कर मैं आश्चर्यचकित रह गयी। अनायास मुँह से निकल पड़ा "हे भगवान!"

"मेरे सपने को, मेरी ज़िम्मेदारी को तुमने अपना सपना अपनी ज़िम्मेदारी समझी.तो मेरी भी तो थोड़ी ज़िम्मेदारी बनती है न!" कह कर फिर मुस्कराया और कहने लगा "प्रिया मैं तुम्हे थैंक्स कहने आया हूँ कि तुमने मेरा वादा बहुत खूबी से निभाया उसके लिए तुमने बहुत त्याग और बलिदान दिए, उसके लिये में तुम्हारा कृतज्ञ हूँ।"

"कृतज्ञ तो मैं रहूंगी तुम्हारे प्रति कि तुमने मुझे जीना और हालातों से लड़ना सिखाया। उस दिन सुब्रमण्यम सर की क्लास में मेरा प्रेजेंटेशन ख़राब हो जाने के बाद कितनी इंसल्ट हुए थी मेरी। उसके बाद मैंने मन ही मन सोच लिया था कि ये कोर्स छोड़ दूँगी पर तुम्हारी कही हुई बातों ने मुझे एक अनजानी सी शक्ति और जोश से भर दिया था, जीवन के फलसफे तुमने ही तो सिखाये और तो और मुझे उस दिन के लिए माफ़ भी कर दिया जब तुम मुझे अपने माता पिता से मिलाने के लिए मेरा इंतज़ार करते रह गए और मैं नहीं आयी, ये सब अहसान ही तो हैं मेरे ऊपर। आँसू मेरे आँखों से और शब्द मेरे होंठों से निकले जा रहे थे। उसने मेरे चेहरे को अपने दोनों हाथों में लेते हुए मेरे आँसू पोछते हुए मुस्करा के बोला " प्रिया, अब मेरे जाने का समय आ गया है।"

"मतलब? अब तुम नहीं आओगे"? मैंने जिज्ञासावश पूछा

"ज़रूरत हुई तो आऊंगा! कहते हुई उसने मुझे गले लगाया और फिर तेजी से दरवाज़े से बाहर निकल कर नज़रों से ओझल हो गया।

"अरे किस से बातें कर रही थी" श्वेता कमरे से निकलते हुए बोली

"अरे कुछ नहीं, यूँ ही! बस, तुम बैठो नाश्ता करो" मैंने उसको नाश्ते की टेबल पर बुलाते हुए कहा।

आकाश से मिल कर बहुत हल्का महसूस कर रही थी, शायद इसलिए कि मैंने उसको दिया वादा अभी तक तो ढंग से निभा दिया था। बहुत देर उस परदे को देखती रही जो उसके तेज़ी से बाहर निकलने पर अभी भी उड़ रहा था..... यही सोच कर कि शायद फिर मुलाकात हो!

लेखक के बारे में

डॉ. राजीव कुमार श्रीवास्तव पेशे से एक पशुचिकित्सक हैं। मूलतः वे लखनऊ उत्तरप्रदेश के रहने वाले हैं। वर्तमान में राजस्थान के भीलवाड़ा में वरिष्ठ पशुचिकित्सा अधिकारी के पद पर कार्यरत हैं। अपने आसपास के लोगों और घटने वाली घटनाओं के प्रति संवेदनशील होने के नाते उन्हें ही शब्दों में पिरोकर कथा/लघुकथा का रूप दे देते हैं। अब तक डॉ. श्रीवास्तव के दो साझा कहानी संग्रह "नई लेखनी नया सृजन" व "कहानी मेरी कलम से" प्रकाशित हो चुके हैं।

घर से बिलकुल न निकालना

– डॉ. राजीव कुमार श्रीवास्तव

वो एक एकदम चुस्त दुरुस्त युवक था। हां अभी पिछले सप्ताह तक तो ऐसा ही था। मैं बात कर रहा हूँ, मेरे बचपन के दोस्त और स्कूल के साथी की। कसरती शरीर का मालिक था। कोई हारी बीमारी उसे छू कर भी न जाती थी। अपने काम में भी वो माहिर था। समाज में कभी भी किसी को कोई जरूरत पड़े, वो तुरंत हाजिर हो जाता था। ऐसी ही बातों ने उसे एक हद तक लापरवाह भी बना दिया था। कभी कोई मुसीबत में हो तो बिना आगा पीछा सोचे वो जुट जाता था अगले की मदद करने में। अच्छा एक बात है, शायद आप लोगों ने भी कभी महसूस किया हो "तारीफ का नशा" ये भी एक लत की तरह होती है।

जब आदमी के किसी काम की तारीफ होने लगती है तो आदमी को एक तरह का नशा सा ही हो जाता है। अपनी तारीफ सुनने का। तो मेरे दोस्त को भी ये नशा हो गया था। किसी के काम आने पर जो तारीफ मिलती उसे सुनने का नशा। उसकी पत्नी भी उसकी इन आदतों से परेशान थी लेकिन वो अपनी आदत से बाज न आता था। जबसे पिछले साल से ये कोरोना नामक महामारी आई है मेरे दोस्त का काम और बढ़ गया। शहर में कहीं से भी यदि उसे पता चल जाए किसी को कोई जरूरत है वो तुरंत हाजिर हो जाता। सबने बहुत समझाया लेकिन वो कहां मानने वालों में था। पिछली लहर में जाने कितनों की उसने मदद की। वो हम लोगों को बोलता था "ये बीमारी कमजोरों को होती है मुझे तो हो ही नहीं सकती।" ऐसे ही एक दिन उसे बुखार आया, वो फिर भी न माना। अपने काम में अपने जुनून में वैसा ही खोया रहा। "अरे, आजकल काम ज्यादा है इसीलिए थकान होगी, एक दो दिन आराम करूंगा सब ठीक हो जाएगा।" लेकिन बुखार कम न हुआ। चार पांच दिन बीत गए। बहुत कहने पर आधे-अधूरे मन से वो टेस्ट कराने को तैयार हुआ। सैंपल दिया। रिपोर्ट आते-आते दो दिन और बीत गए। रिपोर्ट भी नेगेटिव आई। सबने राहत की सांस ली। लेकिन ये क्या? शाम होते-होते दोस्त का ऑक्सीजन लेवल 85 यूनिट से कम हो गया। हम सब लोगों ने बड़ी भाग-दौड़ की और किसी तरह से उसके लिए एक प्राइवेट हॉस्पिटल में एक बेड का इंतजाम करा पाए। दोस्त को हॉस्पिटल में एडमिट कराया। अब दोस्त से संपर्क का केवल एक ही माध्यम था, वो था उसका मोबाइल फोन। उसी के जरिए हमें दोस्त का हाल मिलता रहा। दो दिन तक उसने संघर्ष

किया। कल रात को उसका आखिरी संदेश आया “राजू मेरे दोस्त, मुझे बहुत देर से समझ आया पर तू सुन ले, ये बीमारी किसी को नहीं छोड़ती। कोई इससे नहीं बच सकता। एक बार अगर ये आ जाए और इसे पहचानने में जरा सी देर हो जाए तो कुछ नहीं हो सकता। अगर बचना है तो घर से बिलकुल न निकलना।” ऐसा संदेश पाकर हम सभी व्यथित हो गए। तुरंत भागे भागे हॉस्पिटल गए। लेकिन कुछ कर नहीं पाए। दो एक घंटे बाद ही हमें खबर लग गई कि हमारा प्यारा दोस्त हम सबको छोड़ कर अनंत यात्रा पर निकल गया।

मेरा इस किस्से को यहाँ लिखने का केवल और केवल एक ही उद्देश्य है कि इसे पढ़ कर यदि किसी एक की भी जान बचती है तो शायद मेरा दोस्त अपने मिशन में सफल हो जाए। यही मेरे दोस्त के लिए मेरी तरफ से श्रद्धांजलि है।

लेखक के बारे में

नाम ---नन्द लाल मणि त्रिपाठी साहित्यिक उप नाम-पीताम्बर

पद—प्राचार्य

संस्थान --भारतीय जीवन बीमा निगम

जन्म स्थान----रतनपुरा देवरिया (उत्तर प्रदेश)

निवास -C--159 दिव्य नगर कालोनी पोस्ट -खोराबार जनपद-गोरखपुर -273010 उत्तर प्रदेश

भाषा ज्ञान------हिंदी, संस्कृत , अंग्रेजी , बंग्ला

शैक्षिक स्तर-स्नातकोत्तर तक सभी बिषयों के अध्यापन की योग्यता

समाजिक गतिविधि--1-युवा संवर्धन संरक्षण 2-बेटी बचाओ बेटी पढ़ाओ 3-महिला सशक्तिककर्ण 4--विकलांग अक्षम लोंगो के लिये प्रभावी परिणामपरक सहयोग

लेखन विधा--कविता ,गीत ,ग़ज़ल ,उपन्यास, कहानी

प्रकाशित कृति--एहसास रिश्तों का, काव्यकुसुम, काव्य आराधना, नायक, शौर्य का शंखनाद, प्रकाशित

शुभा का सच उपन्यास और मगरू का चुनाव प्रकाशन स्तर पर।

शोधपत्र--पांच

अध्ययन एव अतिरिक्त ज्ञान--आधुनिक ज्योतिष विज्ञानं

योग्यता ---वक्ता एवम् प्रेरक

साझा संकलन --पचहत्तर

सम्मान --- पांच अंतरराष्ट्रीय सम्मान

दो सौ राष्ट्रीय सम्मान बिभिन्न स्तरों पर

भारत की भक्ति

– नन्द लाल मणि त्रिपाठी

बीरभद्र सिंह पूर्वी उत्तर प्रदेश के अंतिम जनपद बलिया और देवरिया की सीमा पर लगे गाँव मनियारी के निवासी थे। वैसे तो इस क्षेत्र में सभी वर्ग समुदाय की अच्छी खासी आबादी है लेकिन कुर्मी बिरादरी के पास खेती अन्य वर्ग समुदाय की अपेक्षा अधिक है। यह कौम परिश्रमी और भारतीय धर्म दर्शन को हृदय आचरण से स्वीकार ही नहीं करती बल्कि उसका सादगी से पालन भी करती है। इस वर्ग के पास खेती रकबा अधिक होने का कारण बँटवारे की संस्कृति की कमी है जिसके कारण इस वर्ग में अब भी संयुक्त परिवार प्रणाली विद्यमान है जिसके कारण जमीन का परिवार बंटवारा न्यूनतम है।

दूसरा कारण है पूरा परिवार धरती माँ की सेवा कर अन्न सब्जी एवं अन्य फसलों का उत्पादन करता है। इस वर्ग की पारिवारिक अर्थ व्यवस्था कृषि पर ही आधारित रहती है। इस वर्ग के नौजवान पहले नौकरी को बहुत महत्व नही देते थे। आवश्यकता होने पर स्थानीय व्यवसास अवश्य करते और समाज मे सम्मानजनक स्थिति में रहते। बीरभद्र सिंह परिवार के मुखिया थे और उनके दो छोटे भाई अतिवीर सिंह और आदर्श सिंह थे। परिवार संयुक्त था। भाईयों में आपसी प्रेम और सामंजस्य था। मनिहारी गाँव के लोग बीरभद्र सिंह की पारिवारिक एकता की मिसाल देते।

बीरभद्र सिंह के दो बेटे बैभव सिंह, भारत सिंह अतिवीर को सिर्फ दो बेटियां और आदर्श को सिर्फ एक बेटा अभिलाष सिंह था। खेती के साथ तीनो भाईयों ने ईट भट्ठे का व्यवसाय कर लिया था। आय का पर्याप्त स्त्रोत था और सभी आधुनिक सुविधाएं मौजूद थीं। संयुक्त परिवार में किसी को कोई शिकायत का मौका न मिले, बीरभद्र इसका पूरा ख्याल रखते। कुल मिलाकर बीरभद्र सिंह का परिवार क्षेत्र के संपन्न प्रतिष्ठित परिवारों में था।

नई पीढ़ी की सोच बदल रही थी और नौकरी की तरफ उनका रुझान बढ़ने लगा। बैभव, भारत, अभिलाष में उम्र में दो- दो वर्ष का अंतर था। यही अंतर शिक्षा में भी था। बैभव डॉक्टर बनना चाहता था तो भारत, रक्षा सेवाओं में जाने का इच्छुक था। परिवार द्वारा बच्चों को अपनी जीवन शैली और भविष्य चुनने की स्वतंत्रता थीं बैभव अभिलाष पढ़ने के अलावा और किसी चीज में मन नही लगाते जबकि भारत पढ़ने में मन कम लगाता।

अधिक समय वह देश की सामाजिक, राजनीतिक समस्याओं के जड़ और निदान की बहस में या एक आदर्श परिवर्तन के राष्ट्र समाज की परिकल्पना में रहता। लेकिन पठन पाठन में कमजोर हो ऐसा नही था। वह भी एक अच्छा विद्यार्थी था मगर साथ ही साथ सामाजिक समस्यओं और उनके निवारण के लिये जागरूक था। जब कभी कोई यह कहता कि सरकारी तंत्र भ्रष्टाचार में आकंठ डूबा है और आम जनता त्रस्त है, उसका लहू खौल उठता। उसने आस पास गांवों को मिलाकर ग्रामीण स्तर पर एक संगठन बना रखा था, जिसका उद्देश्य स्थानीय स्तर पर युवाओं में उनकी जिम्मेदारी और भविष्य के प्रति जागरूकता पैदा करना था। हर छुट्टी के दिन उसके संगठन का नौजवान एकत्र होता और शारीरिक विकास के लिये खेल-कूद आदि की आपसी स्पर्धा आयोजित करता। यह समूह अपने व्यक्तिगत जेबखर्चे से खेल कूद और अन्य आवश्यक संसाधन जुटाता। भारत के नेतृत्व कौशल से लगभग सौ नौजवानों का एक समर्पित सशक्त समूह क्षेत्र में चर्चा का एव अनुकरणीय विषय था।

एक दिन भारत की नौजवान टीम के सदस्य, अवकाश में गांवों में घूम- घूम कर सफाई ,स्वस्थ, और शिक्षा के प्रति जागरूकता अभियान चला रहे थे और आस पास के गांवों में सक्रियता से जागरण का कार्य कर रहे थे। तभी पास के गाँव सराय मीर में एक गरीब बुजुर्ग सुखमन से मुलाकात हुई। सुखमन दलित वर्ग से आते थे। उनकी पुत्री थी कल्पना, जो पढ़ने लिखने में होशियार और तेज तर्रार थी। दलित कन्या का इस प्रकार से आगे बढ़ना जवार के कुछ लोंगो को रास नही आ रहा था जिसके कारण कुछ मानिंद परिवार के मनचलों ने कल्पना के साथ दुष्कर्म कर उसे एव उसके परिवार को इतनी दहशत में डाल दिया था कि कल्पना का स्कूल जाना बंद हो गया था।

जब सुखमन के दरवाजे भारत की नौजवान टीम पहुंची, तब सुखमन बहुत दुखी होकर बोले तुम नौजवान क्यों बेवजह का नाटक गाँव- गाँव करते फिर रहे हो! किस बात की स्वच्छता और स्वस्थ के लिये ऊधम मचाये हो! जबकि मालूम है कि कोई फर्क नही पड़ने वाला! देश ऐसे चलेगा; अमीर और अमीर होगा, गरीब और गरीब होगा और जो धन दौलत रुपये पैसे से ताकतवर होगा, वह मनमानी करेगा! जिसे कमजोर को बर्दाश्त करना होगा। तुम मुठ्ठी भर नौजवान चले हो समाज और देश बदलने! गांधी बाबा ने भी आजादी के साथ राष्ट्र में बदलाव के लिये अपनी जान दे दी! क्या उनके सोच सपने का देश बन पाया? क्या तुम सोचते हो कि तुम लोग कुछ भी बदलाव करने में सक्षम हो पाओगे? भारत की पूरी टीम सकते में आ गयी! भारत ने पूछा, “सुखमन चाचा क्या

बात है? आप इतने दुखी और क्रोधित क्यों हैं?" सुखमन ने कहा, "नौजवानों! अगर तुम जानना चाहते हो, तो चलो मेरे साथ!" इतना कह कर सुखमन उठे और उंनके पीछे- पीछे भारत की पूरी टीम।

सुखमन ने अपनी बेटी कल्पना को बुलाया। कहा, "बेटी, ये नौजवान देश समाज मे बदलाव लाने के लिये कृत संकल्पित हैं। इन्हें बताओ कि किस बदलाव के दौर से तुम गुजर रही हो!" कल्पना ने बिना किसी शर्म, संकोच के सिलसिलेवार आपबीती भारत की नौजवान टोली को बताई और यह भी बताया कि तुम लोग किस समाज राष्ट्र के लिये व्यर्थ समय गंवा रहे हो जहाँ न्याय,शासन और सरकारी तंत्र सिर्फ और सिर्फ दौलतमंद, दबंग, ऊंची रसूख वालों के लिये है। कल्पना के साथ दुष्कर्म की घटना को बीते एक सप्ताह हो गए। थानेदार एफ आई आर तक नही लिखता! जब भी जाते, यहीं कहता, "कुछ ले दे कर मामले को रफा दफा कर दो!" भारत एवं साथ के सभी नौजवानों का खून कल्पना और सुखमन की बात सुनकर खौल गया। भारत बड़े संयत होकर बोला, "यदि आप कहें तो कल्पना बहन को न्याय दिलाने की हम भी एक कोशिश करते हैं!" सुखमन मरता क्या न करता! बोला, "आप लोग भी कोशिश करके आजमा लो!"

भारत बोला, "कल आप कल्पना और मेरी यह नौजवानों की सेना एक साथ थाने चलेगी। समय ठीक आठ बजे सुबह! सुखमन को कोई आपत्ति नहीं थी। सुखमन ने कहा, "कल हम ठीक आठ बजे थाने के सामने खड़े मिलेंगे।" दूसरे दिन सुखमन कल्पना को लेकर ठीक आठ बजे सुबह मंथरा थाने पहुंचा। भारत की नौजवान टीम का इंतज़ार करने लगा। नौ बजा, दस बजा, ग्यारह, फिर बारह किसी का कोई पता नही! सुखमन कल्पना से बोले, "बिटिया, देख लिया! आज कल का नौजवान कितना फरेब थोखा और झांसा देता है! चलो, अब घर चलते हैं!"

कल्पना और सुखमन थाने से लगभग दो किलोमीटर घर की तरफ बढ़े होंगे, तभी नौजवानों का हुजूम आता दिखा जिनकी अच्छी खासी तादाद थी। सुखमन और कल्पना को यह भी शंका थी कि शायद किसी अन्य मामले में नौजवानों का हुजूम जा रहा हो, अतः आगे बढ़ने लगे। थोड़ी ही देर में सुखमन की मुलाकात नौजवानों से हुई। भारत ने कहा, "चाचा, चलिये थाने! थोड़ा बिलम्ब अवश्य हो गया। नौजवान हैं, अपने- अपने घर से निकलने से पहले सवाखन जो करते हैं। लेकिन अब आप चलिये। करीब आधे घण्टे बाद कल्पना सुखमन और सौ- डेढ़ सौ नौजवानों की टीम थाने जा धमकी। इतनी

भीड़ के साथ, कल्पना सुखमन को देखकर थानेदार नवतेरज सिंह का माथा ठनका। सुखमन, कल्पना, भारत के नेतृत्व के नौजवानों ने सीधे थानेदार नवतेज सिंह को घेर लिया। पुलिस वाले तो मिनट-मिनट नियत चाल बदलते हैं। नवतेज ने कहा, "आज मंथरा थाने के भाग्य खुल गये जो देश के भावी कर्णधार नौजवान थाने पर आए। बोलो नौजवानों, क्या सेवा करें अपने थाने पर?" नवतेज सिंह की गिरगिटिया भाषा सुनते ही भारत बोला, "सिंह साहब आप कल्पना की प्राथमिकी दर्ज करें। साथ ही साथ इसका मेडिकल परीक्षण करावें। इसी लिये समूचे क्षेत्र का नवजवान आपके मन्दिर जैसे थाने और आप जैसे देवता का दर्शन करने आया है!" थानेदार नवतेज सिंह के पैर के नीचे से जमीन खिसक गई। उसने कहा, "भाई इतने नौजवानों से बात करना संभव नही है। आप मे से कुछ चार पांच लोग एवं सुखमन आएं! हम सही तथ्यों की जानकारी आप लोगो को देते हैं।" नवतेज सिंह ने मामले को दबाने के लिये लंबी रकम नजराने में ले रखी थी। इसीलिए वह मामले को रफा दफा करना चाहता था।

नौजवानों से पांच नौजवान और सुखमन को एक किनारे ले जाकर समझाने की मुद्रा में थानेदार नवतेज ने एकसाथ कई पैंतरे चलने शुरू किये। बोला, "देखो, भाई! नौजवानों, मुकदमे प्राथमिक से बहुत भला तो होने वाला नहीं है। वर्षों कोर्ट के चक्कर और आवश्यक नहीं कि फैसला कल्पना के पक्ष में आये। न्यायालय में अनाप शनाप सवालो की बौंछार, पैसे का खर्च, समय की बर्बादी और फिर ऐसी स्थिति में कल्पना के भविष्य के लिये प्रश्न चिन्ह खड़ा होगा। कौन इसे अपनाएगा फिर? अतः बेहतर यही होगा कि कुछ पैसा सुखमन को मिल जाए, जिससे कि कल्पना का भविष्य बेहतर हो जाए।"

भारत के साथ के नौजवानो ने थानेदार नवतेज सिंह के प्रस्ताव पर चर्चा की। सभी नौजवानों ने एक स्वर में कहा, "नहीं! हम लोग एक न्यायिक प्रक्रिया के लिये आये हैं, जिसके परिणाम का जिम्मेदार थानेदार नही होगा। जिम्मेदारी कल्पना एवं सुखमन की होगी। इसलिये हम लोग प्राथमिक दर्ज कराएंगे जओ कि नवतेज सिंह को करना ही होगा।"

अब एकत्रित नौजवान दल बहुत कुछ सुनने के लिये तैयार नहीं था। भारत ने बहुत कड़े और स्पष्ट शब्दों में कहा कि "नवतेज सिंह जी यदि कल्पना जैसे हालात आपकी बेटी के साथ हो तो क्या आप कुछ ले दे कर मामले को रफा दफा कर लेंगे?" नौजवानों की एक ही बात से नवतेज सिंह के समझ मे आ गया कि नौजवान आज आर पार के लिये

दृढ़ हैं। इनके ऊपर कोई लालच, भय कार्य नहीं कर सकता! अतः विवश होकर नवतेज ने प्राथमिकी दर्ज की और कल्पना की मेडिकल कराई। फिर अभियुक्तों को गिरफ्तार कर जेल भेज दिया।

नौजवानों का हौसला चौथे आसमान पर था। जवार में यह चर्चा जोरों पर थी कि भारत एवं युवाओ की टीम ने कमाल कर दिया। नौजवान कुछ भी कर सकता है। अब जब भी आस पास के गाँव के लोग ब्लॉक, तहसील, कलेक्ट्रेट में किसी कार्य के लिये जाते और कोई अधिकारी प्रताड़ित करता या घूस मांगता तो दूसरे ही दिन भारत की नौजवान टीम पहुँच जाती और उस अधिकारी को लेने के देने पड़ जाते! भारत की नौजवान बानारी सेना कुछ ही दिनों में सामाजिक राजनीतिक रूप से सशक्त, जन प्रिय और आशा आस्था के केंद्र बन गए थे।

भारत के भाई बैभव और अभिलाष अपने- अपने मकसदों में कामयाब थे। बैभव डॉक्टर और अभिलाष तहसीलदार बन चुका था। भारत को पिता बीरभद्र सिंह ताना देते हुये बोले कि सारे भाई अच्छे ओहदों पर है मगर तुम नेता गिरी कर रहे हो, जिसका भविष्य कुछ नहीं है। भारत को पिता का यह ताना बहुत खराब लगा और आहत कर गया। उसने संयुक्त रक्षा सेवा में आवेदन दिया और कड़ी मेहनत की। एक वर्ष में भारतीय वायु सेना में उसका अधिकारी के पद पर चयन हुआ। एक वर्ष के कठिन प्रशिक्षण के बाद वह भारतीय वायु सेना में फ्लाइट अफसर बन चुका था। जाने से पूर्व उसने अपनी बानरी सेना को अपने भावों के प्रवाह से सिंचित करते हुए कहा, "मित्रों, मैं भारतीय वायु सेना में देश सेवा के लिये जा रहा हूँ। तुम सभी भी कड़ी मेहनत से अपने माँ बाप की आशा और विश्वास को कायम रखते उंसे मजबूत करना। हम लोगों ने अपनी युवा सेना से राष्ट्र विकास और निर्माण का जो बीजारोपण किया है वह समाप्त नही होना चाहिये। हम सभी ने मिलकर देश की बीमारी भ्रष्टाचार और अन्याय की बुनियादों पर हमला कर उसे समाप्त कर एक स्वस्थ स्वच्छ, निष्पक्ष, अनुशासित आजाद राष्ट्र की शुरुआत अपने छोटे से गाँव से की है। यह किसी भी सूरत में रुकनी नही चाहिये। इसे एक जन क्रांति के रूप में जारी रखना होगा। यदि आप कही नौकरी में जाते हैं, जैसे कि मैं जा रहा हूँ तब भी हमारी क्रांति की शुरुआत कमजोर नहीं पड़नी चाहिये। अतः अपने ब्लॉक, तहसील, जनपद का प्रत्येक नौजवान पांच वर्ष तक निश्चित तौर पर युवा क्रांति मोर्चा के युवा सक्रिय सदस्य के रूप में अपनी सेवाएं देगा। यह क्रम निरंतर चलना चाहिये। राष्ट्र का नागरिक होने के नाते यह हमारा कर्तव्य भी है और युवा होने के नाते राष्ट्र समाज की हमसे अपेक्षा भी है कि

हम भविष्य के लिये एक सशक्त, सुंदर, सबल, सक्षम, संपन्न राष्ट्र के निर्माण में अपनी भूमिका निर्धारित करें।" सारे नौजवानों ने जलती हुई मोमबत्ती की लौ पर हाथ रख कर शपथ ली और तब भारत ने विदा ली।

भारत की नियुक्ति आगरा हुई। वहाँ से कानपुर, फिर आगरा। भारत ने जल्द ही अपनी कुशलता और मेहनत से अपने अधिकारियों का मन जीत लिया और एक विश्वसनीय अधिकारी में शुमार हुआ। पड़ोसी राष्ट्र ने धोखे से कारगिल द्रास बटालिक में ऊंची पहाड़ियों पर कब्जा कर लिया और छद्म युद्ध छेड़ दिया। हिंदुस्तान ने भी दुश्मन का जबाब देने की ठान ली। समस्या यह थी कि भारतीय सेनाएं नीचे और दुश्मन हज़ारों फीट ऊंचाई पर बैठा था। एक पत्थर का टुकड़ा भी भारतीय सेना पर बारूद से भारी था। भारतीय वायु सेना ने कारगिल विजय के लिये ऑपरेशन विजय में एक अहम भूमिका निभाने के लिये भारत सिंह को ऑपरेशन विजय का वायु सेना एक्शन चीफ बनाया। भारत ने बड़ी सूझबूझ और बहादुरी से ऑपरेशन विजय को सशक्त सफल और धारदार बनाया। नतीजा कारगिल में देश को विजय मिली। दुश्मन को शर्मिंदगी के साथ मैदान छोड़ना पड़ा। भारत को बहादुरी के सर्वोच्च संम्मान से सम्मानित किया गया। भारत की बहादुरी के किस्से देश के हर नागरिक की जुबानी थे।

भारत ने बीस वर्ष की सेवा के बाद वायुसेना से अवकाश ले लिया और गाँव लौट आया। उसकी उम्र पचपन वर्ष थी। पिता बीरभद्र सिंह का स्वर्गवास हो चुका था। भाई भी उसी उम्र के आसपास के थे। परिवार अब भी संयुक्त था। भारत के बेटे अर्णव और आर्य भी अच्छी आर्थिक, सामाजिक स्थिति में थे। बैभव और अभिलाष आज्ञाकारी भाई थे। परिवार में समन्वय और प्यार था। भारत ने गाँव लौटकर अपनी युवा टीम के साथियों को, जो अब उसकी हम उम्र के हो चुके थे; एकत्र किया और देश मित्र वाहिनी का गठन किया। उसने गरीबों के लिये छोटे- छोटे रोजगार का सृजन, बीमार बुजुर्गों के लिये, महिलाओं, बच्चों के लिये, समाज के कमजोर वर्ग के लिये, नौजवानों की शिक्षा रोजगार के लिये एक केंद्र की स्थापना की। कल्पना ने इसमें महिलाओं को जोड़ने का कार्य किया। भारत पुनः युद्ध के मैदान के बाद राष्ट्र सेवा में कूद पड़ा।

कल्पना ने महिलाओं की एक समिति बना कर उन्हें ग्राम उद्योग में प्रशिक्षित किया, जैसे सिलाई बुनाई, पापड़ बनाना, मसाला बनाना और जिस महिला को जिसमें रुचि थी, उसको वही मनपसंद कार्य दिया जाता। धीरे धीरे कल्पना ने मात्र पांच वर्षों में ही भारत

महिला गृह उद्योग को एक मजबूत औद्योगिक इकाई के रूप में स्थापित एव प्रमाणित किया। नौजवानों के लिये रोजगार के मार्ग संसाधन उपलब्ध कराकर एक नई क्रांति की शुरूआत की। बहुत से नौजवान शिक्षक,सेना, पुलिस आदि विभिन्न महकमे एवं पदों पर विभूषित थे। बुजुगों के लिये जो जिस हुनर अनुभव से परिपूर्ण था, उंसे नवजवानों को उसी विषय में प्रशिक्षण का दायित्व दिया गया। भारत के नेतृत्व में गाँव में एक नए उत्साह, विकास की ऊर्जा आस्था का संचार हुआ। गाँव से नगर,नगर से शहर,शहर से जनपद, राज्य देश तक भारत के परिश्रम की खुशबू हवाओ के झोंको के साथ फैलने लगी। अंत मे भारत को भारत सरकार द्वारा सम्मानित करने के लिये रक्षा मंत्री और गृह मंत्री एक साथ मनिहारी पहुंचे। भारत को भारत यानी भारत सरकार द्वारा सम्मानित होने का नज़ारा देखने के लिये लाखों की संख्या में लोग एकत्र हुये। गृह मंत्री ने अपने सम्बोधन में कहा, "देश सेवा के लिये किसी अवसर या समय की आवश्यकता नहीं होती! सच्चा देश भक्त देश सेवा के लिये अवसर बनाता भी है और उसे उत्कर्ष पर ले जाता है। भारत आज इसी मिथक की सच्चाई है। छात्र जीवन मे इन्होंने भ्रष्टाचार, अन्याय से भय मुक्त करने के लिये लड़ाई लड़ी और आज वह छोटी शुरुआत देश में क्रांतिकारी परिवर्तन का आगाज़ बनी है। वास्तव में भारत, भारत जैसों की भूमि है जहाँ कण कण के लिये मर मिटने वाले भारत, भारत का वर्तमान और भविष्य है।"

रक्षा मंत्री ने कहा, "जब दुश्मन ने हमें ललकारा, तब माँ भारती के सच्चे वीर सपूत भारत जैसे जांबाज़ ने दुश्मन की औकात बता कर मातृ भूमि का सर गर्व से ऊंचा किया। भारत जैसे नागरिक, देश प्रेम का जीवंत उदाहरण हैं एवं स्वर्णिम भविष्य के निर्माण की जागृत प्रेरणा भी। देश प्रेम, देश सेवा, एक भाव है, जज्बा है, भक्ति है, आराधना है, तपस्या है, कर्तव्यबोध है और सत्य में जीवन का मौलिक मूल्य है। यह भारत के वीर सपूत भारत ने प्रमाणित किया है।" उपस्थित जन सैलाब की आँखों में अपने भारत की आस्था में, प्यार में, गुमान में, सम्मान में, खुशी के भाव से छलकते आँसू थे।

लेखिका के बारे में

प्रीति शर्मा "असीम" एक लेखिका और स्कूल में प्रधानाचार्य हैं। यह हिमाचल प्रदेश के डिस्ट्रिक्ट सोलन में नालागढ़ की निवासी हैं। लिखने का शौक इन्हें बचपन से ही है। इनकी लेखनी कल्पना से परे सच्चाई पर लिखती हैं। उन्हें हर दिन कुछ नया करने और कुछ नया सीखने और बनाने की विशेष रूचि है। स्टोरीमिरर पर वह पिछले 5 सालों से जुड़ी हुई है, यह इनका पहला मंच है जहां से इन्होंने लिखना शुरू किया था। दो बार राइटर ऑफ ईयर रह चुकी है और नॉन स्टॉप नवंबर 2019 की टॉफी विनर और 2019 My Words दिसंबर की ट्रॉफी विनर रह चुकी है। इन्हें स्टोरीमिरर से इतना स्नेह है कि वह अपनी सबसे पहली रचना कहीं और भेजने से पहले स्टोरीमिरर पर लिखती है। शिक्षा में एम.ए. (इकोनॉमिक्स, हिंदी), बी.एड. की हुई हैं।

*Positive Thought Content Manager

*Executive Director of D.Y M Himachal

*Director (Advisory Board) D.Y.M.Principal Association

*RHB Disttl Literary president Solan

*Creative and outstanding Head Winners Publication club

*शहर समता विचार मंच प्रदेश अध्यक्ष हिमाचल प्रदेश

*विश्व संवाद परिषद अध्यक्ष हिमाचल प्रदेश

*साहित्य संगम संस्थान पंच परमेश्वरी सदस्य हिमाचल प्रदेश की सदस्य है।

रुचि- पढ़ना, लिखना, खाना बनाना, रचनात्मक कार्य आदि हैं।

इन्हें हिंदी, पंजाबी, अंग्रेजी का भाषा ज्ञान है। 21 से अधिक साझा संग्रह में इनकी रचनाएं प्रकाशित हुई हैं। दो काव्य संग्रह जिंदगी के रंग और प्रेरणा प्रकाशित हो चुके हैं।

देश-विदेश की पत्र-पत्रिकाओं में कविता, आलेख, समीक्षा, कहानी, निबंध प्रकाशन, संस्मरण, लघु कथा आदि प्रकाशित हुए हैं और 231 से अधिक इन्हें सम्मान पत्र प्राप्त हुए हैं। इनका एक सपना है कि साहित्य में श्री रविंद्र नाथ टैगोर की तरह एक दिन यह नोबेल प्राइज प्राप्त करें।

गली बॉय

– प्रीति शर्मा "असीम"

नेहा तेज क़दमों से मेन रोड से, एक छोटी गली से होते हुए अपने घर का रास्ता तय रही थी। वह बहुत डरी हुई थी क्योंकि अभी थोड़े समय पहले उसने जो कॉलेज रोड के बाहर गुंडागर्दी देखी थी, उसे देख कर वह घबरा गई थी। नेहा की एक सहेली ने बताया कि डरने की कोई बात नहीं, यहाँ तो आए दिन ऐसे झगड़े होते रहते हैं। और फिर कॉलेज में हड़ताल हो जाती है कभी हिंदू, कभी मुसलमान। यही तो मुद्दा चाहिए हर चुनाव को, चाहे फिर वह कॉलेज के अंदर के हो या कॉलेज के बाहर के।

इनके झगड़े को थोड़ा सा तूल देकर बस धर्म के ठेकेदार तैयार खड़े हैं। लड़ने के लिए अपने-अपने धर्म को बचाने के लिए! जैसे वही बचा रहे हैं। नेहा इसी सोच में गली में थोड़ा आगे बढ़ी तो उसने देखा नुक्कड पर कुछ मुस्लिम लड़के खड़े हैं। गली बॉय! उसे चाची की बात याद आई। गुंडे हैं सारा दिन गलियों में खड़े रहते हैं मुँह उठाकर।

तभी उसने ध्यान दिया उस के पीछे कोई चल रहा था। पीछे मुड़ कर देखा एक लड़का चल रहा था। नुक्कड़ पर खड़े लड़कों में से एक लड़का था। वह डर गई। घर पहुंचने में अभी समय था। गली बहुत ही लंबी लग रही थी, इतनी लंबी कि खत्म होने को नहीं आ रही थी। उसने सोचा था कि वह शॉर्टकट से घर पहुंच जाएगी। जल्द से जल्द ही, लेकिन गली थी कि लंबी हुए जा रही थी और अपने पीछे लड़के को आते देख और भी घबरा गई थी।

एक बार उसने फिर पीछे मुड़कर देखा। लड़का मुस्लिम लग रहा था। उसे चाची की बात याद आई "यह तो गुंडे है। यह नहीं किसी के सगे होते हैं बस मौका देखते ही घात कर जाते हैं।" नेहा और तेज चलने लगी। लड़का भी लगातार उसके पीछे-पीछे चल रहा था। फिर वह जल्दबाजी में अपनी गली से मिलती-जुलती किसी अलग गली में घुस गई थी और उसे समझ नहीं आ रहा था कि घर जाने के लिए जो रास्ता उसने पकड़ा था वह इतना लंबा कैसे हो गया है। तेज कदमों से लड़का भी उसके पीछे चला जा रहा था। फिर ख्याल आया अखबारों में कैसी ख़बरें आती रहती है। यहाँ बलात्कार वहाँ बलात्कार! आज शहर में दंगे भड़के हुए हैं और यह मुस्लिम लड़का उसके पीछे-पीछे चल रहा है

यह तो हिंदुओं की लड़कियों के लिए मौका ढूंढते हैं! यही सब मोहल्ले के लोग कहते हैं। वह तेज क़दमों से भागी जा रही थी, तभी आगे जाकर उसने देखा कि गली बंद हो गई।

लड़का रुक गया और बोला, "आपने कहाँ जाना है?"

"लाजपत राय रोड, गली नंबर 6", नेहा ने डरी सहमी आवाज में उत्तर दिया।

"लेकिन आप तो गली नंबर 9 पर मुड़ गईं थीं। मैंने आपको देख लिया था। शहर में दंगे भड़के हुए हैं। हिंदू-मुस्लिम के लिए तो आगे ही मुद्दा बना हुआ है। यह दोनों एक दूसरे के दुश्मन बने हुए हैं। आपको गलत गली में जाते हुए देखा तो आपके पीछे चल पड़ा कि आप को सुरक्षित आपके घर तक पहुंचा दूँ क्योंकि अच्छे बुरे लोग हर मजहब में होते हैं। यह मुसलमानों का मोहल्ला था। हो सकता था, कोई बदला लेने के लिए... ! इसलिए मैं आपके पीछे-पीछे चल रहा था।" नेहा की जान में जान आई। उसने गली की तरफ इशारा किया। "इस गली से आपका घर आ जाएगा।" दस कदम की दूरी पर नेहा का घर आ गया। उसने एक लंबी सांस ली। लड़के की तरफ देखा और घर के अन्दर चली गई।

"नेहा जल्दी आ गई" माँ ने पूछा, हां। "माँ, शहर में आज दंगे हो रहे हैं। कॉलेज रोड के बाहर! बस सभी को छुट्टी कर दी।" नेहा उस लड़के के बारे में सोच रही थी। कैसे हमारे दिमाग में विचार बना दिए जाते हैं कि यह अच्छा है, यह बुरा है। पर हम बिना जाने अपना विचार बना कर बैठ जाते हैं। लेकिन अच्छे बुरे लोग तो हर मजहब में, धर्म में होते हैं और किसी को बिना जाने ही उसके विषय में राय बना लेना गलत है। हर गली बॉय, गुंडा नहीं हो जाता! वह भी अपनी इंसानियत दिखा सकता है।

लेखक के बारे में

राजीव पुंडीर, एम् डी (आयुर्वेद), व्यवसाय से दिल्ली के एक प्रख्यात आयुर्वेदिक चिकित्सक हैं। ज़िदगी के भीतर झाँककर उसके खट्टे-मीठे अनुभवों को कभी हिंदी में, कभी इंग्लिश में, कभी कहानियों में, कभी कविताओं में और कभी उपन्यास के रूप में लिखने का उन्हें बेहद शौक है। हिंदी में उनके अभी तक दो कहानी संग्रह - सात पहेलियाँ और एक्वेरियम प्रकाशित हो चुके हैं, जबकि इंग्लिश में पांच उपन्यास - Even God Does Not Know!, Song Of A Flying Sparrow, Wedding Vows, A Tracker And The Heart Stealer और Life On The Edge तथा एक लघु कथा संग्रह - Tiny Tales प्रकाशित हो चुके हैं। इनकी कवितायें व कहानियाँ विभिन्न संग्रह कोषों का जैसे Melody Of Life, Crush 2, Flock तथा Love: A Sweet Poison और ज़िंदगी: कभी धूप कभी छांव में प्रकाशित हो चुकी हैं। Storymirror.com, Dawriter.com तथा प्रतिलिपि जैसे ऑनलाइन पोर्टल्स में भी इनकी कहानियों और कविताओं का लगातार प्रकाशन होता रहता है।

काले चश्मे वाली नर्स

– राजीव पुंडीर

आज बहुत दिनों के बाद उसकी आँखों में हरकत हुई। उसने अपनी पलकों को फड़फड़ाया और देखने की कोशिश की। मगर घने अँधेरे के सिवाय सामने कुछ न था। अब उसे यकीन हो गया था कि शायद अब वो देख नहीं पायेगा। ये सोच कर ही वह बहुत घबरा गया। उसने कुछ याद करने की कोशिश की परन्तु सिवाय इसके कि जिस फैक्ट्री में वो काम करता था, वहाँ सल्फ्यूरिक एसिड का एक ड्रम फट गया था और उसका सारा शरीर एसिड से जल गया था। उसके बाद क्या हुआ! कुछ पता नहीं।

उसने थोड़ा हिलने की कोशिश की, मगर भारी दर्द के कारण वो हिल भी न सका। बस एक दर्द भरी आह उसके मुंह से निकली। जो नर्स वहाँ बैठी थी, आह सुनते ही उसकी ओर ऐसे लपकी जैसे उसे उसकी आह का बरसों से इंतज़ार था। वो खुश थी कि जिस मरीज़ की सेवा वो इतने दिन से कर रही है, वो बच गया है।

मैं कहाँ हूँ? उसने कराहते हुए पूछा।

"हॉस्पिटल में" नर्स ने ज़वाब दिया।

किस हॉस्पिटल में?

"सफ़दरजंग, दिल्ली में" नर्स धीरे से बोली।

उसने फिर से उठने की कोशिश की। नर्स ने उसका कन्धा थपथपाते हुए कहा,

"आप लेटे रहिये! अभी ठीक होने में टाइम लगेगा"

फिर नर्स ने पानी का गिलास उठाया और दूसरे हाथ में चम्मच लेकर पानी भर लिया और उसके होठों की तरफ बढ़ाया। पहले उसने एक हल्का सा घूंट भरा और अपनी जीभ से अपने सूखे हुए होठों को नम किया।

आप कौन हैं? उसने बहुत कोशिश करके पूछा।

"नर्स"

मेरी पत्नी कहाँ है?

"वो दवाइयां लेने मेडिकल स्टोर तक गयी हैं, अभी आती होंगी। तब तक मैं हूँ ना" नर्स ने सहानुभूतिपूर्वक ज़वाब दिया।

करीब तीन महीने के अथक प्रयास के बाद उसकी जान तो बच गयी थी, मगर चेहरा-मोहरा सब कुछ बहुत विकृत हो गया था। एसिड से जल जाने के कारण उसकी खाल इस प्रकार से खिंच गयी थी कि अब उसे कोई पहचान नहीं सकता था। इस हादसे में वो अब अपनी एक आँख भी खो बैठा था। बहुत कोशिश करने के बाद जब उसे दूसरी आँख से थोड़ा-थोड़ा दिखायी देना शुरू हुआ तो आईने में अपना खुद का चेहरा देख कर वो डर गया। ऐसा वीभत्स चेहरा उसने कभी नहीं देखा था। एकदम घोर निराशा ने उसे घेरे लिया।

उसको उदास देखा तो पत्नी ने पूछा, क्या बात है? इतने उदास क्यूँ हो गए?

आभा, अभी तो हमारा जीवन शुरू ही हुआ था और ये हादसा हो गया। मेरा चेहरा इतना वीभत्स हो गया है कि मुझे समझ नहीं आ रहा कि तुम तमाम उम्र मुझे कैसे ढो पाओगी? उसने भरे दिल से कहा।

उसकी आँखों में आंसू छलक आये। आभा धीरे से उठी और उसके पास जाकर बोली, "आप निराश मत होइए, सब ठीक हो जाएगा।" और उसके आंसू अपने हाथ से पोंछ दिए।

"आभा, तुम खूबसूरत हो, जवान हो, और मैं! नहीं, नहीं! तुम दूसरी शादी कर लेना" उसने फिर से कहा। ये कहते हुए वो रो पड़ा। शायद दर्द बहुत घना और गहरा था।

"नहीं नहीं। आप ठीक हो जायेंगे। डॉक्टर कहते हैं, प्लास्टिक-सर्जरी करनी पड़ेगी और सब ठीक हो जाएगा" उसकी पत्नी ने उसका हौसला बढ़ाते हुए कहा।

मगर प्लास्टिक-सर्जरी का लाखों रुपयों का खर्च हम कैसे उठाएंगे? फेक्ट्री की नौकरी तो जा ही चुकी है। तुम अकेले कैसे कर पाओगी? उसने घोर निराशा में कहा।

"कोई बात नहीं, भगवान् सब ठीक करेगा। देखो यहाँ भी कोई नहीं कहता था कि तुम बच जाओगे मगर उस काले चश्मे वाली नर्स के रूप में हमें तो जैसे भगवान् मिल गया। ये उसी की मेहनत का फल है कि तुम बच गए" आभा ने फिर से उसको दिलासा देते हुए उसका कंधा थपथपाया।

अगले दिन जब वो काले चश्मे वाली नर्स आई तो आभा दवाई लेने मेडिकल-स्टोर तक गयी हुई थी।

"नमस्कार" आते ही नर्स ने कहा और दवाई देने के लिए स्ट्रिप से टेबलेट निकालने लगी।

"सिस्टर, आपसे कुछ कहना है," उसने धीरे से हिचकिचाते हुए कहा।

"हाँ, कहिये।"

सिस्टर, मेरी आपने इतनी सेवा की है कि..." फिर थोड़ी देर चुप होकर बोला, "कि शायद भगवान् भी न कर पाता। मैं आपका ये क़र्ज़ कैसे चुका पाऊंगा?"

"अरे नहीं, इसमें क़र्ज़ वाली कोई बात नहीं। ये तो मेरा काम है!" नर्स ने उसकी ओर देखा और मुस्कुराते हुए कहा, "हाँ, मुझे इस बात का अहसास ज़रूर है कि जलने का दर्द, वो भी एसिड से, क्या होता है।"

वो कैसे? उसने उत्सुकतावश पूछ लिया।

कुछ सेकंड्स के लिए नर्स चुप रही। उसकी खामोशी ही बता रही थी कि बात बहुत गंभीर है।

"आज से पांच साल पहले किसी हरामी ने मेरे चेहरे पर एसिड फेंक दिया था। तब से, इलाज़ कराते-कराते मेरे पापा चले गए। हमारा घर बिक गया और हम सड़क पर आ गए। किसी तरह मेरी माँ ने घर-घर झाड़ू बर्तन करके मुझे ये नर्स की ट्रेनिंग करवायी और हम कुछ संभल गए." नर्स ने दर्द भरे लहजे में कहीं दूर देखते हुए कहा।

और वो? उसका क्या हुआ? उसने उत्सुकतावश जानने की कोशिश की।

"होना क्या था? हम सब मेरे इलाज़ में लगे रहे, उधर वो ले-दे कर छूट गया"

वो देख रहा था कि नर्स का चेहरा एसिड फेंकने वाले के प्रति अथाह नफरत से भरा था। उसके एक-एक शब्द में उसका दर्द छलक कर बाहर आ रहा था। अब उसे ये भी आभास हो गया था कि वो हमेशा काला चश्मा क्यूँ पहने रखती है।

क्या नाम है आपका? उसने गंभीर होकर पूछा।

"बुलबुल"

कहाँ की रहने वाली हैं आप?

मेरठ?

किस मोहल्ले से?

"बुढाना गेट।"

किस कॉलेज में थी आप?

"मेरठ कॉलेज में बी.ए. कर रही थी उस समय।"

कभी उस लड़के से मुलाक़ात हुई?

"थूकती हूँ मैं उसके ऊपर! साला"

फिर न उसकी कुछ पूछने की हिम्मत हुई, न आगे उस नर्स ने कुछ कहा।

कमरे में गहरा सन्नाटा छा गया। इसके बाद वो दवाई देकर चुपचाप चली गयी।

घंटे भर बाद जब आभा लौटी तो देखा कि उस वार्ड के नीचे लोगों का जमघट लगा हुआ है। उत्सुकतावश उसने किसी से पूछा कि क्या हुआ है?

"किसी मरीज़ ने ऊपर से छलांग लगा कर आत्महत्या कर ली है," किसी से ज़वाब मिला।

"ओह," और ये कह कर वो अपने पति के वार्ड की ओर चल पड़ी।

मगर वो वहाँ मौजूद नहीं था। कुछ लोग बालकनी से नीचे झाँक रहे थे। उसने भी नीचे झांककर देखा।

नीचे उसके पति की लाश पड़ी थी।

उसकी जेब से उसका लिखा एक कागज़ का पुर्ज़ा मिला था जिसमें लिखा था-

"पांच साल पहले किये हुए घृणित काम का प्रायश्चित करने का और कोई तरीका नहीं है मेरे पास। बुलबुल मुझे माफ़ कर देना। सुरेश।"

लेखिका के बारे में

"माँ हूँ तभी ज़िन्दा हूँ"

ज्योति धनखड जी का जन्म 18 जनवरी 1975 को हरियाणा के रोहतक ज़िले में हुआ। घर में सबसे छोटी बेटी होने के कारण उन्हें माँ,पापा, भाई, बहन का बहुत ही प्यार मिला। जिस वक्त लड़कियों के लिए शिक्षा का महत्व इतना नहीं समझा जाता था तब उन्होंने राजनीतिक विज्ञान में मास्टर्स की तथा बी.एड. किया।

शादी के बाद बेटियों की परवरिश के साथ उन्होंने अपने लेखन को भी जारी रखा। बच्चों की पढ़ाई के चलते उन्होंने अपना बुटीक बंद करके रीसेलिंग का काम शुरू किया। 2006 में पिता जी के जाने के बाद उनकी याद में गार्ड्निंग का शौक़ ज़ारी रखा। ज्योति जी पेंटिंग का भी शौक़ रखती हैं।

ज्योति जी, वर्तमान में कई डिजिटल मंच पर अपनी कविता, कहानियाँ लिखती हैं।

2020 से उन्होंने दिल्ली में ओपन माइक पर अपनी कविताओं को पढ़ना शुरू किया। उनकी इस पहल से दूसरी महिलाओं को भी मंच पर आने की प्रेरणा मिली।

ज्योति को कई डिजिटल मंचों से पुरस्कार राशि, सर्टिफ़िकट्स प्राप्त हो चुके हैं।

2022 में उन्हें उनके लेखन कार्य, सोशल वर्क, पेंटिंग, गार्ड्निंग हर क्षेत्र में सराहनीय कार्य करने के लिए एक एनजीओ की तरफ़ से महिला दिवस पर " सुपर विमन" का अवार्ड मिला है।

ज्योति जी सोशल सर्विस में हमेशा आगे रहती हैं। पड़ोस में किसी लड़की की शादी हो या किसी बच्चे की पढ़ाई की स्टेशनरी; वो हमेशा सबकी मदद के लिए तैयार रहती हैं।

ऊपर वाले का चक्कर

– ज्योति धनखड

मेरी एक बहुत प्यारी सहेली थी, हम साथ साथ ही एक घर में रहते थे, उसका नाम नित्या था। थोड़े वक्त पहले ही हम गाँव से शहर आए थे। लगभग हमउम्र ही थे हम दोनों, खूब बनने लगी थी हमारी।

वो पीछे के पोर्शन में रहती और हम आगे के।

दो बेटे थे उसके पास और मेरा एक ही बेटा था उस वक्त। वो दोनों बड़े थे माधव और राघव, मेरा बेटा आदित्य छोटा था।, माधव और राघव के रहते मुझे आदित्य का पता ही नहीं चलता कि उसको क्या चाहिए क्या नहीं। बड़े भाइयों का प्यार मेरे आदि को बखूबी मिल रहा था।

एक दिन मैं पड़ोस में ही रहने वाली मेरी चाची के घर गई हुई थी, आदि मेरे ही साथ था। अचानक राघव भागता हुआ मेरे पास आया कि मौसी जल्दी चलो, मम्मी जल गई। हम भागते हुए घर पहुंचे और देखा कि नित्या की एक बांह और एक पैर जला हुआ है। मैंने फटाफट अपनी चाची के बेटे को बुलाया और नित्या को अस्पताल लेकर भागी। डॉक्टर्स ने उसकी जान तो बचा ली किसी तरह, पर उसके मन पर लगे जख्मों को कैसे भरते! छोटी सी घर की कहासुनी में उसके पति ने उस पर तेल छिड़क कर आग लगा दी और भाग गया।

वो किसी कीमत पर घर वापिस नहीं आना चाहती थी, बहुत डर गई थी वो। उस जले हुए शरीर की रोज़ जलन को उसको भुगतना तो था ही, मन जो मर गया था वो संभालना बहुत मुश्किल था। वो अपने मायके आ गई पर यहाँ भी भाभियों के ताने और बूढ़े माँ- बाप के हालात ने उसको रहने ना दिया।

फिजिकली चैलेंज्ड होने की वजह से उसको पास के शहर में नौकरी मिल गई। उन दिनों फोन होते नहीं थे, तो हम दोनों का साथ लगभग छूट गया। उसके बेटे अपने पापा के ही पास थे क्यूंकि नित्या के पास उनकी पढ़ाई के लिए पैसा नहीं था। राघव और माधव ही नित्या की खबर सुना देते थे मुझे आ कर। नित्या के पति बहुत शर्मिंदा थे, बोले बहुत

गलत किया, मैंने नित्या के साथ। हमारे घर आ के भी कई बार कहा कि आप नित्या को बुला लो वापिस। मैं उसकी सेवा भी करूंगा और फिर दोबारा कोई ग़लत हरकत नहीं करूंगा। मैंने कोशिश की नित्या से इस बारे में बात करने की पर नित्या ने मुझे बस ये कहा कि दीदी पिछले 740 दिन से जो दर्द मै भुगत रही हूँ ना मानसिक शारीरिक वो आपको समझा भी नहीं सकती मैं, आप ना कहो वापिस आने की। मेरे लिए बहुत मुश्किल है।

जिसको अपने दर्द का हर एक पल याद है उसको ज्ञान बांटने का मेरा कोई हक़ नहीं बनता, मैंने नित्या के पति को कह दिया, "भैया अगर आप को वाकई पश्चाताप है तो भगवान ही आपकी सहायता करेंगे, मैं तो असमर्थ हूँ।"

फिर मेरे पति का नौकरी के सिलसिले में विदेश जाना हो गया और हम लंदन चले गए। बहुत सालों तक अपने देश आना ना हुआ। हम करीबन पांच छह साल बाद वतन लौटे, मुझे नित्या की याद आई तो हम पुराने घर गए पर वहाँ कोई नहीं मिला। ना पड़ोसियों से कुछ खबर ही मिली, मैं मायूस घर लौट आई।

घर आ कर कुछ काम कर रही थी तो याद आया सासू माँ को अस्पताल ले कर जाना है उनका डॉक्टर से अपॉइंटमेंट है। फटाफट गाड़ी निकाल के सासू माँ को लेके अस्पताल के लिए निकली। वहाँ पहुंची तो हेल्प डेस्क पे जैसे ही जा के खड़ी हुई; देखा तो नित्या बैठी थी वहाँ, मैं हैरान रह गई सोचा कि आज भगवान से कुछ और भी मांगती, तो भगवान दे देते।

मैं उसके गले लगने डेस्क से परे गई तो देखा, वो तो बैसाखियों के सहारे है उसके एक पैर ही नहीं है। मेरी आँखों में आँसू देख नित्या बोली, "ये ले एड्रेस और शाम को घर आ जाना अभी आंटी को दिखा ले।" मैं प्राणरहित सी चल पड़ी, पर पल भर को भी नित्या दिलोदिमाग से बाहर नहीं निकल पा रही थी। उसका चेहरा भी पहले जैसा नहीं था। वो तो हम दोनों दोस्त गहरे थे कि मैं उसको पहचान गई।

घर पहुँच कर सासू मां को चाय दे कर मैं बेचैन रही जब तक नित्या के घर जाने का वक्त नहीं आया।

मैं पहुंची, जाकर बेल बजाने ही लगी थी कि राघव ने दरवाजा खोल दिया, गले लग के वो नौजवान लड़का फफक कर रो पड़ा। बस राघव के मुँह से निकला, मासी आप कहाँ थे? मैंने पूछा माधव कहाँ है? बोला माँ के पास बैठो, मैं चाय लाता हूँ।

नित्या कमरे में इंतजार कर रही थी, जैसे मुझे देखा; बाँहें फैला दी। मैं उसके गले जा लगी। अब मैंने देखा तो बस गला सा भर्रा गया उसका और बोली कुछ अता पता तो दे जाती। क्या क्या बीत गया!

मैंने बोला पहले ये बता तू अस्पताल में कैसे? तेरी तो नौकरी दूसरे शहर में लगी थी और वो भी आंगन बाड़ी में। नित्या बोली, "बहुत कुछ बीत गया, राघव चाय लाता है फिर चाय पी के बात करते हैं।" इतने में मेरी नजर दीवार पर टंगे दो फोटो पर पड़ जाती है और मेरी सांसें अटक जाती है। माधव और उसके पिता दोनों बस अब तस्वीरों में ही थे। नित्या कहती है चाय पी सब बताती हूँ।

नित्या ने बताना शुरू किया कि जब मैं दूसरे शहर नौकरी करने लग गई थी तो वहाँ मेरा स्कूल का एक दोस्त मिल गया था देव, वो उसी मेडिकल स्टोर पर काम करता था जहाँ से मैं दवाई लाती थी। हम दोनों में दोस्ती और गहरी हो गई। जब कोई आपके घावों को कुरेदता नहीं और उन पर मलहम लगाता है तो आप जीना चाहते हो। देव ने मुझे मानसिक तौर पर जीना सीखा दिया था और हम शादी करने का सोच रहे थे। नौकरी मेरे पास थी और एक प्लॉट था। तुझे याद हो तो पापा मेरे नाम कर गए थे अपने जाने से पहले। मैंने कहा हाँ याद है।

नित्या बोली कि देव का मेडिकल स्टोर खोल देते हैं वो प्लॉट बेच कर, घर तो दुकान से हो ही जाएगा, नित्या ने बताया कि देव ने बहुत मना किया पर मैंने उसकी एक ना सुनी, राघव के पापा के साथ तलाक की अर्जी मैंने कोर्ट में डाल दी थी, यही था कि तलाक मिलते ही देव और मैं शादी कर लेंगे।

उसके मेडिकल स्टोर के लिए मैंने प्लॉट बेच दिया और स्टोर शुरू हो गया, स्टोर अच्छा चल निकला, देव कहता तुम नौकरी छोड़ दो, हर रोज़ कितना परेशान होती हो, अब हम सबल है। मैं भी दर्द की वजह से परेशान थी तो मैंने नौकरी छोड़ दी। लगा अब थोड़ी शांति की ज़िन्दगी चलेगी पर मेरी ऐसी किस्मत कहाँ? नित्या ऐसा कह कर बाहर खिड़की की तरफ देखती हुई बोली कि देव एक दिन मेडिकल स्टोर से आ के बोला चलो घूम कर आते हैं बाइक से, कई दिन से तुम कहीं बाहर नहीं गई हो। घर से निकले ही थे कि एक ट्रक ने बाइक को टक्कर मारी और बस इतना ही याद है, बाकी सब तो अस्पताल के बिस्तर में दस दिन बाद पता चला कि देव ने दुनिया छोड़ दी! वो नहीं बचा और मेरे कई जगह से हड्डियां टूटी हुई थीं पर मैं ढीठ जान, मौत भी नहीं मेरी किस्मत में। इतना

कहते- कहते नित्या फफक कर रो पड़ी।

मैंने उसको दिलासा देने की कोशिश की तो वो बोली पहले सब सुन! मेरी उस हालत में राघव के पापा ने आ कर माफ़ी मांगी और हाथ जोड़ कर बोले, मेरे साथ चलो नित्या! कैसे जी पाओगी? मेरे पास कोई रास्ता नहीं था, मायके वालों ने देव से रिश्ते की वजह से मुँह मोड़ लिया था, नौकरी छोड़ ही चुकी थी, मेडिकल स्टोर को किराए पे दे कर मै राघव के पापा के साथ आ गई।

बहुत सेवा की उन्होंने, शायद पश्चाताप था उनको अपने लिए का। ज़िन्दगी थोड़ा ठीक चलने लगी। माधव का जबलपुर मेडिकल कॉलेज में दाखिला हो गया, राघव बारहवीं में था। राघव को घर छोड़ कर हम माधव को छोड़ने जा रहे थे कार से और शहर से बस बाहर ही निकले थे, राघव के पापा को दिल का दौरा पड़ गया। अचानक गाड़ी आगे चलते ट्रक में घुस गई और मेरी आँखों के सामने माधव और उसके पापा दोनों चल बसे और मैं कुछ भी ना कर पाई। मैं कोमा में चली गई, तीन महीने तो राघव बेचारा पागलों की तरह घूमता रहा, इसकी बुआ ने ही संभाला। मुझे होश आया तो एक पैर काटा जा चुका था मेरा।

मैं ज़िंदा लाश हूँ बस ज़िंदा लाश। राघव के पापा की जगह मुझे नौकरी मिल गई, बस अब हर दिन राघव के दाएं बाएं होते ही बस यूं लगता है कि पता नहीं मेरा बच्चा मेरे पास लौटेगा या नहीं।

हर दिन एक नई मौत मरती हूँ मैं, सांसें हैं तो जीना है ही पर राघव के लिए भगवान के आगे दोनों हाथ जोड़ती हूँ। मेरा शरीर का दर्द, मन का मरना कौन देख पाएगा बहन तेरे अलावा। नित्या ये कह कर मेरे गले लगी और चिल्ला चिल्ला के चीख चीख कर रोई। बोली आज इतने वक्त बाद कोई अपना मिला है वरना इतने दर्दों के बाद भी लोग ताने मारते हैं।

नित्या ज़िंदा है और हर पल एक डर के साथ जीने को मजबूर है। मेरे हाथ हमेशा उसके लिए दुआ मांगते हैं। ये एक सच्ची कहानी है, आप सब भी नित्या के लिए राघव के लिए दुआ कीजिए। कहते हैं दवा से ज्यादा दुआ में ताकत होती है।

लेखिका के बारे में

कनक एक गृहिणी हैं उन्हें अपने जज़्बात को शब्दों का रूप देना बेहद पसंद है। इन्हें किताबों से बचपन से लगाव रहा है। कुछ अंतराल के बाद एक बार फिर इन्होंनें कलम उठाई है।

इन्होंने अपनी शिक्षा राजस्थान बोर्ड और विश्वविद्यालय से प्राप्त की है। स्नातक की डिग्री आर्य कन्या महाविद्यालय भुसावर से, स्नातकोत्तर डिग्री राजकीय महाविद्यालय दौसा से और बीएड की डिग्री आर्य कन्या शिक्षण प्रशिक्षण महाविद्यालय अलवर से ली है

कनक फिलहाल कई साहित्यिक मंचों से जुड़ी हैं ट्विटर और इंस्टाग्राम पर ये "कनु" उपनाम से लिखती हैं स्टोरीमिरर पर प्रायोजित विभिन्न प्रतियोगिताओं में भाग लेती रहती हैं wordpress पर Alfaaz_dil_ke नाम से अपना ब्लॉग चलाती हैं। बागवानी और पाक कला में विशेष अभिरुचि रखती हैं।

कुछ और इंतजार

– कनक अग्रवाल

दुल्हन के वेश में सजी शगुन को मैं लगातार देखे जा रहा था। कितनी खूबसूरत लग रही थी मेरी शगुन! आज मेरी बरसों की तमन्ना पूरी हुई थी और शगुन की भी तो तमन्ना पूरी हुई थी। उसने अपना पूरा जीवन इसी उम्मीद पर गुजार दिया कि एक दिन उसका सपना जरूर पूरा होगा ...सपना... मेरी दुल्हन बनने का!

"अंकल.. आकर मेरी मां की अंतिम इच्छा पूरी कीजिए।" श्रद्धा की आवाज मुझे वापस इस दुनिया में खींच लाई आज मेरी शगुन की 'अर्थी' और 'डोली' दोनों साथ उठने वाली थी। उसकी अंतिम इच्छा अनुसार मैंने उसकी मांग भर कर अपनी दुल्हन बना उसे विदा किया। सारे क्रिया कर्म निपटा कर सब लोग अपने घर जा चुके थे। मैं और श्रद्धा ही बचे थे। मन रह-रहकर अतीत में विचरना चाह रहा था। मैंने रोती हुई श्रद्धा को समझा-बुझाकर सोने भेज दिया और खुद शगुन की वीणा के साथ बैठकर यादों के सफर पर चल पड़ा।

यादें....हाँ यही तो थीं मेरे पास, जिनसे मैं शगुन के साथ बेखौफ जी सकता था। वह मेरी पत्नी थी...मेरी जीवनसंगिनी...मेरी यादों की साथी!

मेरा कॉलेज का पहला दिन था। मैं संगीत कक्ष में बैठा था। तभी हिरणी की तरह कुलांचे भरते हुए शगुन कक्ष में दाखिल हुई। सांवला रंग, सुंदर नैन नक्श, लंबी लटकती हुई दो चोटियां, चोटियों में सलीके से बंधा रिबन... मुझे सामने बैठा देख दुपट्टा संभालती हुई बोली - मुझे अमित सर से मिलना है। क्या आप बता सकते हैं कि कहाँ मिलेंगे?

उसकी चंचल आँखों में ना जाने क्या जादू था कि मैं उसे देखता ही रह गया और कुछ बोल ही नहीं पाया।

"नॉनसेंस" कहती हुई वो वहाँ से चली गई पर मेरे मोह के धागे अपने साथ ले गई।

हमारी दूसरी मुलाकात उसी संगीत कक्ष में हुई। अमित सर ने सभी विद्यार्थियों को गाने के लिए बोला। जब शगुन ने गाना शुरू किया तो लगा कि मां सरस्वती विराजमान हैं उसके गले में...

बहुत प्यारी आवाज थी उसकी ...

"बहुत अच्छा गाती हो!" क्लास के बाद मैंने उसकी तारीफ करते हुए कहा।

"अच्छा तो आप बोलना भी जानते हैं!" उसने हँसते हुए कहा।

और इस तरह हमारी दोस्ती की शुरुआत हुई। धीरे-धीरे हम हर रोज मिलने लगे कभी कैंटीन, कभी लाइब्रेरी तो कभी पार्क।

हम साथ मिलकर सपने बुनने लगे। बॉलीवुड में प्लेबैक करना उसका सबसे बड़ा सपना था। इतनी लंबी लिस्ट थी उसके सपनों की, अगर एक बार खुलती तो खत्म होने का नाम नहीं लेती।

कहते हैं ना कि खुशियों की उम्र ज्यादा लंबी नहीं होती हमारी खुशियों को भी किसी की नजर लग चुकी थी। उस दिन शगुन ने सनसैट देखने की जिद की। हम दोनों हाथों में हाथ डाले नदी किनारे बैठकर सूरज को धीरे- धीरे नदी के आंचल में उतरते हुए देख रहे थे।

"जानते हो, डूबता हुआ सूरज क्या कहता है?" उसने मुझसे पूछा और फिर खुद ही बोली - "वह कहता है जा तो रहा हूँ कल फिर आऊंगा उसी तेज,उसी चमक के साथ मेरा इंतजार करना।"

ऐसी आशा, उम्मीद और उत्साह से भरी थी मेरी शगुन!

वापसी में देर हो गई थी, अंधेरा गहराने लगा था। सर्दियों के दिन वैसे भी जल्दी छुप जाते हैं ना।

हम दोनों घर पहुँचने की जल्दी में थे और तेजी से अपनी गाड़ी की तरफ बढ़ रहे थे, तभी अचानक कुछ लड़के आए और बदतमीजी शुरु कर दी। मैंने रोकने की बहुत कोशिश की, तभी पीछे से किसी ने बेंत का प्रहार मेरी कनपटी पर किया। मैं अपनी चेतना खोने लगा था। उन्होंने शगुन को पकड़ लिया। मैं चाह कर भी कुछ नहीं कर पा रहा था। वह तड़प रही थी, मैं बेबस था। धीरे-धीरे मैं पूरी तरह बेहोश हो गया।

होश आया तो खुद को अस्पताल में पाया दिमाग पर जोर डाला तो सब कुछ याद आ गया। मैंने नर्स से शगुन के बारे में पूछा। उसने बताया वह आईसीयू में है, हालत गंभीर है उसकी। मैं अपनी बेबसी पर रो पड़ा। मेरे माता- पिता, उसका परिवार सब लोग आ चुके थे। कुछ दिनों में मैं ठीक हो गया पर वह होश में नहीं आ पाई।

डॉक्टर्स के अथक प्रयास और हम सब की प्रार्थनाओं से महीने भर में उसे होश आया। धीरे-धीरे वह रिकवर करने लगी। मैं हर रोज उससे मिलने जाता था। हम सबका प्यार उसे वापस जिंदगी की ओर खींचने लगा।

"मां, शगुन अब ठीक है, मैं उससे शादी करना चाहता हूँ" ... मैंने मां से कहा।

"दोस्ती तक तो ठीक है पर जिस लड़की की आबरू सरेबाजार लूट ली गई हो उसे हम अपनी बहू नहीं बना सकते" जवाब पिताजी ने दिया।

मेरे लिए शगुन आज भी वही है जो इस हादसे से पहले थी मैंने साफ़ शब्दों में कहा - "शादी करूंगा तो शगुन से नहीं तो किसी से नहीं।"

आखिर मेरी जिद के आगे उन्हें मेरी बात माननी पड़ी। हमारी सगाई की रस्म की तैयारी होने लगी। सगाई के वक्त अचानक शगुन चक्कर खाकर गिर पड़ी। डॉक्टर को बुलाया गया तो पता चला कि वह मां बनने वाली है। हम सब स्तब्ध थे और परेशान भी।

शगुन की हालत देख डॉक्टर अबॉर्शन करने को तैयार नहीं थी और बच्ची के साथ शगुन को अपनाने के लिए मेरी फैमिली तैयार नहीं थी। शादी करने पर मां ने खुद को खत्म कर देने की धमकी दी थी। उस दिन शगुन से बात करते-करते मैं अपनी लाचारी पर रो पड़ा। शगुन ने मुझे कहीं और शादी के लिए मनाने की कोशिश की पर मेरा दिल कुछ भी सुनने को तैयार नहीं था।

अचानक शगुन उठते हुए बोली, "शादी तो मैं भी तुमसे ही करूंगी, किसी और से नहीं... पर तुम्हें इंतजार करना पड़ेगा.. एक लंबा इंतजार!"

"मैं तुम्हारा जिंदगी भर इंतजार कर सकता हूँ पर कैसे? यह तो बताओ।" मैंने खुश होते हुए कहा। अचानक से गंभीर होते हुए वह बोली, "देखो, हम मां की जिंदगी से खिलवाड़ नहीं कर सकते और ना इस बच्चे को खत्म कर सकते हैं। मैं इस बच्चे को जन्म दूंगी इसका पालन पोषण करूंगी और एक मां की पूरी जिम्मेदारी निभाऊंगी... बस तुम मेरे साथ रहना हमेशा। अपनी जिम्मेदारी पूरी कर मैं तुमसे शादी करूंगी। बोलो मंजूर है तुम्हें?"

"तुम्हें अपनी दुल्हन के रूप में देखना मेरा सबसे बड़ा सपना है, मैं उसके लिए कुछ भी करूंगा" कहते हुए मैंने शगुन को गले लगा लिया।

समय पर श्रद्धा का जन्म हुआ। शगुन ने नौकरी कर ली। सिंगल पेरेंट बनकर उसका पालन करने लगी थी। हम हर रोज मिलते अपने सुख - दुख बांटते और खुश रहने की कोशिश

करते।

श्रद्धा की पढ़ाई पूरी हो चुकी थी जॉब करने लगी थी अब वो..। शगुन ने उससे कुछ नहीं छुपाया था उसके बारे में। सब कुछ उसे बता दिया था।

"अब बस इसके हाथ पीले कर दूं फिर तुम्हें भी अपने आंचल से बांध लूंगी।" वह अक्सर कहती...

एक बार जॉब के सिलसिले में मुझे टूर पर जाना पड़ा।श्रद्धा का फोन आया, "मां की तबीयत बहुत खराब है वापस आ जाइए। मुझे घबराहट हो रही है।"

मैं अगली फ्लाइट लेकर वापस आ गया। शगुन मानो मेरी ही प्रतीक्षा कर रही थी। श्रद्धा का हाथ मेरे हाथ में देती हुई बोली - "अपनी जिम्मेदारी तुम्हें सौंप कर जा रही हूँ इसका ख्याल रखना।"

"तुम अपना वादा नहीं तोड़ सकती शगुन! अभी तो हमें शादी करनी है। तुम्हें अपनी दुल्हन के रूप में देखना है मुझे", मैं तड़प कर बोला।

उसने हँसने की कोशिश करते हुए कहा, "तुम्हारी दुल्हन बने बिना तो मैं यमराज के भी साथ जाने से मना कर दूंगी। अपनी दुल्हन बनाकर लाल जोड़े में विदा करना मुझे। यही मेरी आखिरी ख्वाहिश है।" यह कहते हुए उसने दम तोड़ दिया।

और मुझे छोड़ गई प्रतीक्षा की डोरी थमा एक लंबे सफर पर!

अगले जन्म में हम जरुर मिलेंगे शगुन! मेरा इंतजार करना! मैं आऊंगा... हमारा प्रेम जरूर पूरा होगा! बस कुछ और इंतजार!

लेखक के बारे में

रवि रंजन गोस्वामी एक सेवानिवृत सहायक सीमा शुल्क आयुक्त हैं। वह झांसी, उत्तर प्रदेश के मूल निवासी हैं। वह एक द्विभाषी लेखक हैं, जो हिंदी और अंग्रेजी में लिखते हैं। इन्हें Storymirror.com पर वर्ष 2019 का लेखक नामित किया गया था। उन्होंने उपन्यास, कहानी संग्रह और कविता संग्रह मिलाकर 20 से अधिक किताबें लिखी हैं। आपकी ऑन लाइन साहित्यिक वेब साइटस और इ -मैगजीन में अनेक लघु कहानियाँ एवं कविताएं प्रकाशित हो चुकी हैं । आपकी कुछ सबसे लोकप्रिय पुस्तकें नाकाम दुश्मन, लुटेरों का टीला, चंबल और अष्ट योगी (उपन्यास) हैं। आपको अष्ट योगी के लिए सर्वश्रेष्ठ भारतीय लेखक का क्रिटिक्सस्पेस लिटरेरी अवार्ड 2021 मिला है। आपको फ़ोटोग्राफी और कला का भी शौक है। आपके अनेक फ़ोटोग्राफ pixabay.com तथा कुछ अन्य वेबसाइट पर फीचर हुए हैं। आप आजकल कोचीन में रहते हैं।

जब सियार बना शेर

– रवि रंजन गोस्वामी

कहलू सियार ने अपने पूर्वज रंगे सियार की कहानी पढ़ी और सुनी थी। उसमें एक सियार गलती से एक धोबी के घर में नील से भरे बड़े बर्तन में गिर कर नीले रंग का हो जाता है। वह सबको कह देता है कि भगवान ने उसे जंगल का राजा बना कर भेजा है। उसके विशेष रंग को देख कर जंगल के सारे जानवर उसकी बात सच मानकर उसे राजा मानने लगते हैं किन्तु बाद में उसकी पोल खुल जाती है और वह शेर द्वारा मारा जाता है। यह कहानी कहलू ने अलग- अलग जानवरों के मुख से अलग- अलग ढंग से सुनी थी। कुछ लोग इसे सियारों का मज़ाक बनाने और अपमानित करने के लिए उस अंदाज में सुनाते तो कुछ हँसी- मज़ाक के रूप में सुनाते। गधा उसे इस तरह मजेदार तरीके से सुनाता था कि उसे जंगल में घुस कर हरी और ताज़ी घास खाने की छूट मिली हुई थी। राजा शेर सिंह भी उसे देख लेता तो उससे रंगे सियार की कहानी सुनाने को कहता। शेर को गधा उस कहानी को कॉमेडी बनाकर सुनाता और शेर गधे से वह कहानी सुन कर खूब हँसता। फिर वह कहता, "हर एक को अपनी खाल में ही रहना चाहिए।"

कहलू सियार के मन में ख्याल आता कि थोड़े दिनों के लिए ही सही उसका पूर्वज जब जंगल का राजा बना होगा तो कितना मजा आया होगा। कैसे ठाठ रहे होंगे। उसने कल्पना में अपने आप को राजा शेर की जगह और शेर को अपने सेवक के रूप में देखा । उसे बहुत मजा आया और वह अकेला ही बड़ी देर तक हँसता रहा। उसके एक चाचा जंगल के बाहरी किनारे पर गाँव के समीप रहते थे। उनके लडके टहलू ने कहलू को बताया था कि गाँव के बाजार में सभी जानवरों की वेशभूषा नकली खालों से बनी हुई मिलती हैं। उसने सोचा, ये धोखाधड़ी के लिए और भी उपयुक्त होंगी ।

उसे शरारत सूझी। मजे के चक्कर में वह यह भी भूल गया कि नकली राजा बने सियार की पोल खुलने पर उसका क्या परिणाम हुआ था। उससे रहा नहीं गया। वह उसी समय टहलू के घर गया।

उसने टहलू से कहा "मुझे शेर का मुखौटा और उसकी नकली खाल की पोशाक चाहिए?"

टहलू ने पूछा, "वो तो मैं ला दूंगा मगर तुझे वह क्यों चाहिए?"

कहलू ने जवाब दिया, "जंगल के जानवरों को बुद्धू बनाएंगे। राजा बन कर मौज करेंगे।"

टहलू ने कहा, "असली राजा तुम्हें देखते ही कोई शत्रु समझ कर टूट पड़ेगा और तुम्हें मार डालेगा।"

कहलू थोड़ी देर सोच कर बोला, "मैं उसके सामने नहीं जाऊँगा। दूसरे जानवरों को बुद्धू बनाऊंगा। मजा आएगा।"

टहलू ने कहा शेर का मुखौटा और ड्रेस तो मेरे पास है। थोड़े दिन पहले मुहल्ले में एक नाटक के लिए ली थी। वह मैं तुम्हें दे दूंगा। उसने घर के अंदर से शेर की ड्रेस लाकर कहलू को दे दी।

कहलू ने उसे पहन कर देखा था । उसके माप की ही थी। फिर उसने उसे पहने हुए ही वापस जाने का विचार किया। उसने टहलू को बोला, "मैं इसे पहन कर ही चला जाता हूँ।"

टहलू ने कहा, "जैसी तेरी मर्जी किन्तु शेर से बच के रहना।"

कहलू शेर बना हुआ जंगल में चला जा रहा था। उसे देखते ही रास्ते में मिलने वाले जानवर दुम दबा के भाग जाते थे। कोई डर के मारे चीखते हुए भाग रहे थे।

अचानक पीछे से बन्दूक चलने की आवाज आयी। कहलू ने पीछे मुड़ कर देखा। दो शिकारी थे।

ये जानवरों को मार कर उनकी खाल का व्यापार करने वाले गिरोह के सदस्य थे। शेर की खाल ज्यादा दाम में बिकती थी और उसके नाखून और दांत के भी अनेक खरीदार थे। अतः जब उन्होंने कहलू को देखा तो उसके पीछे पड़ गये। कहलू जंगल की घास और पेड़ों की आड़ में छुपता- छुपाता जान बचा कर भागा और किसी तरह बच कर घर पहुँचा । उस समय घर में कोई नहीं था। उसने पहुँचते ही शेर का मुखौटा और पोशाक उतार कर एक कोने में छुपा दी और खुद भी एक कोने में दुबक कर बैठ गया। थोड़ा सुस्ताने के बाद वह घर के बाहर निकला तो देखा टहलू आ रहा था।

उसने कहा, "मैं ये बताने आया था कि आज जंगल में शिकारी घूम रहे हैं आज शेर न बनना।"

कहलू बोला, "आज तो क्या मैं कभी किसी को बुद्धू बनाने के लिए नकली शेर नहीं

बनूँगा। ऐसी शरारत ही नहीं करूंगा।"

राजा शेर ठीक ही कहता है, "अपनी खाल में ही रहना ठीक है।"

लेखिका के बारे में

श्रीमती रश्मि संजय श्रीवास्तव 'रश्मि लहर' का नाम एक सशक्त रचनाकार के रूप में लिया जाता है। वर्तमान में भारतीय गन्ना अनुसंधान संस्थान, लखनऊ में निदेशक की वैयक्तिक सहायक के रूप में कार्यरत है। इन्होंने एम.ए. हिंदी से तथा सेक्रेटेरियल कोर्स, राजकीय महिला पालीटेक्निक, लखनऊ से किया है। इंटर में मनोविज्ञान में गोल्ड मेडल (इलाहाबाद मनोविज्ञान शाला से) प्राप्त किया है। इनकी साहित्यिक गतिविधियाँ निरंतर संचालित है, जिनमें इन्होंने पुस्तक 'समय-चक्र' (साझा काव्य संकलन), 'ख्वाब कतारों में' (साझा काव्य संकलन), 'शब्द बटोही पथ अंतर्घट' (साझा काव्य संकलन), 'काव्यबहार छुए अंर्तमन' (साझा काव्य संकलन), 'कई रंग जिंदगी के' (साझा काव्य संकलन) शब्द मंजरी, (साझा काव्य संकलन) एवं कविता के प्रमुख हस्ताक्षर (साझा काव्य संकलन) में अपने अनुभव की छाप छोड़ी है। इनकी लेखनी सशक्त और पठनीय होती हैं। इन्होंने विभिन्न काव्य सम्मेलनों एवं काव्य गोष्ठियों में सार्थक भागेदारी कर अपने गुण, ज्ञान और प्रतिभा का भरपूर प्रदर्शन किया है। इनका जुड़ाव लखनऊ 'दूरदर्शन' से भी रहा है। इनकी विभिन्न राष्ट्रीय एवं अंतरराष्ट्रीय पत्र-पत्रिकाओं में रचनाएं निरंतर प्रकाशित होती रहती हैं। इन्हें अनेकों सम्मान पुरस्कार मिलते रहे हैं जिनमें - साहित्य गरिमा सम्मान 2021, साहित्य सम्मान, 'अटल बिहारी बाजपेयी साहित्य सम्मान, ग्लोबल साहित्य गौरव सम्मान, ग्लोबल वोमेन लिटरेचर फेस्टिवल, दिल्ली, साहित्य शिल्पी सम्मान, 'सशक्त नारी सम्मान', 'लोक कल्याण साहित्य सेवा सम्मान उत्कृष्टता सम्मान', 'राष्ट्रीय विज्ञान साहित्य सृजन सम्मान - 2021' मुख्य हैं। हाल ही में इन्हें 'सुमित्रानंदन पंत सम्मान' और 'निराला स्मृति सम्मान' से भी नवाजा गया है। इन्होंने कई सांस्कृतिक एवं सामाजिक संस्थाओं के कार्यक्रमों में प्रतिभागी के रूप में शिरकत की है। **श्रीमती रश्मि संजय श्रीवास्तव, 'रश्मि लहर'** के नाम से कविता,

कहानी, लघुकथा, गीत, ग़ज़ल के साथ पुस्तक समीक्षा तथा लेख आदि भी लिखती हैं। ये योरकोट, प्रतिलिपि आदि मंचों पर भी सक्रिय रहती हैं। इनको विश्व प्रसिद्ध पटल 'साहित्यपीडिया' द्वारा आयोजित कहानी प्रतियोगिता में दो बार प्रथम पुरस्कार प्राप्त हो चुका है। ज्ञात हो कि ये विश्व हिंदी सेवा संस्थान, प्रयागराज तथा नागरी लिपि परिषद, दिल्ली की आजीवन सदस्य हैं। ये मिशन सशक्तिकरण, लखनऊ, अनुज्ञा नारी शक्ति, आगमन प्राइम जैसे कई विख्यात पटलों की साहित्यिक समिति की सशक्त सदस्य के रूप में भी हिंदी साहित्य के फलक पर प्रकाशमान हैं।

माँ का संघर्ष

– रश्मि संजय श्रीवास्तव 'रश्मि लहर'

मैंने घर आते ही माँ को आवाज दी और कहा, "माँ! चाचाजी पहुँचने वाले हैं, दादी का फोन आया है" इतना कहकर मैं अपने स्टडी रूम में घुस तो गई, पर मन ही मन माँ की चिंता हो गई। कितना काम करती हैं, पूरा दिन और आधी रात तक। जबसे पापा पैरालिटिक हुए हैं, माँ उनकी तीन बार मालिश करती हैं। 6 फुट के हट्टे-कट्टे पापा। उफ! मैं फिर पढ़ाई छोड़कर ये सब सोचने लग गई!

क्या करूँ! मेरा सपना था माँ का नावेल छपवाने का, पर समय ने जैसे उनको चारो तरफ से फँसा रखा था।

कल ही उन्होंने दादी को अपनी शादी वाले कंगन दिये हैं, कि दादी उनको बेचकर राशन-पानी, बिजली का बिल आदि चुका सकें। पापा की नौकरी जाने के कारण परेशानियाँ भी बढ़ गई हैं।

आज माँ थोड़ी सुस्त लग रही थीं, मैंने पूछा भी, पर टाल गईं मैं भी पढ़ाई में रम गई।

पिछले एक हफ्ते से उनको बाहर जाना पड़ रहा है, बेचारी आते ही, घर के तमाम काम निपटाने लगती हैं।

आज मुझे नींद नहीं आ रही। मैं रह-रह कर माँ को सोच रही। जाने क्यों उनका उतरा सा चेहरा। मेरा मन घबरा गया मैं माँ के कमरे में पहुँच गई। पर ये क्या! माँ वहाँ थी ही नहीं! अरे! माँ कहाँ हैं? मैंने मन ही मन सोचा। तब-तक मेरी नज़र पापा के कमरे की तरफ पड़ी। माँ पापा के कमरे में नीचे बैठी कुछ कर रही थीं। मैं चुपचाप लौट आई।

आज माँ अपनी दवा लेने गई हैं। मैं चहलकदमी करने लगी। पता नहीं कब आएंगी! भूख जोरों की लगी है। किचन में पहुँची तो पूरा खाना बना रखा है।

"अरे! एक तरफ तबियत खराब और दूसरी तरफ इतना खाना!" मैं भूखी थी, खाने पर टूट पड़ी।

तभी कोरियर वाला आया, एक पैकेट देकर चला गया। माँ के नाम का कोरियर? मैंने आव देखा न ताव फटाक से लिफाफा फाड़ा। अरे! माँ की किताब! एक अनोखी खुशी

से मैं पगला गई और माँ के लौटने की प्रतीक्षा करने लगी। तभी मामाजी ने घर में प्रवेश किया।

पापा को कुर्सी पर बैठाकर बोले, "चलो शैलजा ने बुलाया है सबको"

"माँ ने?"

"पर कहाँ मामा?" मैंने अधीरता से पूछा

"चलो फिर बताता हूँ!" मामा ने बहुत प्यार से कहा।

मैं अनमने मन से गाड़ी में बैठ गई। इण्टर फाइनल में हूँ मैं, इसी वर्ष इतनी परेशानियां आ रहीं।

गाड़ी रूकी तो माँ के साथ करीब बारह-तेरह बूढ़ी महिलाओं को देखकर मैं चौक पड़ी।

"माँ। ये सब क्या है?"

माँ ने गंभीरता से कहा, "तुम्हारे चाचा ने हम सबका ये घर बेच दिया है, पापा की बीमारी के बाद से हम लोगों के संबंध भी पहले जैसे नहीं रहे। आज हम लोगों को ये घर छोड़ना है, तो मामा की मदद से, मैंने एक सप्ताह की भागदौड़ के बाद ये घर खरीद लिया है।"

"और हाँ, बेटा! यहाँ हम सबके साथ ये विधवा माताएं भी रहेंगी!"

"पर माँ! ये सब आपने!"

"हाँ बेटी! मेरी पुस्तक पर मुझे पाँच लाख रूपये का इनाम मिला है, तो मैंने सोचा एक परिवार छूटा तो क्या, हम सब इन निराश्रित माताओं को ही अपना परिवार बना लेंगे और इन लोगों को परिवार की कमी महसूस नहीं होने देंगे।" कहकर माँ ने पापा की तरफ बहुत प्यार से देखा। पापा की आँखें खुशी से डबडबाई हुई थीं।

मैंने आगे बढ़कर उनको गले से लगा लिया, मेरी आँखों में आँसू भर आए! मैं बस यही सोचने लगी कि माँ को इतनी शक्ति आखिर कहाँ से मिली?

लेखक के बारे में

श्री शांति प्रकाश, दिल्ली विश्वविद्यालय से एम.एस.सी. केमिस्ट्री, और एलएलबी कर एक वकील हैं। ज़िंदगी के सफ़र में उनकी प्रोफेशनल लाइफ के दौरान कई बार ऐसे मौके मिले जहाँ ह्यूमन रिलेशन्स, उनकी जरूरतों और मानव अधिकारों के उल्लंघन ने उनके मन पर कहीं बहुत गहरी छाप छोड़ दी।

उनके लिए हर सुबह आत्मनिरीक्षण का समय होता, जब मानवीय संबंध और प्रकृति एक दस्तक देती। विचार, शब्दों और वाक्यों में परिवर्तित होते और देखते ही देखते कहानी / कविता जन्म ले लेती।

प्रकृति के प्रति प्रेम उनकी जीवन शैली है जो उनकी स्टोरीमिरर पर उपलब्ध कहानी / कविताओं में झलकती है।

क्या आप सहमत हैं कि .....

– शांति प्रकाश

आज भी याद है मुझे, सुलझी नाम था उसका (जो कि बाद में पता चला था)। जैसा नाम वैसा ही उसका व्यक्तित्व था। 3 साल पहले वो मुझे समुद्र किनारे कोवलम बीच पर मिली थी। मुझ से टाइम पूछा था उसने।

समुद्र की लहरों के पास चलते चलते उसके हाथ में बंधी घड़ी पानी में भीग गई थी और उस की सुइयां रुक गईं थीं। उसे पता था, घड़ी की सुइयां वहाँ रुकने से वक्त नहीं रुकता। मोबाइल उसके पास उस समय नहीं था, किनारे पर अपने बैग रखकर वह समुद्र की लहरों से खेल रही थी। मैंने कहा "अभी 4:30 ही बजे हैं..."

यह सुन वो बोली, "चलो अभी तो काफी समय है..."

मैंने पूछा, "आपने कुछ कहा"

"नहीं... नहीं,"

मैंने कुछ नहीं कहा।

वो अकेली, मंद मंद कदमों से पानी की लहरों पर कभी अपने पैर मारती तो कभी पानी की लहरें उसके पैरों को मारती, और जब लहरें वापिस समुद्र में जातीं तो पीछे छोड़ जाती उसके पैरों के निशान। मुझे नहीं पता था कि, उस वक्त मैं उसे देख रहा था या उसके पैरों के निशान, बस इतना सा पता था कि इन रास्तों पर हवाओं की महक़ बतला रही थी, अभी अभी वो इधर से गुज़रें हैं। समुद्र किनारे किसी बीच पर या किसी नदी के किनारे जब अगर आप कभी गए हों, या जाएँ और अपने पाँव कुछ देर भी पानी में रखें और जैसे ही बाहर निकालो तो लगता है खूब अच्छे से पेडीक्योर हुआ है। पाँव बहुत मुलायम और साफ हो जाते हैं। मैं सोचने लगा ऐसा कैसे होता है? ठीक से तो याद नहीं, कहाँ पढ़ा था, कि ईसा से कई हज़ार साल पहले दुनिया में लोग रेत की मदद से घर और इमारतें बनाते थे। रेत पानी, हवा और चट्टानों के टकराने से बनती है। चट्टानें चूर-चूर होकर रेत में बदल जाती हैं। कभी कभी, कहीं कहीं कुछ हिस्सा कांच के बारीक कणो में भी बिखर जाता है। इसलिए शायद पानी में बारीक रेत के कण जिसमें चमकीले से मुलायम शायद गोल ही

होंगे कांच के वो कण भी, जो पैर पर रगड़ने पर भी घाव-ज़ख्म नहीं बनाते। एक पल सोच के देखिये अगर कांच चुभ जाए तो खून निकल आता है और वही कांच अगर गोलाई में हो जाए तो....। याद है बचपन में बँटे खेलते थे। उंगलियों से एक बँटे का दूसरे बँटे पर निशाना लगा कर बँटे जीतने का खेल खेला करते थे। कांच के बँटे रंगीन और गोल होते थे। पर वो कभी ना उँगलियों में ना पैरों में चुभे। पता नहीं क्यों ऐसा लगता है कभी कभी-कोई कोई शब्द बहुत गहरे से चुभन दे जाते हैं शायद वह नुकीले होते हैं..ज़ख्म दे जातें हैं जिन्हें वक़्त भर तो देता है पर यादों में निशान तो रह ही जाते हैं। काश वो शब्द भी रेत में कांच कणों जैसे मुलायम हो सकते! पिछले शनिवार की तरह इस बार भी मैं तकरीबन 4:00 बजे कोल्लम बीच पर बैठा समुद्री लहरों से उत्पन्न तरंगों में मस्त था कि तभी मुझे एक आवाज़ ने चौका दिया!

"हाय कैसे हैं.. यू रिमेंबर.. वी मेट लास्ट सैटरडे... आई आस्क्ड यू अबाउट..टाइम ...। आप कैसे हैं ...आप को याद है हम पिछले शनिवार मिले थे, मैंने आप से टाइम पूछा था.!"

यह सुन पीठ पीछे हाथ मारकर रेत झाड़ते हुए मैं उठा ...

"हेल्लो ... हाँ .. याद आया.. हम गुज़रे शनिवार भी यहीं मिले थे।"

इतने में वो बोली, "मुझे सुलझी कहते हैं... आप.."

"मुझे...येती, येतेंदेर कहते हैं..."

इससे पहले कि मैं कुछ कह पाता, मैं और सुलझी दोनों पानी की लहरों को छूते हुए धीरे-धीरे साथ साथ चलने लगे। चलते चलते पता नहीं कैसे मेरा हाथ सुलझी के कंधे पर रुका और मैं फिसल कर गिरने से बच गया। मैंने अपने को संभालते हुए सॉरी कहा ....

सुलझी के मुँह से बस इतना निकला

"टेक केयर, संभलकर...क्या करते हैं आप?"

मैं इंजीनियर हूँ यहाँ एक कंपनी में काम करता हूँ .. आप?"

"मैं एमबीए हूँ ...यही एक कंपनी में मैनेजर के रूप में कार्यरत हूँ और किराये पर रहती हूँ। कभी- कभी ऐसे ही अपने एहसासों को शब्द देकर अपने लिए कविता -कहानी भी लिखती हूँ।"

"कहाँ पब्लिश कराती हैं?"

"कहीं नहीं!"

मैंने कहा, "कभी हमें भी पढ़ने का मौका दीजिये, मैं यहाँ पीजी में रहता हूँ ....ओके आई सी।"

मेरा और सुलझी का मिलने का सिलसिला कई महीने तक यूँ ही चलता रहा। एक दिन मैंने हिम्मत कर पूछ लिया, "आप शादीशुदा हैं क्या..? आर यू मैरिड..?"

सुलझी का सीधा सा जवाब था "थी,....अब तलाक हो चुका है। एक बच्चा है मेरे पास... 2 साल का।"

मैंने कहा, "सॉरी.. आप को परेशान किया।"

"आप क्यों सॉरी बोल रहे हो.. ज़िंदगी में सब चलता है। ज़िंदगी का हर पल नया होता है। ऐसा सुना है, कुछ पल आप कैसे जियेंगे.. नसीब में लिखा होता है, और कुछ आप और हम खुद बीते हुए पल में लिखते हैं, जिसे अगले पल में हम जीते हैं। क्या आप इस बात से सहमत हैं?"

पता नहीं क्यों, हालांकि मैं सुलझी के घाव कुरेदना नहीं चाहता था, फिर भी पूछ बैठा,

"कोई खास वजह थी जो बात तलाक तक जा पहुंची।"

सुलझी ने मेरी और देखा और बोली,

"I am sure you are not yet married, is it so? मुझे विश्वास है आप अभी शादीशुदा नहीं हैं, क्या यह ठीक है ? नहीं तो, आप यह नहीं पूछते। आपको क्या लगता है, बिना वज़ह भी तलाक हो जाता है। वज़ह खास ही होती है तभी बात तलाक तक जाती है।"

"मैं भी तो वही पूछ रहा हूँ! क्या वज़ह थी?

"हाँ थी वजह.... गलती और गलतफ़हमी। बहुत सारे इश्यूज पर, हमारा अक्सर आर्गुमेंट हो जाता था। मैं चाहती थी कोई भी बात है, आपस में डिस्कस करके हल निकाल लें। वो तो बस अपनी बात पर अड़ जाते थे। सुलझी, आवेश में बोलती जा रही थ, आपने सुना होगा वहम, झूठे शक का कोई इलाज नहीं होता। किसी के साथ बात करते देख लो, किसी के साथ बैठे देख लो, बस उनके दिमाग में एक ही बात आती थी, और वही

पुरानी सोच से तैयार एक रबर स्टैम्प, मेरे व्यक्तित्व पर लगा देते, जो भी हो, मेरा यार है। अब आप बैठे हो.. आप मेरे यार हो गए क्या? और यह कहते कहते सुलझी रुक गई।"

मुझे ऐसा लगा जैसे, यह सवाल तो सुलझी के मन में भी कहीं तो ज़रूर आया होगा तभी तो यह बोला! सुलझी के दोनों हाथों में एक- एक कांच का कंगन था, जिसके ऊपर शायद प्लास्टिक के मोतियों की माला थी। मेरे से बात करते- करते, कंगन पर उसकी उंगलियां चलती रहीं और इसी बीच में वो प्लास्टिक के मोती की माला कंगन से निकल गई। और जब उसका ध्यान मेरे चेहरे पर गया तो लगा कि वो जान गई है कि मैं उस कंगन की माला को देख रहा हूँ और तभी वो कोशिश कर कंगन में माला लगाने लगी पर वो नहीं लग पा रही थी। इसी बीच मैंने संकोच से उसका कंगन पकड़ा और मोती की माला कंगन में चढ़ा दी। मैं उठ खड़ा हुआ अपना दायाँ हाथ, मैंने उसकी तरफ बढ़ाया, "यह दोस्ती का हाथ है!" सुलझी बोली, "पकड़ लूं क्या?"

मैंने कहा, "हाँ यह तुम्हारे लिए ही है!"

वक्त के साथ साथ दोस्ती भी गहरी होती गई। हम दोनों ने शेयरिंग बेसिस पर एक 2 कमरे का सेट किराये पर ले लिया। सुलझी ने अपने बच्चे रितेश का नर्सरी कक्षा में दाखिला करा दिया।

पल पल कर हम दोनों दोस्तों में जिंदगी बढ़िया गुजरने लगी। रितेश अब मेरे साथ भी घुलमिल गया था। आज उसका तीसरी कक्षा का रिजल्ट आना था। काम वाली बाई जो सुबह शाम खाना बनाती है, उसे भी अपने बच्चो के स्कूल जाना था इसलिए छुटी पर थी। मुझे शुरू से ही खाना बनाने का बहुत शौक था। मैंने सोचा, चलिए आज किचन में कढ़ाही पनीर बनाते हैं। मैं प्याज़ काट रहा था कि अचानक रितेश के रोने की आवाज सुन घबराहट में मेरी उंगली पर चाकू लग गया और हल्के से आवाज निकल गई..उई-माँ। इस के बाद जो हूआ वो मेरी कल्पना में मेरी चाहत तो थी, पर कभी वैसा होगा इस का यकीन नहीं था और सोचा भी नहीं था।

इतने में देखा, सुलझी भागी भागी- भागी आई और..मेरी कटी उंगली उसके मुँह में थी।

"क्या कर लिया तुमने? क्यों आए...किचन में?, निकलो.. यहाँ से... किचन से बाहर निकलो!"

"जाओ प्लीज, स्कूल चले जाओ, बच्चे का रिजल्ट आना है। मैं खाना बना कर पैक

कर लूंगी।"

बैसाखी का दिन था, रितेश का रिजल्ट आना था। मैंने कुछ पल पहले अपनी जिंदगी के कुछ नए स्पर्श किए और जीये थे। हिम्मत कर मैंने सुलझी से बातों- बातों में पूछा एक बात बताओ-

"डिस्कशन और आर्गुमेंट में क्या फर्क है। डिस्कशन में भी तो आर्गुमेंट होती है।"

सुलझी बोली इतने साल हो गए हमें साथ-साथ रहते, मुझे नहीं लगता अब यह फर्क समझने की जरूरत है, फिर भी कहते हो तो बतला रही हूँ। डिस्कशन में किसी इशू पर अलग अलग विचार हो सकते हैं और एक लॉजिकल कन्क्लूज़न, तार्किक निष्कर्ष, पर पहुंचा जा सकता हैं। जबकि आर्गुमेंट में एक पूर्व निर्धारित फैसला मनवाने की कोशिश और उसके ही ठीक होने का जस्टिफिकेशन दिया जाता है, जो ज़रूरी नहीं कि लॉजिकल - तार्किक रूप से भी ठीक हो।"

मैं बहुत गंभीरता से सुलझी के व्यक्तित्व को समझने की कोशिश कर रहा था और लगा कि ज़िंदगी जब धरातल पर जी जाती है तो इंसान को कितना परिपक्व बना देती हैं। इसी सोच में रितेश को साथ लेकर मैं उसके स्कूल पहली बार रिजल्ट लेने के लिए चल दिया था।

रिपोर्ट कार्ड देखते ही में हैरान था क्योंकि गार्डियन / अभिभावक की जगह मेरा नाम लिखा था।

मैं बहुत स्तब्ध सा खड़ा सुलझी के होंठों के स्पर्श को जी रहा था और रितेश को गोदी में उठा अपने दो कमरे वाले घर की ओर चल दिया था जहाँ रितेश की मम्मी इंतज़ार कर रही थी।

(क्या आप सहमत हैं कि कुछ पल आप कैसे जियेंगे; नसीब में लिखा होता हैऔर कुछ आप और हम खुद बीते हुए पल में लिखते हैं, जिसे अगले पल में हम जीते हैं। ज़िंदगी, जब धरातल पर जी जाती है तो इंसान को परिपक्व बना देती है। यदि आप का जवाब हाँ है और अच्छा लगे तो, अपनी सहमति दीजिये।)

लेखिका के बारे में

संस्कृत में एम. ए और एम. फिल करने के बाद कई वर्ष अध्यापन कर अब एक गृहिणी हैं। अपना समय अध्ययन और लेखन कार्य में बिताना उनका प्रिय शौक है। साहित्य की अनेक विधाओं को सीखना ,लिखना अच्छा लगता है। दोहे, मुक्तक, कहमुकरी, वर्ण पिरामिड, गीतिका, गीत,हाइकु, क्षणिका, तांका, सदोका, चोका, कहानी और लघुकथा उनकी प्रिय विधाएँ हैं।

हिंदी के प्रथम सामूहिक उपन्यास,"खट्टे मीठे रिश्ते" में सहभागी रहीं हैं। अन्य विधाओं के संकलन में भी सहभागिता की है। कुछ सम्मान भी प्राप्त किए हैं। उनका मानना है कि साहित्य हित साधन करने वाला हो। मौलिक हो। पारितोषिक और सम्मान स्वयं ही मिलेंगे।

नन्हा किरायेदार

– ज्योतिर्मयी पंत

मधु ने ज्यों ही आँखे खोली तो देखा वह अस्पताल में है। उसके सामने नर्स खड़ी थी वह उसे देख कर मुस्कुरा दी। नर्स ने उसे बधाई देते हुए कहा कि डिलीवरी नॉर्मल हुई है, उसने बेटे को जन्म दिया है। मधु ने संतोष की साँस ली। धीरे से अपने हाथों को अपने पेट पर फेरा और आँखे बंद कर मुस्कुराती रही।

उसे समझ नहीं आ रहा था वह कि वह इस बात की ख़ुशी मनाये भी कि नहीं? आम तौर पर कोई भी स्त्री जब माँ बनती है, तब उसकी और उसके परिवार की ख़ुशी का कोई ठिकाना ही नहीं रहता। मानों दुनिया का अनमोल खज़ाना उन्हीं के हाथ लग गया हो। कितनी खुशियाँ मनाई जाती हैं! पर उसे इन बातों से क्या लेना देना?

उसने तो किसी और की ख़ुशी के लिए यह सब किया है। वह अपने अतीत की बातों में खो जाती तभी उसकी माँ गोमती आ गई। उन्होंने उसके माथे पर धीरे से हाथ फेरा और प्यार से चूम लिया। उन्हें लगा मधु सो रही है। वह बाहर जाकर इंतजार करने जा ही रही थी कि मधु ने उसका हाथ थाम लिया। माँ की आँखों से आँसू झरने लगे।

आँचल से आँसुओं को पोंछती हुई बोली- कैसी तबियत है बेटी?

मधु ने क्षीण हँसी के साथ कहा ....ठीक हूँ माँ।

गोमती ने उसे आराम करने की सलाह दी और स्वयं सामने लगे सोफे पर बैठ गई पर उनका मन असमंजस से घिरा हुआ था...काश! दस वर्ष पहले अगर ऐसा हुआ होता तो जिंदगी का रुख कुछ और ही होता। किस्मत में क्या है कौन जान सकता है?

मध्यमवर्ग की होने पर भी गोमती ने मधु का विवाह एक अच्छे घर में किया था। कुशाग्र उसे चाहता भी था। गोमती ने अपनी जिम्मेदारी निभा ली थी। बस अब शांति से जीवन बीत जायेगा, यही सोचती थी लेकिन मधु अपने परिवार को वंशज न दे पाई। धीरे-धीरे सारे दोष मधु पर ही मढ़े जाने लगे। इलाज में कोई कमी नहीं थी और मधु को निर्दोष भी पाया गया। कुशाग्र अपनी जाँच करवाने को माने इससे पूर्व उसकी माँ ने ही उसे रोक दिया। उनके पुत्र में कोई दोष नहीं हो सकता! मधु को बाँझ कह कर तलाक देने की

योजना बना ली गई। सासू माँ सविता देवी ने घर का माहौल ही ऐसा बना दिया कि मधु का रहना दूभर कर दिया। उसकी पीड़ा और अपमान देख कुशाग्र ने मन मार कर मधु से दूरी बना ली और दो तीन वर्षों की ज़द्दोजहद के बाद उन्होंने तलाक ले लिया।

मधु अपनी माँ के पास वापस आ गयी। अकेली बेबस माँ करती भी क्या? कुछ समय अवसाद और उदासी में बीता पर इससे होना भी क्या था। जीवन रोकर कब तक चलता? मधु को एक जगह अच्छी नौकरी मिल गई। अब माँ बेटी साथ रहती थीं। माँ चाहती थी कि मधु का घर दुबारा बस जाये, कोई अच्छा रिश्ता मिल जाता पर एक संदेह सताने लगता। पहली शादी टूटने का कारण सबसे बड़ी समस्या।

दूसरी ओर मधु थी कि मानने को तैयार नहीं। एक बार के अपमान, घृणा और तिरस्कार के घाव अभी भरे नहीं थे। अकेले जीवन बिताएगी पर अब बस शादी नहीं। माँ उसे डाक्टर के पास भी ले गई। मनोचिकित्सकों की राय भी दिलवाई, शारीरिक जाँच भी ताकि बाधा न हो। इसी दौड़ धूप में डॉक्टर शालिनी से बहुत अच्छी जान पहचान हो गई। उनका क्लिनिक पास में ही था। डॉक्टर को अपने बच्चों के लिए किसी ट्यूटर की ज़रुरत थी। मधु ने ऑफिस के बाद शाम के समय सहायता करने की बात कह दी थी ...उसके पास समय बिताने के लिए कुछ न कुछ करते रहना ज़रूरी था। धीरे-धीरे मधु और शालिनी में बहुत अच्छी दोस्ती हो गई। हर तरह के दुःख-सुख की सहभागी बन गई। कई वर्ष बीत गए।

गोमती चाहती थी कि एक छोटा सा घर बन जाये तो चिंता दूर हो। बाकी तो ठीक चल ही रहा था पर मकानों के बढ़ते किराये से घर का बजट गड़बड़ा जाता लेकिन घर बनाने के लिए बड़ी रकम भी तो चाहिए। उसका भी कोई उपाय तो मिले।

करीब साल भर पहले की बात है मधु और शालिनी ने एक साथ कहीं जाने का प्रोग्राम बनाया था इसलिए मधु क्लिनिक पहुँच गयी पर शालिनी अभी मरीजों के साथ ही व्यस्त थी अतः मधु को उसी के केबिन में बैठना पड़ा। डॉक्टर शालिनी सामने बैठी महिला को जो रोये जा रही थी, समझा रही थी- `अब रोने की बात नहीं आज चिकित्सा विज्ञान की करामात से निःसंतान व्यक्तियों को सन्तति का वरदान मिल सकता है आइ.वी.ऍफ़ और सरोगेसी(भ्रूण प्रस्थापन) यानी किसी और की कोख में भ्रूण का प्रस्थापन करके संतान प्राप्त करना।

ये अपनी ही संतान होती है, गोद ली हुई नहीं! बस संतान पलेगी किसी और के गर्भ

में और इसके लिए कई महिलाएँ आजकल अपनी कोख किराये पर देने को तैयार हैं। किसी की आर्थिक मजबूरी है या कुछ और उन्हें रूपये मिल जाते हैं और किसी को संतान। आपसी सहृदयता का इससे अच्छा उदाहरण नहीं। महिला रोती, सुबकती शांत हो गई फिर बोली- अगर ये बात सच है तो मैं शीघ्र ही अपनी बेटी और दामाद को लेकर आऊँगी। बेटी की गृहस्थी टूटने को है। दामाद न चाहते हुए भी परिवार के दबाव में उसे छोड़ने को मजबूर है।

क्या करें! किसी तरह बेटी का जीवन बच जाये। अवसाद में कुछ उल्टा-सीधा काम न कर बैठे। दोनों घरों में भगवान का दिया सब कुछ है पर संतान न होने का दुःख। रूपये पैसे की कोई कमी नहीं होगी! बस बेटी और दामाद आपसे मिल कर राज़ी हो जाए तो कितनों का जीवन सँवर जाय ..डॉक्टर साहिबा आप तो हमारे लिए देवी से कम नहीं! कुछ समय बाद शालिनी उन्हें दरवाज़े तक छोड़ कर आई। लौट कर देखा तो मधु भी रो रही थी। उसे लगा, उसी की व्यथा का वर्णन हो रहा था।

बोली..`काश! मेरा जीवन सँवारने को कोई तुम सा डॉक्टर मिला होता या तुम मुझे पहले मिली होती।` फिर हँस कर बोली अब क्या फायदा?

तभी शालिनी अचानक बोल उठी...`मधु! सुनो, बुरा मत मानना पर तुम्हारी बात से मेरे मन में एक बात उठी है इसलिए कहे बिना नहीं रहा जा रहा। क्या तुम इसकी बेटी की मदद कर सकती हो? पहली बात तो यह है जो तुमने भोगा है उसी नरक- यातना से तुम किसी और का उद्धार कर सकती हो। किसी डूबते को उबारना तो पुण्य ही हैं न? दूसरी बात तुम विवाह नहीं करना चाहती हो पर विवाहिता रही तो हो। संतान न होने से इतनी व्यथा सही है। अब संतान भले ही किसी और की हो पर उसे नौ माह अपनी कोख में पालने का अनुभव ले सकती हो। तीसरी मुख्य बात बदले में तुम्हें धन राशि मिल सकती है, सोचो जरा।

बात हँसी-मजाक से शुरू हुई पर मधु को विचलित कर गयी। अपनी भोगी एक एक पीड़ा, ताने, गाली-गलौज, उपहास और कलंक, ये सभी बातें लगा फिर से भोग रही हो। कई दिन उदासी में बीत गए। गोमती ने एक दिन शालिनी से पूछ ही लिया, "शालिनी बेटा! एक बार इसे भी देख लो। न जाने अब क्यों उदास रहती है?"

बातों-बातों में शालिनी ने बता दिया सब कुछ। पहले तो गोमती बहुत नाराज़ हो गई। शालिनी पर ही बरस पड़ी। फिर न जाने क्या हुआ? बोली- बेटा! बात तो सही लगती है

पर ज़माना क्या कहेगा हम दोनों को? पहले ही तलाक के नाम से बहुत कुछ सहा और सुना जबकि गलती किसकी थी,किसी ने जानने की कोशिश भी नहीं की।

शालिनी बोली- "ज़माने की चिंता किसी का भला नहीं करती। कितने लोगों ने आपकी मदद की ? फिर मैं तो कहती हूँ जब आपकी स्वस्थ बेटी को ही वन्ध्या कहा गया, समाज में नारी के प्रति सबसे बड़ा धब्बा लगाया गया तब कितनों ने साथ दिया? उसके पति में भी दोष हो सकता है, किसी ने यह माना क्यों नहीं? मैंने तो सिर्फ एक बात शुरू की थी पर मधु अपने कलंक को भी धो सकती है, हालांकि अब इस बात क़ा कोई मोल नहीं पर उसके ससुराल वाले शर्मिंदा ज़रूर होंगे जब कहीं से उनके कानों तक यह समाचार पहुँचेगा और आंटी जी! मैं कौन सा काम ज़बरदस्ती करवा रही हूँ। यह तो मधु उस समय वहाँ उपस्थित थी वर्ना ऐसे कई केस होते हैं आज तक तो मैंने नहीं बताया न?"

इस बात को बीते कई दिन हो गए। शालिनी के पास वह महिला अपने दामाद और बेटी को लेकर मिली। वे संतुष्ट होकर चले गए। अब शालिनी को ही किसी ऐसी महिला को ढूँढने का जिम्मा सौंप गए। अब उन्हें कई तरह के जाँच-टेस्ट करवाने के लिए आते रहना था। एक दिन मधु ने फिर जिज्ञासावश पूछ ही लिया। मधु ने इस काम को स्वीकार करने का निश्चय कर लिया था। "अपना जीवन अब सिर्फ जैसे-तैसे गुजार रही हूँ कोई मकसद तो है नहीं! जान पहचान वाले हमेशा खोट ही देखते हैं या दिखावे की सहानुभूति दिखा जाते हैं। अतीत को भूलना चाहूँ भी तो भूलने नहीं देते! फिर एक नेक काम कर लूँ तो क्या बुराई है?" उसने माँ को भी समझा लिया। फिर डॉक्टर शालिनी को सहमति दे दी।

कई टेस्ट, जाँच की परीक्षाएँ पास कर आज वह सफल हुई थी। एक बेटे की माँ बन गई थी। बेशक उसे वह अपना नहीं कह पाएगी। अपना कोई अधिकार नहीं जता पाएगी पर उसकी एक इच्छा है जो वह शालिनी को कहेगी। शर्त के अनुसार असली माता -पिता से परिचय ज़रूरी तो नहीं पर उस संतान को उन्हें सौंपने से पहले वह उसे एक बार सिर्फ, एक बार देखना चाहेगी और हाथों में लेकर गले लगा सकेगी और उसे आँखों में बसा लेगी। उसकी कोख के उस नन्हे से किरायेदार को जो नौ महीने तक वहाँ रहा और उसकी वीरान सी जिंदगी में कल्पनाओं के बीज बोता रहा।

अगली सुबह इससे पहले वह शालिनी से अपनी विनती करती कि नर्स नवजात शिशु को लेकर आई और उसके पीछे वह महिला बेटी और दामाद के साथ उसके चारों ओर खड़े हो गए। आँसू भरे नेत्रों से उसे देखकर गदगद हो गए। महिला ने मधु को कहा- तुम

मेरी बेटी समान हो, तुमने हमारा घर खुशियों से भर दिया। हम तुमसे मिले बिना नहीं जा सकते थे। तुम्हारे बारे में सब जान चुकी हूँ। बेटी तुमने अपनी कोख ही किराये पर नहीं दी बल्कि हमारे घर को ख़ुशी का भंडार दिया है। तुम इस अमानत को अपने हाथों से ही अपनी छोटी बहन की गोद में दोगी तो हमें बहुत अच्छा लगेगा।

गोमती के सारे संशय दूर हो गए थे। मधु तो अचंभित थी जिस नन्हे किरायेदार के बारे में वह सोच रही थी उसने कितने नए रिश्ते दे दिए एक साथ ... पर क्या उसे अपनी इन खुशियों का किराया लेना चाहिए! उसे डॉ. शालिनी से बात करनी होगी!

लेखक के बारे में

शोभित पेशे से एक सॉफ्टवेयर इंजीनियर हैं लेकिन दिल से एक लेखक हैं। उनके पास एम सी ए, एम बी ए डिग्री है। उन्हें लोगों के लिए वेबसाइट बनाना पसंद है, यह उन्हें आकर्षित करती है। वह एक संवेदनशील फोटोग्राफर और एक नियमित ब्लॉगर भी हैं। वह किताबों की अलग शैली पर प्रयोग करने में बहुत रुचि रखते हैं, वह कहानी प्रतियोगिताओं और साहित्य समारोहों में उत्सुकता से भाग लेते रहे हैं। इन्हें घूमने फिरने और नए व्यंजनों का स्वाद लेना बहुत पसंद है।

2024 में चुनाव

– शोभित

चुनावों का मौसम है और पूरे शहर में उम्मीदवारों के वादों के पोस्टर लगे पड़े हैं। हर कोई मुफ़्त में चाँद-तारे तक देने की बात कर रहा है, बस एक वोट मिल जाये! पर सबको पता है कि वोट पड़ने के बाद सब हर बार की तरह शांत हो ही जाना है।

हम लोगों ने एक बहुत लम्बी लड़ाई लड़ी है सिस्टम से, ताकि हम लोग अपने घर से, अपने मोबाइल या लैपटॉप से वोट डाल सकें और पोलिंग बूथ पर लम्बी- लम्बी लाइन में खड़ा न होना पड़े! यह प्रस्ताव आखिरकार निर्वाचन कार्यालय और राष्ट्रपति महोदय द्वारा मान लिया गया है। हालाँकि कुछ लोगों ने न्यायालय में इसके खिलाफ जनहित याचिका डाली थी, पर वो जज ने ख़ारिज कर दी थी।

कल का वो मुबारक दिन होगा, जब पहली बार वोट घर बैठे डाले जायेंगे। हर तरफ ख़ुशी का माहौल है, कितना आसान होगा सब कुछ। आधार नंबर डालो, फिर मोबाइल के फिंगर सेंसर से चेक करवाओ और वोट डाल दो, बस हो गया। 5 सालों की लम्बी लड़ाई आखिरकार कल अपना फल देगी। आज रात मुझे बहुत सुकून की नींद आयेगी, आखिरकार इस लड़ाई में मैं सबसे आगे था।

सुबह जब आँख खुली तो कोई मेरा दरवाज़ा पीट रहा था। दरवाज़ा खोलते ही अचानक से 5-6 लोग मेरे घर में घुस आए। वो हमें घर से बाहर ले आए। बाहर का नज़ारा तो ऐसा लग रहा था कि मानो प्रलय आ गयी हो। हर तरह गुंडे ही गुंडे दिख रहे थे। यहाँ इस समय उनकी ही हुकूमत थी और जबरदस्ती वोट पड़वाए जा रहे थे।

मैंने निगाह बचा कर देखा तो फ़ोन में कोई सिग्नल आ ही नहीं रहे थे। शायद इन लोगों ने मोबाइल टावर बंद कर दिए थे या मोबाइल जैमर लगाये थे। इस हालातो में मैं किसे बुलाता मदद के लिए। मैं फँस चुका था।

उन्होंने मुझे और बीवी से मोबाइल एप्प पर लॉग इन करवाया और फ़ोन झटक कर खुद ही वोट डाल दिया। अब इस समय मैं अपनी और अपनी बीवी की जान बचाता या वोट बचाता !

अब जाके मुझे समझ आया कि पोलिंग बूथ जाने में कष्ट तो होता था पर हम ज्यादा सुरक्षित थे। सुरक्षा हर बूथ पर कड़ी होती थी और सभी उम्मीदवारों की कोशिश होती थी कि हम पोलिंग बूथ पहुँचे और वोट डालके आयें। अगर हम नहीं निकलते तो वोट भी नहीं पड़ता पर अब क्यूंकि कहीं से भी वोट हो सकता है तो अब हर एक कोना, एक एक जगह को सुरक्षित करना नामुमकिन है। इसमें सुरक्षा कर्मियों को दोष देना भी उचित नहीं।

अभी अपने वोट लुटवाने के बाद मुझे शर्म आ रही है कि क्यों लड़ी इतनी लम्बी लड़ाई! बस थोड़े से आराम के लिए और इसके बदले में पुराने बूथ कैप्चरिंग के दिन अब नए रूप में वापिस आ गए। जो लोग इस तरीके से चुन कर आयेंगे उनसे कुछ बेहतर काम की उम्मीद करना तो बेकार ही है।

मुझे माफ़ करना लोगों..अब एक नई लड़ाई लड़ेंगे। इ वी एम और पोलिंग बूथ को वापिस ला के रहेंगे....।

लेखक के बारे में

लक्ष्मी एन. जाबड़ोलिया पेशे से डेयरी इंजीनियर है व गुजरात फेडरेशन में कार्यरत हैं। वह बचपन से ही मेघावी छात्र रहे हैं। उन्होंने राज्य बोर्ड व राष्ट्रीय फ़ेलोशिप प्राप्त कर देश-विदेश के नामी संस्थाओं से प्रौद्योगिकी, प्रबंधन व विधि में स्नातकोत्तर के साथ-साथ कई डिग्री व डिप्लोमा अर्जित किए है। बचपन से ही लेखनी उनकी सबसे अच्छी मित्र रही है। उन्होंने 50 के लगभग कविताएँ व कहानियाँ लिखी है जिनका स्टोरीमिरर व कई अन्य पत्र प्रत्रिकाओं में प्रकाशन हुआ है। उनको स्टोरीमिरर पर साहित्यिक कर्नल से नवाजा गया है। वह सामाजिक सेवार्थ जैसे शिक्षा, पर्यावरण सरंक्षण, सामाजिक परोपकार, सामाजिक, साहित्य लेखन आदि में तहेदिल से भागीदारी के लिए कई सामाजिक संस्थाओं से जुड़े हुए हैं।

पोस्टर जगत

– लक्ष्मी एन. जाबड़ोलिया

जैसे ही मैं जयपुर की एक नामी सड़क से गुजरा, देखा कि हर चौराहे पर नेताजी के पोस्टर ही पोस्टर लगे हुए हैं। कुछ मजबूती से लगे थे, कुछ फटे हुए तो कुछ के ऊपर फिर कोई दूसरा पोस्टर, कुछ आधे लटके पड़े थे जो कि कई बार हादसे के कारण भी बन जाते हैं। आज कल व्हाट्स एप फेसबुकिया दुनिया के साथ-साथ, पोस्टर की भी दुनिया चल रही है। आपको हर जगह कोई न कोई पोस्टर मिल ही जायेगा, चाहे नेताजी का जन्मदिन हो या पुण्य तिथि, चाहे कोई त्यौहार हो या भजन कीर्तन, भंडारा, पदयात्रा या अन्य कोई (वैसे महीने में कोई न कोई एक दो त्यौहार या फिर अन्य मौका आ ही जाता है और नेजाजी के पोस्टर तैयार)। ऐसे लगता है जैसे नेताजी ने एक साल की परियोजना बना ली हो, यहाँ एक बात और देखने को मिलती है, पोस्टर में नेताजी के साथ-साथ नीचे स्थानीय नेताओं की भी फोटो दिखती है, और उन पर कुछ पद (वैसे स्वार्थवश बहुत सारे पद निकल ही जाते है) या कुछ नहीं तो समाजसेवी, फलाना क्षेत्र आदि लिखकर ऐसे हाथ जोड़कर खड़े रहते हैं जैसे मानो ये ही वास्तविक नेताजी हों। हो सकता है ये उनका प्रसिद्धि पाने का तरीका हो। कभी कभार तो बड़े नेताजी को ही पता नहीं होता कि उसका पोस्टर किसी ने लगा दिया और कहाँ लगा दिया, क्या लिख के लगा दिया, किस हालत में लगा दिया। पोस्टर में एक महीना तक जन्मदिन मनता रहता है। कहा जाये तो ये सटीक ही होगा "नेता रीत सदा चल आई, प्राण जाए पर पोस्टर न हटई", वैसे भी आजकल इश्तिहार की दुनिया है, बिना विज्ञापन कोई सामान बिकता ही नहीं और उपभोक्ता भी विज्ञापन देखकर ही उत्पाद खरीदते हैं चाहे बड़े हो या बच्चे। लेकिन विज्ञापन हमेशा वास्तविकता से कहीं छद्म दिखावे मात्र होता है ऐसे बहुत उदाहरण मिलेंगे, बड़े-बड़े लुभावने दावे झूंठे साबित होते हैं। ऐसे ही विज्ञापन का राजनीति में भी चलन आ गया है, पोस्टर से ही नेताजी का कॉलोनीवासियों से मिलान हो जाता है। एक मुस्कुराता हुआ चेहरा मानों आपसे अनुरोध कर रहा हो कि मेरा एक पोस्टर और लगवा दो, भले ही उस मुस्कराते चेहरे के नीचे कचरे का ढेर लगा हो और पोस्टर देखते हुए गाय कचरे को चबा-चबा के ख़ा रही हो और कह रही हो कि मुझे भी मेरा हक़ दिलवा दो। भले ही वो पोस्टर एकतरफा हो लेकिन इसमें फायदा नेताजी को जरूर होता है। कॉलोनीवासियों को

तो वो ही टूटी हुई सड़क, 10 दिन पहले की बारिश के पानी से भरे हुए गड्डे, मंडराते आवारा पशु आदि से ही पाला पड़ेगा। शहर को गन्दा करने पर नगर निगम का नियम भी है, पोस्टर लगाने से पहले इजाजत भी लेनी पड़ती है, विज्ञापन पोस्टर के लिए नगर निगम से जगह सुनिश्चित की हुई है जो की आदेय (Chargeable) है। लेकिन वो केवल कागजी लिखावट या कार्यवाही तक ही सीमित है, कभी कभार तो ऐसे प्रतीत होता है, जिस प्रकार महापुरषों के विचारों को केवल पोस्टर/चित्र तक सीमित कर दिया, वैसे ही सरकार की योजनाओ को भी पोस्टर तक ही सिमट कर रख दिया हो। आजकल गली गली में नेता पैदा हो रहे हैं, और नेतागिरी में ही भविष्य बढ़िया लगता है। आजकल ये ही जुमला चल रहा है, अपने से बड़े नेताजी को शायद यही पूछते रहते कि नेताजी इस बार पोस्टर में आपकी कौन सी फोटो लगाऊं, मेरी फोटो भी बगल में लगा दूं क्या, इससे नेताजी का खर्च बच जायेगा और छोटे नेता को विज्ञापन का बहाना मिल जायेगा। बस फिर कॉलोनी में इतराता फिरेगा कि मेरी बड़े नेता से जान पहचान है, चाहे वो दसवीं पास भी न हो लेकिन ज्ञान आपको एम ए, बी ए से भी ज्यादा बांटने लगेगा। स्थानीय राजनीति में पढ़े लिखे लोग कम ही दिलचस्पी लेते हैं शायद उनको क्षेत्रमिति का अनुभव नहीं होता है या फिर वो उसके योग्य नहीं है। ऐसे ही एक दिन मेरे जानकार, पढ़ा लिखा, नया-नया बन्दा राजनीति ज्वाइन करने आया तो नेता जी ने पूछा - 'तुम्हे क्षेत्रमिति आती है।' लड़का - 'नहीं तो, लेकिन क्षेत्रमिति का राजनीति से कैसा सम्बन्ध।' नेताजी - 'बच्चे! क्षेत्रमिति मतलब पोस्टर की साइज, कैलकुलेशन, कैसे लगाना है, कब लगाना है कितना बड़ा लगाना है वगैरह वगैरह।' लड़का - 'पोस्टर, ये क्या होता है?' घर जाओ बेटा, तुम नेता बनने के काबिल ही नहीं हो क्योंकि तुम्हारा फाउंडेशन बहुत ज्यादा वीक है। जिस प्रकार आई आई टी, वगैरह में पास होने के लिए फिजिक्स में पकड़ होनी चाहिए उसी प्रकार नेतागीरी में टॉप करने के लिए पोस्टर का ज्ञान जरुरी है' - नेता ने पोस्टर की प्रशंसा में बात कह डाली और फिर एक अधेड़ सा लड़का, नेताजी का एक बड़ा सा पोस्टर लिए आया और कॉलोनी के नाम के ऊपर, पहले से टके हुए पोस्टर पर, अपने नाम के साथ कॉलोनी में लगा दिया और उस पर नीचे लिखा था "आपका प्यारा जन सेवक, फलाना क्षेत्र...।"

लेखिका के बारे में

डॉ. शिखा कौशिक 'नूतन' ने एम्.ए. [हिंदी] UGC/NET-हिंदी, पीएच-डी [हिंदी] तक की शिक्षा प्राप्त की है। **डॉ. शिखा** डी.ए.वी. डिग्री कॉलेज, बुढ़ाना, मुजफ्फरनगर में हिंदी प्रवक्ता के पद पर कार्यरत हैं। इनके प्रकाशित साहित्य में लघुकथा संग्रह [क्योंकि औरत कट्टर नहीं होत], कहानी संग्रह [सरनेम गाँधी], काव्य-संग्रह [ये तो मोहब्बत नहीं, नूतन रामायण], काली सोच (लघुकथा संग्रह) कई साझा संग्रह [खामोश ख़ामोशी और हम, शब्द-संवाद आदि] प्रमुख हैं।

*उत्तर प्रदेश हिंदी संस्थान, उत्तर प्रदेश द्वारा इनके लघु कथा संग्रह "क्योंकि औरत कट्टर नहीं होती" के लिए "पंडित बद्री प्रसाद शिन्गलु स्मृति पुरुस्कार" [2015] से सम्मानित किया गया है। **डॉ. शिखा** को सृजन गाथा डॉट कॉम द्वारा मिस्र में आयोजित ग्यारहवें अन्तर्राष्ट्रीय हिंदी सम्मलेन [2016] में सहभागिता व् कविता के लिए प्रमोद वर्मा युवा सम्मान २०१६, गुरु घासी दास सम्मान से सम्मानित किया गया तथा

14 वें अंतरराष्ट्रीय हिंदी सम्मेलन, राजस्थान (1 अक्तूबर से 12 अक्तूबर 2017) में साहित्यिक योगदान हेतु डॉ. राजेंद्र सोनी स्मृति सम्मान से भी सम्मानित किया जा चुका है। स्त्री सशक्तिकरण को लेकर **डॉ. शिखा** ने सार्थक लेखन कर समाज को एक नई दिशा प्रदान करने में अपनी सहभागिता सुनिश्चित की है।

लोकतंत्र का अहसास

– डॉ. शिखा कौशिक

देश में चल रहे फीस वृद्धि के खिलाफ छात्र आंदोलन ने महाविद्यालय की बी.ए. प्रथम वर्ष कला संकाय की छात्रा शिवानी को भी उद्वेलित कर दिया।

आज होने वाले शांति मार्च में उसने भी बढ़ कर हिस्सा लिया। आज उसने पहली बार जाना कि लोकतांत्रिक राष्ट्र में रहने का तात्पर्य मात्र स्वतंत्रता दिवस, गणतंत्र दिवस मनाना नहीं है और न ही मात्र संविधान की प्रस्तावना को दोहरा लेना।

लोकतंत्र का तात्पर्य है अपनी सही मांग के लिए आवाज़ उठाना। आज उसने महाविद्यालय प्रांगण में लगी महात्मा गांधी की मूर्ति को मुस्कुराता हुआ महसूस किया।

लेखक के बारे में

डॉ. ललित उपाध्याय पेशे से असिस्टेंट प्रोफेसर हैं लेकिन मन से एक कवि व लेखक हैं। उन्हें लोगों की मदद करना पसंद है, इसलिए समाज सेवा व रचनाएं उन्हें रुचि अनुरूप आकर्षित करती है। वह एक संवेदनशील चिंतक, कॉलमनिस्ट व यू टयूबर भी हैं। वह पुस्तकों की जीवंत शैली के प्रयोग करने में गहरी रुचि रखते हैं, स्टोरीमिरर के ऑथर ऑफ ईयर फर्स्ट रनर अप 2019 व दो बार ऑथर ऑफ वीक के विजेता भी रहे है। उनके सानिध्य में स्टोरीमिरर वेब पोर्टल पर "उड़ान भरते कलमकार" आदि प्रतियोगिताएं संचालित की गई है। वह कविता, कहानी प्रतियोगिताओं और साहित्य समारोहों में उत्सुकता से भाग लेते रहे हैं।

"**डॉ. ललित** उत्तरप्रदेश के अलीगढ़ में स्थित ज्ञान महाविद्यालय में समाज शास्त्र विषय के असिस्टेंट प्रोफेसर के साथ-साथ अधिशासी अधिकारी व जनसम्पर्क अधिकारी के पद पर दायित्व निर्वहन कर रहे हैं। उन्होंने इससे पहले भारत सरकार के महत्वाकांक्षी प्रोजेक्ट में जिला परियोजना समन्वयक/कंसल्टेंट व यूनिसेफ के सोशल मोबिलाइजेशन नेटवर्क में भी कार्य किया है। उनके पास पीएच-डी, एम.ए., बीएड व पीजी डिप्लोमा इन रूरल डेवलपमेंट, मार्गदर्शन में प्रमाण पत्र, पत्रकारिता में डिप्लोमा है। उन्होंने 21 से अधिक पुस्तकों का संपादन व लेखन कार्य किया है। उन्हें 30 से अधिक साहित्य सम्मानों से नवाजा गया है। महामहिम राज्यपाल उत्तर प्रदेश श्रीमती आनंदी बेन ने उन्हें प्रेरणा सम्मान से सम्मानित किया है। विभिन्न सम सामयिक सामाजिक मुद्दों, प्रशिक्षण, जीवन-कौशल, रोजगार कौशल, बाल अधिकार व संरक्षण, महिला सशक्तिकरण, आदिवासियों के विभिन्न पहलुओं, व्यावहारिक ज्ञान पर कई शोध प्रकाशित हुए है। वह एक मोटिवेशनल स्पीकर व कुशल मंच संचालक के भी हैं। वे राज्य व जिला स्तर पर विभिन्न सरकारी योजनाओं में प्रशिक्षण हेतु नामित मास्टर ट्रेनर भी है। उन्हें लोगों से मिलना, उनकी मदद करना और लेखन कार्य बेहद पसंद है।

बेखौफ़ बसंती

– डॉ. ललित उपाध्याय

सुपर हिट शोले फिल्म को रिलीज हुए चालीस साल से अधिक हो गए, जय, वीरू की जोड़ी का क्या कहने थे। और 'चल मेरी धन्नो' का डायलॉग वाली बसंती की बात ही गजब थी। यह फिल्म 12 से अधिक बार मैंने देखी है", कपिल ने अपने दिल की बात बच्चा यादव से कह ही दी।

बच्चा यादव बोला - यार सपना, अब तक तुम्हारा कोई नहीं बना अपना।

कपिल - शोले वाली क्या बसंती थी। मुझे उसका वो डायलॉग अभी भी याद है - "वैसे मुझे बेफिजूल बात करने की आदत है नहीं"।

अरे सपना बसंती ने यह भी कहा था - "ये बसंती का तांगा है किसी जमीदार की बेगारी थोड़े ही, जिसे करना ही पड़े।" जय-वीरू की जोड़ी ने ठाकुर साहब की मदद की।

कपिल - गब्बर सिंह को तुम भूल गए क्या। वाह, यादगार अभिनय था डाकू गब्बर सिंह का। उसका डायलॉग - "क्या होगा तेरा कालिया।" अरे क्या बताएं! फिल्म में आनंद आ गया।

कपिल - आज की फिल्मों में ना तो बसंती जैसी चुलबुली मस्ती है, और ना ही जय-वीरू की जोड़ी के किरदार। रामगढ़ के ठाकुर साहब की बात हो या डाकू गब्बर सिंह का हो आतंक। सुपर हिट हो गई फिल्म शोले।

सपना - कपिल आजकल शोले, जब भी कोई लड़की देखूं मेरा दिल बोले - ओले, ओले में बदल गयी है।

कपिल - जमाना इतना बदल गया है, गब्बर सिंह तो केवल रामगढ़ का डाकू था, आज कल गली मोहल्ले में लड़ाई, लूट घसोट, छेड़खानी आम हो गयी है। बदल गया है जमाना। अंग्रेजो के जमाने के जेलर भी आज के गब्बर सिंह को नहीं पकड़ पा रहे है।

कपिल - दोस्ती की मिसाल जय-वीरू की जोड़ी को फिर हिट करने की जरूरत है ताकि आज के समाज में सच्ची दोस्ती फिट हो सके। शोले में बसंती को इन कुत्तों के सामने मत

नाचने की बात कहने वाले वीरू को आज का वीरू बनकर वीरता दिखाने की जरूरत है।

सपना - समाज में माहौल ऐसा बनाना होगा ताकि आज की सभी बसंती बेखौफ़ गब्बर सिंह से टक्कर लेकर 'मिशन शक्ति' की आवाज बनकर गब्बर सिंह जैसों को गुलाबी गैंग की ओर से मुंह तोड़ जबाव दे सके।

लेखिका के बारे में

रितु सिंह रावत एक लेखिका और वर्तमान उत्तर प्रदेश भाजपा सरकार में प्रवक्ता साथ ही एक सोशल वर्कर के रुप में कार्यरत हैं। वे अपनी पढ़ाई सोशल वर्क में मास्टर पूरी कर चुकी हैं और अभी पीएचडी की तैयारी कर रही हैं। उन्हें कहानियाँ और कविताएं लिखने का शौक है। उनकी लिखी कहानियाँ और कविताएं समाज की गतिविधि का ही एक रुप है। सभी कहानियाँ और कविताएं काल्पनिक न हो कर सच्चाई पर आधारित है। उनकी कहानियाँ और कविताएं स्टोरीमिरर पर प्रकाशित हो चुकीं हैं।

एक होनहार लड़की की कहानी

– रितु सिंह रावत

बात एक ऐसे गाँव की है जो काफी पिछड़ा हुआ था और ऊंची जाति वाले, नीची जाति को घृणा की दृष्टि से देखते थे। बच्चों में भी एक दूसरे के प्रति भेदभाव की भावना थीं। उस गाँव में एक स्कूल था जिसमें ऊंची जाति के बच्चे अधिक और नीची जाति कम ही पढ़ते थे क्योंकि स्कूल के शिक्षक भी बच्चों में भेदभाव करते थे इसी लिए नीची जाति के लोग बच्चों को स्कूल न भेज कर कामकाज में लगा देते थे। उसी गाँव में एक दलित परिवार जिसमें दादा-दादी चाचा-चाची माँ-बाप और कई बहन-भाई थे और उस परिवार में एक ऐसी लड़की जिस का नाम शक्ति देवी था; जो पढ़ने के लिए अपनी माँ से स्कूल जाने की ज़िद करती। परिवार बड़ा और अधिक गरीब था। सभी मजदूरी करते और बड़ी मुश्किल से पेट भर पाते थे।

माँ के बार-बार मना के बाबजूद भी वह स्कूल जाने की ज़िद करती रहती। एक दिन उसकी माँ ने उसके पिता जी से कहा कि शक्ति स्कूल में पढ़ना चाहती है। उसके पिता और दादी यह सुनकर गुस्से में चिल्लाने लगे कि लडक़ी स्कूल जा कर क्या करेगी! घर का काम-काज सिखाओ, दूसरे के घर जाना है। माँ की हर कोशिश नाकाम हुई और शक्ति की जिद दिन पे दिन बढ़ती गई और वह चुपचाप रहने लगी और माँ से भी बात न के बराबर करती। करती भी तो स्कूल जाने की ज़िद करती। माँ तो माँ ही होती है, उसने मन ही मन फैसला किया कि शक्ति स्कूल में जाकर पढ़ेगी।

उसने शक्ति का बड़ी मुश्किल से स्कूल में दाखिला तो कर दिया पर रोज स्कूल भेजने के लिए विचार करने लगी कि वह रोज मजदूरी के लिए काम पर जाती थी, कैसे भेजेगी? उसके मन में विचार आया कि रोज शक्ति को अपने साथ काम के बहाने ले जाएगी और सुबह स्कूल छोड़ देगी और छुट्टी के समय ले लेगी जिससे किसी को पता नहीं चलेगा और शक्ति स्कूल में पढ़ने लगेगी। कुछ समय तक सब ठीक-ठाक चलता रहा पर कुछ महीनों बाद पिता जी को पता चल गया कि शक्ति स्कूल पढ़ाई के लिए जाती है। उसके पिता जी और दादी ने उसकी माँ के साथ लड़ाई झगड़ा किया और कहा इससे तो अच्छा काम पर ले जाती। कम से कम कुछ पैसे ही आ जाते! उसकी माँ ने कहा कि मैं तीन

समय की रोटी की जगह एक समय की रोटी खाऊँगी पर शक्ति स्कूल जा कर पढ़ेगी। माँ ने साफ-साफ कह दिया कि शक्ति स्कूल जाएगी और शक्ति स्कूल में पढ़ने लगी। घर के सभी लोगों को झुकना पड़ा। स्कूल का शिक्षक उसको एक कोने में जमीन पर बैठाता और कोई बच्चा उससे बात भी नहीं करता था। अगर शक्ति शिक्षक से कुछ पूछती तो वह उसको डांटता! कहता कि "जितना समझाया है ठीक है। तुझे कौन सा कलेक्टर बनना है!" शक्ति चुपचाप हो जाती क्योंकि उसको कलेक्टर का मतलब ही नही मालूम था और वह अकेली चुपचाप रहती और सोचती कि माँ से कहूँगी तो वह दुखी होगी और मेरा स्कूल आना भी बंद हो जाएगा। एक दिन वह यह सोचने लगी कि क्यों न मैं किताबों को ही अपना दोस्त बना लूँ! अब वह चुपचाप रहकर किताबों को पढ़ती माँ अगर कभी पैसे देती तो वह सड़क से किताब खरीद लेती और कोई भी पढ़ने की किताबें मिलती, उसको पढ़ने लगती।

स्कूल में अच्छे नंबर लाती फिर भी वह कक्षा में नीचे जमीन पर बैठती। कोई उससे बात नहीं करता पर शक्ति तो पढ़ना चाहती थीं इसलिए उसे कोई फर्क नहीं पड़ता था इस तरह शक्ति पढ़ती गई और स्कूल के व्यवहार में कोई बदलाव नहीं आया और।

न ही कोई सहेली थीं। बस किताबें उसकी सबसे अच्छी दोस्त हो गई थीं और उनके साथ उसका रिश्ता भी गहरा होता जा रहा था। शक्ति ने स्कूल में सबसे अच्छे नंबरों से पास किया और फिर चुपके से सरकारी नौकरी के लिए तैयारी शुरू कर दी। साथ ही सरकारी नौकरी के फार्म भरती रही और पेपर देती रही। एक दिन उसके घर के आगे मीडिया रिपोर्टर, कैमरे लिए कुछ लोग खड़े हो गए और शक्ति के बारे में पूछने लगे। तो माँ और घर के अन्य सदस्य डरे हुए थे और मीडिया के लोग शक्ति का इंतजार कर रहे थे। शक्ति के आते ही उसकी तसवीरें खींचने लगे। गाँव के लोग चिल्ला रहे थे कि इस ने क्या कर दिया है! सब उसको बुरी नजर से देख रहे थे तभी एक रिपोर्टर सामने आया और बोला इस लड़की शक्ति ने आपके गाँव का नाम रोशन कर दिया है। इसने एक बड़ा एग्जाम पास किया। कल के पेपर में आप के गाँव का नाम लोग गर्व से लेंगे। यह लड़की इस गाँव की शान है और एक नई रोशनी के साथ इस गाँव को एक पहचान दी है।

जिस गाँव को कोई ठीक से जानता भी नहीं था, आज उसका नाम इस लड़की की वजह से सम्मानित हुआ है। लोगों की भीड़ जमा हो गई। सब शक्ति को देख रहे थे। रिपोर्टर ने कहा कि प्रथम स्थान मिला है। ये उसका फ़ोटो छाप है और चारों ओर शक्ति के नाम की गूंज सुनाई दे रही थी। तभी उसकी दादी और पिता जी बाहर आए। यह सब देखकर

उसकी दादी ने शक्ति को गले से लगा लिया और पिता की आँखें भर आईं। उसी समय मीडिया ने कैमरे के सामने शक्ति से पूछा कि आप बताएं कि कैसे आप इस जगह पर पहुंची! तभी उसने कहा कि एक दिन मुझे स्कूल में एक किताब मिली जिसको पढ़ने के बाद मेरी जिंदगी में एक बदलाव आया। तभी एक रिपोर्टर ने पूछा, "कौन सी किताब थीं" उसने कहा वो किताब (आदरणीय डॉ. भीमराव अंबेडकर जी के बारे में थी जिसमें उन्होंने कहा कि शिक्षा ही वो ज्ञान है जो आपकी जिंदगी को ऊंचा उठा सकता है अगर देश और समाज के लिए कुछ अच्छा करने की चाहत है तो पढ़ो) बस मैंने पढ़ाई को जीवन का लक्ष्य बना लिया और माँ ने हर कदम पर मेरी मदद की आधा पेट खाकर किताबों के पैसे दिए। मेरी माँ सौ गुरु के बराबर है। अनपढ़ हो कर भी पढ़ने में मेरा साथ दिया तभी उसकी नजर अपनी माँ को ढूंढने लगी। माँ एक घूंघट में कोने में खड़ी अपनी बेटी को देख रही थी। बेटी ने कहा, "माँ न होती तो यहाँ तक पहुँचना मुश्किल था!"

उसने अपने अध्यापक का भी शुक्रिया किया और कहा कि यह मेरे गुरुजी है जिनकी दी गई शिक्षा ने मुझे पढ़ने के लिए प्रेरित किया। आज सारा गाँव गर्व से ऊंचा हो कर कह रहा था कि हमारे गाँव की बेटी है। एक दिन शक्ति उसी गाँव की कलेक्टर बन कर गई। आज जात पात की दीवार के होते हुए भी सब मैडम शक्ति के आगे पीछे हाथ जोड़ कर खड़े थे।

शिक्षा ही वो दरवाजा है जो आपको ऊंचाई तक ले जा सकता है (आदरणीय डॉ. भीमराव अंबेडकर जी ने महिलाओं के साथ सभी से कहा कि शिक्षा जीवन को सही मार्ग और लक्ष्य तक पहुंचा सकता है) भारत को फिर से सोने की चिड़िया बनाना है तो सबको शिक्षित होना होगा और शिक्षा की दोहरी प्रणाली को इस देश से खत्म करना होगा। शिक्षा सबके लिए समान होनी चाहिए।

लेखिका के बारे में

सोनम शर्मा का जन्म असम के तिनसुकिया जिले में एक साधारण परिवार में हुआ। इन्होंने एम.ए, (राजनीतिक विज्ञान) डिब्रूगढ़ यूनिवर्सिटी से किया और साथ ही साथ पोस्ट ग्रेजुएशन डिप्लोमा इन कंप्यूटर एप्लीकेशन का कोर्स भी किया। बचपन से इन्हें कहानियां तथा उपन्यास लिखना बेहद पसंद है, जो अब इनकी जिंदगी का अहम हिस्सा बन चुका है। इन्हे स्टोरीमिरर पर साहित्यिक लेफ्टिनेंट की उपाधि भी दी गई है। लॉकडाउन के दौरान इन्हें अपनी कहानियों का संग्रह प्रकाशित करने का विचार आया और समय का सदुपयोग करते हुए इन्होंने कुछ कहानियां भी लिखी। इनका यह पहला साझा संग्रह है। लिखने के साथ-साथ इन्हें गाना गाने में भी रूचि है।

टूरिस्ट बस

– सोनम शर्मा

शाम के 06 : 00 बजे के करीब ... दिल्ली महावीर ट्रेवल एजेंसी के पास...

एक लड़की तेजी से भागते हुए अचानक बस मे चढ़ती है।

तभी उसे बस में इस तरह से चढ़ता देख कोई, पीछे से आवाज लगाते हुए कहने लगा, "अरे... अरे...! यह क्या? आप इस बस में क्यों चढ़ रही है, कौन हैं आप....?"

वह लड़की हाँफते हुए कहने लगी, "जी.....मैं वहाँ..... वो..... वह मेरा नाम दामिनी है।"

वह लड़का उसे गौर से देखते हुए बोला, "अरे! आपका चेहरा तो पूरा पसीना-पसीना हो रखा हैं। यह पानी की बोतल लीजिए और पानी पी लीजिए।"

दामिनी हाँफते हुए बोली, "जी मुझे यहाँ से कहीं दूर ले चलिए।...वह गुंडे मेरे पीछे लगे हुए हैं।"

उस लडके ने हैरान होते हुए पूछा, "गुंडे....पर क्यों? यह लोकल बस नहीं हैं, यह टूरिस्ट बस है। आप कौन हैं और कहाँ से आई हैं...?

और तो और कोई आपके पीछे क्यों पड़ेगा? मैं यहाँ का गाइड हूं। आज मुझे सारे यात्रियों को लेकर उत्तराखंड में, ऋषिकेश और हरिद्वार की सैर करवाने ले जाना है। आप इस टूरिस्ट बस में बिना टिकट के नहीं चढ़ सकती। मेरा नाम ऋषि शर्मा है। मैं एक टूरिस्ट गाइड हूँ।"

दामिनी रोते हुए कहने लगी, "देखिए अगर आप मेरी मदद करेंगे तो मेरी जान बच जाएगी। मैंने सुनसान रास्ते में (जो कि यहाँ से 5 किलोमीटर की दूरी में है) किसी का खून होते हुए देखा है। इसलिए वह लोग मेरा पीछा कर रहे हैं। उन लोगों ने मेरा चेहरा देख लिया है, इसलिए मैं डर के मारे भागते हुए इस बस को लोकल बस समझ कर अंदर आ गई। आप मुझे अच्छे लग रहे हैं और ईमानदार भी। क्या आप मेरी मदद करेंगे? मैं उन गुंडों से भागते-भागते यहाँ तक आ गई। वह मेरा पीछा नहीं छोड़ रहे हैं। प्लीज मैं आपके हाथ जोड़ती हूँ। थोड़ी देर के लिए मुझे इस बस में ही रहने दीजिए। मेरा इस दुनिया में

कोई भी नहीं है। मैं अनाथ हूँ। बचपन से मुझे मेरे अंकल ने पाल-पोस कर बड़ा किया है। अब मैं सोशल वर्कर बन चुकी हूँ।", इतना कहते हुए दामिनी ने अपने पर्स से मोबाइल निकाला और उसे वीडियो दिखाते हुए बोली, "यह देखिए वीडियो, मैंने अपने मोबाइल में रिकॉर्ड कर लिया। रिकॉर्ड करते वक्त उन्होंने मुझे देख लिया। इसलिए मैं भागते- भागते यहाँ तक पहुँच गई।"

जैसे ही ऋषि ने उस वीडियो को देखा, वह भी चौंक गया और दामिनी से कहने लगा, " हे भगवान! बहुत ही बेरहमी से मारा है उस इंसान को। आप चिंता मत करिए, मैं आपके साथ हूँ। हम दोनों मिलकर पुलिस स्टेशन जाएंगे। टेंशन मत करिए। मैं आपको कुछ नहीं होने दूंगा। पर अभी तो मैं ड्यूटी में हूँ इसलिए ड्यूटी टाइम छोड़कर पुलिस स्टेशन नहीं जा सकता।"

इतना सुनने के बाद ही वह लड़की ऋषि की बाँहों में बेहोश हो गई। उसे बेहोश होता देख ऋषि घबरा गया। मन ही मन बोला, "इस लड़की को ऐसी हालत में कैसे छोड़ दूँ..? " इतना कहते हुए, ऋषि ने जल्दी से अपनी बोतल का पानी अपने हाथों में लेकर दामिनी के चेहरे पर छिड़कते हुए उसे उठाया और कहने लगा, "मैं आपका साथ दूंगा। आप इस बस में बैठिये, मैं अभी आ रहा हूँ।"

ऋषि मन ही मन सोचने लगा, "अरे! अगर मैं अपने मालिक से इस लड़की के बारे में कहूंगा तो वह न जाने क्या सोचेंगे? पर इस लड़की की जान बचानी भी जरूरी है। क्या बहाना बनाऊँ, कुछ समझ नहीं आ रहा है। ऊपर से टूरिस्ट बस की सारी सीटें बुक हो चुकी हैं।"

तभी अचानक ट्रैवल एजेंसी के मालिक संजय ने, ऑफिस के अंदर से आवाज़ लगाते हुए ऋषि को बुलाया। जैसे ही ऋषि बस से निकलते हुए ऑफिस के अंदर गया, मालिक उससे कहने लगे, "ऋषि इधर आना, एक फैमिली ने अभी-अभी अपना ट्रिप कैंसिल करवा दिया। हमारी तीन सीटें बेकार हो गईं। बस कुछ ही देर में तुम टूरिस्ट बस लेकर हरिद्वार और ऋषिकेश जाने के लिए रवाना हो जाना और अच्छे से सारे यात्रियों को उस जगहों की सैर करा देना। एक भी कंप्लेन नहीं आनी चाहिए।"

इतना सुनते ही ऋषि मन ही मन में कहने लगा, "अरे वाह..! भगवान ने मेरी सुन ली। अच्छा हुआ कि उस फैमिली ने अपना ट्रिप कैंसिल करवा दिया। मैं इस जगह उस लड़की को बैठा दूंगा। पर पता नहीं उसके पास इतने पैसे होंगे कि नहीं?

और मैं क्या बहाना बनाऊँ? कुछ समझ ही नहीं आ रहा है।"

तभी अचानक उसके मन में ख्याल आया और वह अपने मालिक को कहने लगा, "सर आप रुकिए, मैं अभी आ रहा हूं।"

ऋषि भागते हुए टूरिस्ट बस में गया और दामिनी से कहने लगा, "अगर मैं जैसा बोलूं, क्या आप वैसा करेंगी, तभी आप इस बस में चढ़ सकती है।"

दामिनी डरते हुए बोली, "क्या करूँ? मतलब म... मैं समझी नहीं...?"

ऋषि बोला, "आप मुझ पर भरोसा रखिए। मैं कोई ऐसा वैसा इंसान नहीं हूं। आप बिल्कुल भी डरिए मत। आपको मेरे मालिक को कहना होगा कि आप मेरी दोस्त है और मेरे साथ उत्तराखंड के पर्यटन स्थलों की सैर करना चाहती हैं। टूरिस्ट बस के एक फैमिली ने अभी-अभी अपनी ट्रिप कैंसिल करवा दी, इसलिए आपको टूरिस्ट बस में बैठने के लिए मिल जाएगा। मैं अपनी तरफ से आपके सारे पैसे भर दूंगा। अगर हम इस एरिया से निकल जाएंगे तो वह गुंडे आपको नहीं ढूंढ पाएंगे। बस यही एक उपाय है। अगर आपको मंजूर है तो बोलिए..? वैसे भी मैं एक टूरिस्ट गाइड हूँ और मेरा फर्ज बनता है कि सब यात्रियों को अच्छे से हर जगह की सैर कराना और उन्हें उनकी जगह वापस छोड़ आना। इसी बहाने आपकी भी उत्तराखंड के पर्यटन स्थलों की सैर हो जाएगी। और तो और आपके पास तो वीडियो भी है तो फिर आप को डरने की जरूरत नहीं है।"

तभी अचानक दामिनी की नजर पीछे पड़ती है। वह देखती है कि कुछ ही दूर में वह गुंडे पीछे अपनी कार के पास खड़े थे। इतने मे दोनों ने देखा कि गुंडे दूर खड़े एक ऑटो वाले से कड़क स्वर में बोल रहे थे, "यहाँ पर एक लड़की को आते हुए देखा है क्या....?"

ऑटो वाला "ना" कहते हुए गली के अंदर चला गया।

यह देख दामिनी बस के अंदर झुकी और ऋषि से फुसफुसाते हुए कहने लगी - "वह देखिए, वें वही गुंडे हैं। देखिए, मुझे आपकी बातें मंजूर है। बस इन लोगों से मुझे बचा लीजिए। मुझे यह सबूत पुलिस वालों को देना बहुत ही जरूरी है। मैं एक सोशल वर्कर हूँ।"

"ठीक है" , कहते हुए, ऋषि अपने मालिक के पास जाकर कहने लगा, "संजय सर, अभी-अभी मेरी एक दोस्त आई है। वह भी उत्तराखंड के पर्यटन स्थलों की सैर करना चाहती है। आप उसका टिकट कटवा दीजिए।"

ट्रैवल एजेंसी के मालिक संजय ने कहा, "अरे! यह तो बहुत ही अच्छी बात है। क्या नाम

है उसका? उसे यहाँ बुलाइए।"

"ठीक है सर", कहते हुए ऋषि, दामिनी के पास जाकर उससे कहने लगा, " आप अंदर चलिए मेरे साथ, मालिक आपको बुला रहे हैं।"

दामिनी अपने कपड़े ठीक करते हुए, उन गुंडों की नजरों से छुप-छुप कर ट्रैवल एजेंसी के अंदर चली गई और महावीर ट्रैवल एजेंसी के मालिक से कहने लगी, "मेरा नाम दामिनी सिंह है और मैं उत्तराखंड के पर्यटन स्थलों की सैर करना चाहती हूँ। ऋषि मेरा दोस्त है। मेरा नाम यहाँ लिख लीजिए।"

दामिनी से कुछ देर तक बातचीत करने के बाद उसके उत्तराखंड के पर्यटन स्थलों पर जाने का टिकट बन जाता है। टिकट बनते ही संजय जी को "शुक्रिया", कहते हुए दामिनी ऑफिस से बाहर निकलती है और छुप-छुपकर टूरिस्ट बस के अंदर जाकर बैठ जाती है।

उस वक़्त वह गुंडे अपनी कार में थे और उन लोगों के हाथों में पिस्तौल भी थी। उसी वक़्त वह टूरिस्ट बस के आगे आकर खड़े हो गए और चारों तरफ देखने लगे कि वह लड़की कहाँ है! दामिनी उन गुंडों को बस के आगे देखकर कांपने लगी। दामिनी उन लोगों की बातें सुन रही थी। वह गुंडे कह रहे थे कि लगता है हमें आगे जाकर देखना होगा कि वह लड़की कहाँ है। उस लड़की को मारना तो जरूरी है। सारे इलाके में अपने आदमी को फैला दो। उसके बाद वह कार लेकर आगे चले जाते हैं।

दामिनी, पसीने से भीग चुकी थी। जैसे ही ऋषि वहाँ आया, उसने भी उन गुंडों को बस से कुछ दूर देखा। दामिनी, ऋषि से कहने लगी, "अच्छा हुआ उन गुंडों की नजर मुझ पर नहीं पड़ी।"

उसके बाद टूरिस्ट बस का ड्राइवर आया और गाड़ी का हॉर्न बजाते हुए ऋषि से बोला, "चलो, ऋषि भाई।"

ऋषि बोला, "हाँ, हाँ चलो।" उसके बाद ड्राइवर ने रात के 8:00 बजे उत्तराखंड जाने के लिए बस चलाना शुरू किया। धीरे-धीरे करके ऋषि हर जगह से लोगों को टूरिस्ट बस में बैठाने लगा। धीरे-धीरे करके टूरिस्ट बस लोगों से भर गई। दामिनी अब भी रह-रहकर खिड़की से बाहर झांक कर देख रही थी कि वह गुंडे कहीं उसे देख ना ले।

ऋषि, दामिनी को इशारों मे कहने लगा, "आप चिंता मत करिए, मैं आपके साथ हूं।"

अब यहाँ से दामिनी की उत्तराखंड के पर्यटन स्थलों की यात्रा शुरू हो गई।

दामिनी मन ही मन सोचने लगी कि ऋषि गाइड कितने अच्छे हैं। बस यह यात्रा खत्म होने के बाद में पुलिस स्टेशन चली जाऊंगी। हे भगवान! उन गुंडों से मेरा सामना ना हो। जैसे ही टूरिस्ट बस के ड्राइवर ने बस की गति धीमी की, दामिनी ने देखा कि वही गुंडे अपनी गाड़ी लेकर बस के दाएं ओर खड़े थे। गुंडों को दोबारा देख दामिनी झट से नीचे की ओर झुक गई और मन ही मन बोली, "हे भगवान! कहीं वह गुंडे जबरदस्ती इस बस में ना आ जाए। " पर थोड़ी ही देर में दामिनी ने देखा कि गुंडे अपनी गाड़ी लेकर बाएं मुड़ गए। यह देख दामिनी के मन में थोड़ी सी राहत मिली। उसके बाद ड्राइवर ने बस की गति तेज की।

कुछ देर के बाद टूरिस्ट बस लाल किले के पास रुकी। वहाँ से दो लंबे और हट्टे -कट्टे कद वाले लोग भी बस में चढ़ने लगे। थोड़ी देर के लिए दामिनी उनको देखकर डर गई और मन ही मन सोचने लगी कि कहीं यह उन्हीं गुंडे के आदमी तो नहीं है..?"

दामिनी को डरता देख, ऋषि ने कहा, "इस बस के यात्रियों से डरियेगा मत। यह सब उत्तराखंड में ऋषिकेश और हरिद्वार घूमने जा रहे हैं। अगर आप बुरा ना माने तो क्या मैं आपको आपका नाम लेकर पुकार सकता हूं?"

दामिनी बोली, "हाँ, क्यों नहीं! आप मेरी मदद कर रहे हैं, यह मेरे लिए बहुत बड़ी बात है।"

उसके बाद ऋषि, दामिनी से अपना हाथ मिलाते हुए कहने लगा, "ठीक है, अब हम दोस्त बन गए।"

इतना सुनने पर दामिनी के चेहरे में हल्की सी मुस्कुराहट आने लगी। उसको मुस्कुराता हुआ देख ऋषि को भी अच्छा लगा और उससे कहने लगा- "चलो कम से कम आप मुस्कुराई तो।"

दामिनी कहने लगी, "वह गुंडे मुझे अब भी ढूंढ रहे होंगे।"

ऋषि ने सांत्वना देते हुए कहा, "चिंता मत करिए! हमारी टूरिस्ट बस में आप बिलकुल सेफ हैं। यहाँ पर बस आधे घंटे तक रुकेगी। यहाँ पास ही में ढाबा है, मैं आपके लिए खाना पैक करवा कर ला देता हूँ। आप बस से बाहर मत निकालिएगा। कहीं वह गुंडे आपको देख ना ले।"

दामिनी कहने लगी, "जी आपका बहुत-बहुत शुक्रिया।"

उसके बाद ऋषि सभी यात्रियों के नाम लिस्ट में लिखने लगा।

थोड़ी देर के बाद ऋषि, दामिनी के लिए खाना लाने चला जाता है। ऋषि ने देखा कि ढाबा के पास में कपड़े की कई दुकानें थी। ऋषि बड़ा दयालु लड़का था। वह मन ही मन सोचने लगा, "उस बेचारी के तो कपड़े भी गंदे हो गए हैं। मैं उसके लिए एक सेट कपड़े खरीद लेता हूँ।"

कपड़े खरीदने के बाद ऋषि बस के अंदर गया और दामिनी के हाथों में खाने का पैकेट और कपड़े पकड़ाते हुए बोला, "यह लीजिये।"

खाने के पैकेट के साथ कपड़े देख कर, दामिनी कहने लगी, "अरे! यह क्या..? खानों के साथ तो यह कुछ कपड़े भी हैं।"

ऋषि कहने लगा, "मैंने देखा कि आपके कपड़े गंदे हो गए हैं। अगर लोग आप को देखेंगे तो क्या सोचेंगे इसलिए मैंने आपके लिए कपड़े खरीद लिए। अगले स्टॉपेज में आप चाहो तो चेंज कर सकती हो। हम कल सुबह तक ऋषिकेश पहुँच जाएंगे। कुछ लोग मंदिरों के भी दर्शन करेंगे तो मैंने सोचा कि आपके लिए भी कपड़े ले लूँ।" दामिनी कहने लगी, "आप बहुत अच्छे इंसान हैं। आपके जैसा इंसान नहीं देखा। आपका बहुत-बहुत शुक्रिया। मैं आपके पैसे लौटा दूंगी। शायद वहाँ के पर्यटन स्थलों की सैर करना मेरे भाग्य में लिखा हुआ है वहाँ।"

ऋषि, दामिनी की बातों को सुनकर मुस्कुराने लगा।

उस टूरिस्ट बस में अलग-अलग राज्यों से भी लोग आकर बैठे थे। उसी हादसे के बारे में सोचते- सोचते दामिनी की आँख लग गई।

कुछ घंटों के बाद जब दामिनी ने आँखें खोली तो उसने देखा कि वह ऋषिकेश पहुँच चुकी है।

सुबह के 5:00 बजे जैसे ही टूरिस्ट बस ऋषिकेश पहुंची, ऋषि, दामिनी से बोला, "आप खतरे से बाहर हैं। आप सभी यात्रियों के साथ-साथ ही रहिएगा। उन गुंडों को तो पता भी नहीं होगा कि आप यहाँ पर हैं।"

उसके बाद दामिनी टूरिस्ट बस के यात्रियों के साथ नीचे उतरी और घूमना शुरू किया।

ऋषि सारे यात्रियों को कहने लगा, "आप लोग फ्रेश हो जाइए। उसके बाद आप लोगों को जहाँ - जहाँ घूमना है, मैं आपको वहाँ लेकर जाऊंगा।"

कुछ देर के बाद दामिनी फ्रेश होने के लिए वॉशरूम चली गई और उसने अपने कपड़े बदल लिए। दामिनी जैसे ही कपड़े बदल कर बाहर आई, ऋषि ने कहा , "दामिनी, आप मेरे साथ ही रहना। अब आपको इस जगह कोई खतरा नहीं है। आप सुरक्षित हैं। जैसे ही यह ट्रिप खत्म होगा, मैं आपके साथ पुलिस स्टेशन चलूंगा।"

उसके बाद ऋषि सब पर्यटको को उस जगह की सैर कराने लगा। बस के कुछ यात्री दामिनी से बात करने लगे। दामिनी भी उनके साथ बातें करते हुए घूमने लगी। दामिनी ने देखा कि आसपास की बहुत सी मंदिरों से आरती, घंटा ध्वनि और शंख़ो की ध्वनियां आ रही थी जो एक पावन और असीम शांति के वातावरण का निर्माण कर उस जगह की पवित्रता का आभास करा रही थी।

टूरिस्ट बस के सभी यात्रियों से ऋषि चलते हुए कहने लगा, "उत्तराखंड बहुत ही लोकप्रिय पर्यटन स्थल है। उत्तराखंड के लोकप्रिय पर्यटन स्थल ऋषिकेश को भारत के एडवेंचर स्पोर्ट्स के केंद्र के रूप में भी विकसित किया गया है। आपको यह बात पता है कि नहीं?"

दामिनी कहने लगी, "हाँ, मुझे पता है। मैं इन सब के बारे में पढ़ा करती हूँ।"

ऋषि गाइड, पहाड़ो और नदियों की ओर इशारा करते हुए, दामिनी से कहने लगा - "वह देखो, वहाँवहाँ का नज़ारा कितना सुंदर लग रहा है!"

प्रकृति के नज़ारों को देखते हुए, दामिनी कहने लगी, "मुझे उगता हुआ सूरज देखना बहुत पसंद है।"

उसके बाद ऋषि सब यात्रियों से कहने लगा, "यह जगह प्राचीन और भव्य मंदिरों के लिए दुनिया भर में प्रसिद्ध हैं। यहाँ पर विदेशों से भी बहुत सारे लोग घूमने आते हैं। आइए, अब मैं आपको लक्ष्मण झूला की सैर करवाता हूँ।"

कुछ क्षणों के लिए दामिनी को वहाँ सब देख कर बहुत अच्छा लगने लगा और वह बीते दिन की बातें कुछ पल के लिए भूल गई। उसने मन ही मन कहा, "यहाँ आते ही मुझे सुख, शांति और आनंद की अनुभूति हो रही है।"

सब जगह उसे धीरे-धीरे घूम कर अच्छा लगने लगा। वह खुशी से सारी जगहों की यात्रा करने लगी।

दामिनी, ऋषि से बोली, "क्या मैं कुछ देर के लिए नदी के पास जाकर खड़ी हो सकती हूँ?"

ऋषि ने कहा, "हाँ...हाँ.., क्यों नहीं..?"

कुछ देर तक दामिनी नदी में जाकर खड़े होकर चारों तरफ का नजारा देखने लगी। मानो वह जगह दामिनी को अपनी तरफ आकर्षित कर रही हो। ठंडी हवा के झोंके उसके तन को शीतलता देने लगे।

दामिनी, ऋषि गाइड से बोली, "मैंने तो सपने में भी नहीं सोचा था कि मेरी यात्रा आज यहाँ के पर्यटन स्थलों की होगी। कल का दिन बड़ा ही बुरा था मेरे लिए और आज यहाँ, बड़ा ही अजीब लग रहा है। ऐसा पहली बार मेरे साथ हुआ है। मैं सोचती थी कि यहाँ पर आकर यहाँ के पर्यटन स्थलों की सैर करूंगी, माता के दर्शन करूंगी, पर इस तरह से आना होगा, यह मैंने कभी नहीं सोचा था।"

उसके बाद, ऋषि यात्रियों से कहने लगा, "चलिए अब मैं आपको लक्ष्मण झूला की सैर करवाता हूं।"

जब भी दामिनी रह-रहकर उन दो लोगों को देख रही थी तो उसे अजीब सा महसूस हो रहा था।

दामिनी चलते हुए मन ही मन सोच रही थी कि कहाँ से कहाँ आ गई मैं। पता नहीं, जब दोबारा दिल्ली जाऊंगी तो मेरा क्या होगा? बस जैसे भी करके में पुलिस स्टेशन पहुँच जाऊं।

उस वक़्त दामिनी को लक्ष्मण झूला घूम कर बहुत ही अच्छा लग रहा था।

कुछ देर के बाद ऋषि गाइड सभी पर्यटन स्थलों पर आए हुए यात्रियों को विस्तार से समझाते हुए बोला, "चलो अगर आप लोगों को भूख लगी है तो कुछ खा लो। उसके बाद हम राम झूला चलेंगे। उसके बाद हरिद्वार के लिए निकल जाएंगे। वहाँ से घूमने के बाद हम दिल्ली जाने के लिए रवाना हो जाएंगे।"

उसके बाद ऋषि ने दामिनी से कहा, "चलिए कुछ खा लीजिये, आपको भी तो भूख लगी होगी?"

दामिनी ने कहा, "ठीक है। पर मेरे पास पर्स में कुछ पैसे हैं। मैं खाने के पैसे दे दूंगी। आप चिंता मत करिए।"

ऋषि ने कहा, "ठीक है।"

उस टूरिस्ट बस के कुछ यात्रियों से दामिनी की दोस्ती हो गई। पर न जाने वहाँवहाँ उन दो लोगों को देखकर दामिनी अजीब सा महसूस कर रही थी। वह दो व्यक्ति भी दामिनी को देख रहे थे।

ऋषि गाइड सबसे बोला, "अब हमें आगे बोटिंग के द्वारा नदी को पार करना होगा। उसके बाद हम हरिद्वार जाएंगे।"

दामिनी जैसे ही बोट पर पैर रखने जा रही थी तो वह फिसलने लगी तभी ऋषि ने उसके हाथ पकड़ते हुए उसे गिरने से बचा लिया। उसके बाद वह बोट में आकर बैठ गई। बाकी सब भी बोट में बैठ चुके थे।

दामिनी अपने मोबाइल से वहाँ की तस्वीरें लेने लगी। तस्वीरे लेते वक़्त वह मन ही मन सोच रही थी कि चलो इसी बहाने यहाँ का नजारा अपने कैमरे में कैद कर लूं।

घूमते हुए भी दामिनी की आँखों में आँसू आ रहे थे। ऋषि भी देख रहा था की दामिनी के आंखों में आँसू थे।

नदी पार होने के बाद वह लोग टूरिस्ट बस में बैठ जाते हैं और हरिद्वार जाने के लिए रवाना हो जाते हैं। ऋषि वहाँ की हर चीज के बारे में बड़े ही अच्छे से वर्णन करता रहा।

कुछ देर के बाद वह लोग हरिद्वार पहुँच ते हैं। उसके बाद ऋषि वहाँ के पर्यटन स्थलों पर सबको सैर करवाता हैं।

ऋषि सभी यात्रियों को उस जगह के बारे में बताते हैं, "हरिद्वार का प्राकृतिक सौन्दर्य अद्भुत हैं। यहाँ का शांत वातावरण देखकर पर्यटक मंत्रमुग्ध हो जातें हैं। यह जगह सब लोगों को बहुत ही आकर्षित करती है।"

सारे पर्यटको को बहुत ही अच्छा लगा। दामिनी भी खुश थी इस जगह को देखकर पर कहीं ना कहीं अब भी उसके मन में डर था।

अब भी दामिनी मन ही मन सोच रही थी की अब तक तो मैं बची हुई हूं, पर जैसे ही दिल्ली जाऊंगी तो पता नहीं, मेरा क्या होगा? वह तो भला हो ऋषि गाइड का जो मुझे यहाँ लेकर आ गया। पता नहीं मैं दिल्ली पुलिस स्टेशन पहुँच पाऊंगी भी या नहीं? कहीं वह गुंडे मुझे मार ना दे।

ऋषि गाइड ने सबको कहा, "खूबसूरत प्राकृतिक नज़ारे के साथ भक्ति का मेल अद्भुत है।

शाम को यहाँ का नजारा देखने में बहुत ही अच्छा लगता है। आप लोग आगे चलिए मैं आप लोगों को हर की पौड़ी दिखाऊंगा। यहाँ बहुत सारे सुंदर - सुंदर घाट भी है। इस घाट के पहले गंगा जी पहाड़ियों से नीचे आती हुई ही दिखाई देती है, ये पहला मैदानी स्थान है, जहाँ गंगा जी आती है।"

ऋषि रह-रहकर दामिनी को देख रहा था कि कहीं वह उदास तो नहीं है। वह अपने मन ही मन यह सोच रहा था कि पता नहीं, दामिनी जब दिल्ली जाएगी तो कहीं वह गुंडे उसे पकड़ ना ले।

सभी पर्यटकों को हर की पौड़ी के दर्शन कराने के बाद वह उन लोगों को लेकर मनसा देवी मंदिर चला जाता हैं।

ऋषि गाइड उनको कहने लगा, "यह मंदिर बिलवा शिवालिक पहाड़ियों में आता है। आओ, दामिनी हम रोपवे के द्वारा मंदिर चलते हैं। वहाँ चल कर तुम मन से प्रार्थना करना। देखना तुम्हारी सारी मनोकामना पूरी हो जाएगी।"

उसके बाद वह लोग रोपवे के द्वारा ऊपर जाने लगे।

दामिनी बोली - "हां, मैंने भी इस मंदिर के बारे में सुना है। बहुत ही प्रचलित है। चलो इसी बहाने माता के दर्शन हो जाएंगे। मैं पहली बार इधर आई हूं। बहुत अच्छा लग रहा है मुझे।"

वहाँ के मंदिर पहुँच ने के बाद दामिनी हाथ जोड़कर प्रार्थना करने लग जाती है कि उसे उन गुंडों से छुटकारा मिल जाए। उसकी सारी समस्याएं सुलझ जाए।

दामिनी मन ही मन सोच रही थी कि यहाँ का नजारा कितना सुंदर और अद्भुत है। काश! मेरा घर भी यहीं होता। पता नहीं कैसे-कैसे मैं यहाँ तक आ गई। सच मैं यह नजारा मन को छू लेने वाला है।

उसके बाद दामिनी ऋषि के साथ रोपवे के द्वारा नीचे आ जाती है। शाम होने ही वाली थी।

दामिनी, ऋषि से बोली, "पता नहीं मैं यहाँ कैसे - कैसे आ गई।"

ऋषि ने कहा - "माता का बुलावा आएगा तो कैसे भी करके आना ही पड़ेगा। आप चिंता मत करिए सब ठीक ही होगा।"

दामिनी ने कहा, "हाँ, आपने यह बिल्कुल सही कहा। शायद मेरा आज यहाँ आना लिखा

हुआ था। पता है,हरिद्वार हिन्दुओं के सात पवित्र स्थलों में से एक है।"

ऋषि ने कहा, "हाँ, इन स्थलों के अतिरिक्त भी हरिद्वार में अनेक प्रसिद्ध दर्शनीय स्थल हैं। पर समय कम होने की वजह से मैं और जगह पर नहीं ले जा सकता।"

उसके बाद ऋषि गाइड उस बस में आए सभी पर्यटकों से बोला, "अब हमारा घूमने का समय खत्म हुआ। अब हमें अपनी टूरिस्ट बस में चलना चाहिए क्योंकि समय हो चुका है। हमें समय से दिल्ली पहुँचना होगा।"

इतना सुनते ही दामिनी डर के मारे ऋषि का हाथ पकड़ लेती है। ऋषि समझ जाता है कि दामिनी अंदर ही अंदर डर रही है।

ऋषि दुबारा दामिनी से बोला, "आप चिंता मत करिए। मैं आपके साथ पुलिस स्टेशन जरूर जाऊंगा। मैं आपसे वादा करता हूँ।"

इतना सुनकर दामिनी खुश हो गई।

सारे लोग (जो उस टूरिस्ट बस में आए थे) वह भी टूरिस्ट बस में जाकर बैठ जाते हैं। दामिनी भी अपनी सीट में जाकर बैठ जाती है। तभी अचानक ऋषि दूसरी जगह मुड़कर देखता है कि वह दो लोग अपनी सीट पर नहीं थे। ऋषि टूरिस्ट बस से उतर कर उन लोगों को ढूंढने लगा। जब ऋषि पीछे मुड़ा तो वह दोनों व्यक्ति मिल गए।

ऋषि उन लोगों से कहने लगा, "सर, आप दोनों जल्दी आइए। हमारा समय पार हो रहा है। हमें वापस लौटना है।"

उन दोनों में से एक व्यक्ति ने कहा, "क्या करें भाई साहब, इतने सालों के बाद तो हम यहाँ आए हैं इसलिए यहाँ से जाने का मन ही नहीं कर रहा है। इतनी सुंदर और आकर्षित है यह जगह कि पूछिए मत। मन करता है कि यही बस जाऊं। और यहाँ की प्राकृतिक सुंदरता को हमेशा निहारते रहूँ।"

ऋषि उनसे बोला , "जी, यह बात तो है। अच्छा, आप दोनों अब जल्दी से अंदर आ जाइए।"

इतना कहकर ऋषि टूरिस्ट बस के अंदर चला जाता है। वह दोनों व्यक्ति भागते हुए बस में चढ़ते हैं। तभी अचानक उनके पॉकेट से उनका पर्स दामिनी के पैरो के पास जा गिरा।

जैसे ही दामिनी की नजर उनके पर्स में पड़ी तो वह चौंककर खड़ी हो गई और वह टूरिस्ट

बस में चिल्ला कर कहने लगी, "अरे! आप तो दिल्ली पुलिस वाले हैं।"

वह दोनों अनजान व्यक्ति एक दूसरे को आश्चर्य से देखने लगे।

उसमें से एक व्यक्ति ने कहा, "हाँ, हम दोनों तो दिल्ली पुलिस से हैं। क्यों... क्या बात है? आप इस तरह से मेरे पर्स को देखकर क्यों चौक गई?"

उन दोनों पुलिस वालों के सामने दामिनी दोनों हाथों से अपना चेहरा ढक कर रोने लगी। उसे रोता देख ऋषि, दामिनी को चुप कराने लगा। सारे टूरिस्ट बस के यात्री दामिनी को आश्चर्य से देखने लगे। ड्राइवर भी पीछे मुड़ कर देखने लगा कि अचानक यह लड़की रोने क्यों लग गई?

दोनों पुलिस में से एक पुलिस वाले ने कहा, "देखिए मेरा नाम राज राठौर है और इनका नाम विनय रावत। हम दोनों दिल्ली पुलिस से हैं। यह देखिए मेरी आईडी। आप रो क्यों रही है..?क्या आप हमें अपनी समस्या बताएंगी?"

दामिनी रोते हुए दोनों पुलिस से कहने लगी, "मैं कल , जब अपनी ड्यूटी करके घर लौट रही थी तो मैंने सुनसान रास्ते में देखा कि कुछ गुंडे एक व्यक्ति के पेट में चाकू मारकर उसके पैसे ले रहे थे और ड्रग्स की बातें कर रहे थे। जब मुझे सुनसान रास्ते में उस व्यक्ति की चीख सुनाई दी तो मैं पास के गोदाम के पीछे खड़े होकर उनकी वीडियो रिकॉर्ड करने लगी। तभी उन गुंडों ने मुझे देख लिया। मैं वहाँ से भागते-भागते, जैसे-तैसे अपनी जान बचाते हुए ऋषि जी के टूरिस्ट बस में आकर छुप गई। मुझे समझ नहीं आ रहा था कि मैं क्या करूं?"

इतना कहते ही दामिनी रोने लगी। दामिनी को ऋषि चुप कराने लगा।

दामिनी की बात को सुनकर दोनों पुलिस चौक गए।

ऋषि पुलिस वालों से बोला, "दामिनी ने मुझे यह बात उसी वक्त बता दिया था। दामिनी के पास मोबाइल में उस मर्डर का रिकॉर्डिंग है। रुकिए सर, मैं अभी आपको वह रिकॉर्डिंग दिखाता हूं।"

टूरिस्ट बस के सभी यात्री यह बात सुनकर चौक गए।

दामिनी उन्हें अपने मोबाइल में सारे रिकॉर्डिंग्स दिखा देती है। वीडियो देखकर पुलिस वाले भी चौंक जाते हैं।

वीडियो को देखते ही, राज राठौर कहने लगे, "ओह माय गॉड! वीडियो के द्वारा तो हम उन गुंडों को पकड़ सकते हैं। यह तो बहुत बड़ा सबूत है। लगता हैं आप सुरक्षित नहीं है। अगर आप दिल्ली जाएंगी तो दोबारा वह आप पर हमला कर सकते हैं।"

दामिनी बोली, "वह तो अच्छा हुआ कि मेरी नजर आपके पर्स पर पड़ी, वरना न जाने दिल्ली जाकर मेरा क्या होता? शायद वों गुंडे मुझे पुलिस तक पहुँचने नहीं देते। यह तो अच्छा हुआ कि ऋषि जी मुझे यहाँ लेकर आ गए। अब भी वह गुंडे मुझे ढूंढ ही रहे होंगे। प्लीज, आप मेरी मदद करिए। आप जैसे भी करके उन गुंडों को पकड़ लीजिए। नहीं तो वह मुझे मार देंगे।"

टूरिस्ट बस का ड्राइवर भी यह सुनकर दंग रह गया।

पुलिस वालों ने ड्राइवर से कहा, "तुम गाड़ी चलाओ। समय निकलता जा रहा है।"

सूरज डूबने को था। राज राठौर दामिनी से कहने लगे, " तुम्हें कुछ नहीं होगा। ऋषि, आपने बहुत ही समझदारी का काम किया कि इस लड़की को अपने साथ यहाँ लेकर आ गए। नहीं तो, अभी तक वह गुंडे इसे मार चुके होते। वेल डन। और मिस दामिनी आपने खून होते हुए जो वीडियो किया है, वह मेरे मोबाइल में सेंड कर दीजिए। मैं अभी आपको अपना नंबर दे देता हूँ।"

दामिनी ने पुलिस के मोबाइल नंबर पर वीडियो सेंड कर दिया।

उसके बाद ड्राइवर बस चलाने लगा। सभी यात्री दामिनी को निहारे जा रहे थे।

पुलिस की बातों को सुन, दामिनी को मन में अब राहत मिली।

विनय रावत चलते हुए बस में कहने लगे, "हमें कुछ दिनों के लिए छुट्टी मिली थी इसलिए हम दोनों यहाँ पर्यटन स्थल की सैर करने के लिए आ गए। पर आपसे इस तरह से मुलाकात होगी, सोचा नहींथा। देखिए! आप डरिए मत, बिल्कुल निश्चिंत रहिए। जब तक हम उन गुंडों को नहीं पकड़ लेते, आप हमारी निगरानी में ही रहेंगे।"

पुलिस वालों की बातें सुनकर ऋषि खुश हो गया।

ऋषि खुश होते हुए दामिनी से बोला , "देखिए दामिनी, अब आपकी सारी समस्या का हल हो जाएगा। अब चिंता की कोई बात नहीं है।"

दामिनी मन ही मन सोचने लगी, "मैंने तो मनसा माता के सामने यहीं प्रार्थना की थी और

मेरी प्रार्थना भी स्वीकार हो गई। यहाँ के पर्यटन स्थलों की सैर करना मेरे लिए अच्छा रहा। यह यात्रा मुझे जिंदगी भर याद रहेगी।"

दोनों दिल्ली पुलिस फटाफट आई.पी.एस ऑफिसर के पास फोन लगाकर सारी बातें बता देते हैं।

राज राठौड़ कहने लगे, "देखिए मिस दामिनी, आप चिंता मत करिए। आप जहाँ रहती है, मैं वहाँ पूरी टाइट सिक्योरिटी लगवा दूंगा। जब तक वह गुंडे न मिल जाए।"

कुछ घंटो के बाद, टूरिस्ट बस दिल्ली पहुँच गई। दोनों पुलिस वाले, दामिनी और ऋषि बस से नीचे उतरे।

जैसे ही ट्रैवल एजेंसी के मालिक को ड्राइवर के द्वारा सारी बातें पता चली,

तब ट्रैवल एजेंसी के मालिक संजय ने ऋषि कहा, "ऋषि, यह मैं क्या सुन रहा हूँ ड्राइवर से? उस लड़की की वजह से सारे यात्रियों को भी खतरा हो सकता था...।"

ऋषि अपने मालिक संजय को समझाते हुए कहने लगा, "सर उस लड़की की जान बचानी बहुत जरूरी थी। अगर उस वक्त में उस लड़की को बस से नीचे उतार देता तो वह गुंडे उसे गोली मार कर भाग जाते। दुनिया में ऐसे ही ना जाने कितने लोग मुसीबत में दूसरे लोगों से मदद मांगते हैं.... सर, मैंने तो बस अपना फर्ज पूरा किया है।"

ट्रैवल एजेंसी के मालिक संजय, कुछ देर सोचने के बाद, कहने लगे, "हहहम्म्म्म...तुम्हारा विचार बिल्कुल सही था। नहीं तो ना जाने उस लड़की के साथ क्या हादसा हो जाता। आई एम प्राउड ऑफ यू।"

ऋषि ने मुस्कुराते हुए कहा , "अच्छा सर, अब मैं चलता हूँ।

ऑफिस से निकलने के बाद,ऋषि दामिनी से कहने लगा, "चलिए! मैं आपको आपके घर तक पहुंचा देता हूँ। पुलिस भी हमारे साथ ही रहेगी।"

राज राठौड़ ने कहा - " ऋषि जी बिल्कुल सही कह रहे हैं। देखिए मिस दामिनी, आप बिल्कुल भी चिंता न करें। आपके घर के चारों तरफ हमने टाइट सिक्योरिटी लगवाने के लिए कह दिया है। जैसे ही हम उन गुंडों को पकड़ेंगे तो आपको खबर जरुर बता देंगे।"

दामिनी, पुलिस वालो से बोली, "थैंक यू सो मच सर। मुझे आप पर पूरा भरोसा है कि आप उन गुंडों को बहुत जल्द पकड़ लेंगे। और मैं गवाही देने के लिए तैयार हूँ।"

उसके बाद दामिनी, ऋषि के साथ अपने घर चली जाती है। कुछ दिनों तक, ऋषि, दामिनी के घर जाकर उससे मिला करता था।

एक हफ्ते के बाद, पुलिस वालों ने उस वीडियो के जरिए गुंडों को पकड़ लिया। उसके बाद, विनय रावत ने दामिनी को फोन किया।

विनय रावत फोन पर दामिनी से बोले, "मिस दामिनी, कांग्रेचुलेशन। हमने उन गुंडों का पता लगा लिया है। उनको हमारे पुलिस फोर्स ने पकड़ लिया। अब आपको किसी भी चीज का खतरा नहीं है। उनका अड्डा कहां-कहां तक फैला हुआ था हमने यह भी पता लगा लिया। अब आप बेहिचक कहीं भी आना- जाना कर सकती हैं। आपकी वजह से हमने ड्रग डीलर वालों को पकड़ लिया। वे गुंडे ड्रग्स बेचा करते थे। यह तो बहुत बड़ा केस हमारे हाथ लगा है। थैंक यू सो मच दामिनी जी।"

दामिनी खुशी से बोली, "वेलकम सर।"

अब दामिनी खतरे से बाहर थी। और दामिनी यह बात ऋषि को फोन करके बता देती है। ऋषि भी इस खबर से खुश था।

कुछ दिनों के बाद, ऋषि, दामिनी से मिलने उसके घर गया।

जैसे ही ऋषि ने दरवाजे की घंटी बजाई, दामिनी ने दरवाजा खोला और ऋषि को देखकर खुश हो गई। दामिनी ने उसे अंदर आने के लिए कहा। ऋषि अंदर आया और सोफे पर बैठ गया।

कुछ देर तक बाते करने के बाद, दामिनी ने ऋषि को चाय-नाश्ता कराया।

ऋषि बोला, "आखिरकार आपकी मेहनत रंग लाई। पुलिस ने उन गुंडों को गिरफ्तार कर ही लिया।"

इतने में दामिनी बोली, "हाँ, आज अगर मैं सही सलामत हूँ तो सिर्फ और सिर्फ आपकी वजह से। मैं उम्मीद करती हूँ कि सब आप जैसा इंसान बनें। आपका एहसान मैं जिंदगी भर नहीं भूलूंगी।"

ऋषि बोला, "शुक्रिया... दामिनी जी..। अच्छा, तो आपके अंकल कहाँ है? दिख नहीं रहे हैं!"

दामिनी मुस्कुराते हुए बोली, "वह तो अब इस दुनिया में नहीं रहे। मैं अकेली रह गई। वैसे,

अब जब हम दोस्त बन ही गए हैं तो मैं सोच रही थी कि कुछ दिनों के बाद ताजमहल घूमने जाऊं। क्या आप मुझे वहाँ का नजारा दिखाना पसंद करेंगे?"

ऋषि खुशी से बोला, "हां, हाँ , क्यों नहीं। मेरा तो काम ही है लोगों को हर पर्यटन स्थलों की सैर कराना।"

उसके बाद दामिनी, ऋषि को "धन्यवाद", कहते हुए, उतने पैसे दे देती है जो ऋषि ने दामिनी के ऊपर खर्च किए थे।

ऋषि बोला "ठीक है, आप तैयार रहना। मैं आपको जरूर ताजमहल घुमाऊंगा। अच्छा तो मैं अब चलता हूँ।"

दामिनी खुशी से बोली - "हाँ, बिल्कुल।"

कुछ दिनों के बाद, दामिनी, ऋषि गाइड के साथ ताजमहल जाने के लिए निकल जाती है। ताजमहल पहुँचने के बाद वह दोनों घूमने लगते हैं।

लेखक के बारे में

साहित्य की विविध विधाओं में लेखन करने वाले **संजय** को बाल साहित्य और व्यंग्य लेखन में विशेष रुचि है। तीस बरस से नियमित रूप से इनकी रचनाएं राष्ट्रीय स्तर पर प्रकाशित होती रही हैं। आप कविताएं तथा 'व्यंग्य क्षणिकाएं' भी लिखते हैं। स्टोरीमिरर से जुड़ने के बाद इनकी एक किताब 'कही अनकही लघुकथाएं' प्रकाशित हुई है।

चरित्र प्रमाण पत्र

– संजय पठाड़े 'शेष'

चंचल गाँव की इकलौती लड़की थी जो शहर जाकर पढ़ रही थी।

जैसा नाम वैसे ही गुण वाली चंचल बहुत मेधावी बालिका थी। गाँव की लड़कियाँ जब शहर जाकर पढ़ने की हिम्मत नहीं जुटा पाती थी तब चंचल ने खुद ही साइकिल चलाना सीखा और पढ़ने के लिए साइकिल से ही शहर जाती थी। शहर के एक मात्र स्कूल में लड़कों के साथ पढ़ना और शाम को घर भी लौटती थी। उसने समय के साथ ग्रेजुएट की डिग्री ली और फिर पोस्ट ग्रेजुएट भी कर ली। अब वह कम्पीटीशन की तैयारी कर रही थी। एक दिन उसे नई नौकरी का बुलावा आया तो वह खुश थी कि इतने सालों की मेहनत साकार हो गयी है। नौकरी में उसे चरित्र प्रमाण पत्र व कुछ और कागजात जमा करवाना था। उसे प्रथम श्रेणी के अधिकारी का चरित्र प्रमाण पत्र देना था।

बहुत सोच विचार कर उसने अपने कॉलेज के प्रोफेसर से ही चरित्र प्रमाण पत्र लेना उचित समझा। आखिर वह कॉलेज में अपने परिचित प्रोफेसर के पास गयी, तो कॉलेज के प्रोफेसर ने कहा कि आप शाम को घर आकर मिलो।

चंचल ने सोचा कि अब काम हो गया। वह शाम को जब कॉलेज प्रोफेसर के घर पहुँची तो उन्होंने उसे इत्मीनान से बैठने को कहा। कुछ अंग्रेजी फैशन की मैगजीन उसके सामने पसरा दी। चंचल ने उन फैशन की मैगजीन को पलटना आरंभ किया तो लगा कि ये मैगजीन कुछ पठनीय नहीं अपितु महिला प्रधान दर्शनीय पत्रिका है। चंचल ने पत्रिका को एक ओर रख दिया। वह घड़ी की ओर भी देख रही थी कि बमुश्किल कुछ मिनटों में वह फ्री हो जायेगी लेकिन प्रोफेसर साहब चंचल से इधर-उधर की बातें करते रहें और उसे निहारते रहे।

चंचल की मजबूरी थी, इसलिए वह चुपचाप सवालों के जवाब दे रही थी। पेण्डुलम घड़ी ने घंटा बजाया तो एकाएक चंचल की नजर फिर घड़ी पर चली गयी। प्रोफेसर साहब ने बड़ी बेफिक्री से उसका कागज बनाया और कहा कि कोई और जरूरत हो तो, बेझिझक आ जाना। चंचल ने चरित्र प्रमाण हाथ में लिया और बोली- जी धन्यवाद। चंचल ऑटो

से लौट रही थी, तो सोच रही थी कि इस कम पढ़े-लिखे ऑटो वाले के साथ ऑटो में बैठने में उसे असुरक्षा के भाव नहीं थे, लेकिन एक पढ़े लिखे प्रोफेसर के वातानुकुलित घर में असहज महसूस कर रही थी। चरित्र प्रमाण पत्र के बहाने प्रोफेसर का चरित्र पता लग गया था।

लेखक के बारे में

डॉ. चमन टी माहेश्वरी, अभी राजकीय मेडिकल कॉलेज हॉस्पिटल वडोदरा, गुजरात में मुख्य चिकित्सा अधिकारी के पद पर कार्यरत हैं। वे पिछले 25 वर्षों से सृजन में संलग्न हैं।

उनकी कहानियां नियमित रूप से सरिता, मुक्ता, गृहशोभा, सरस-सलिल, मधुमत (राजस्थान साहित्य अकादमी द्वारा प्रकाशित), मेरी सहेली, सोच-विचार, मेरी संगिनी व सखी(जागरण प्रकाशन), राजस्थान-पत्रिका, दैनिक नवज्योति, दैनिक भास्कर जैसे राष्ट्रीय स्तर की पत्र-पत्रिकाओं में प्रकाशित हो चुकी है।

रवीना प्रकाशन द्वारा कहानी संग्रह'सच का इंजेक्शन' व उपन्यास 'मेडीको' का प्रकाशन।

अमेजॉन (किंडल प्रकाशन) द्वारा गांधी, कल-आज-कल, ई-काव्य संग्रह प्रकाशित हो चुके हैं।

उन्हें मेडिकल कॉलेज जोधपुर द्वारा साहित्य सम्मान व हाल ही में 'कविता कोश फाउंडेशन' द्वारा सर्वश्रेष्ठ कहानी के लिए 'विटामिन जिंदगी पुरस्कार-2021' मिला।

गुंडों का सरदार

– डॉ. चमन टी माहेश्वरी

'यार राहुल क्या कर रहा है?' अमित ने कुमार से पूछा, हालांकि वह भी शाम 5:00 बजे पहुँच पाया क्योंकि उसकी शिकागो की फ्लाइट 6 घंटे देरी से थी।

वीऐनआइटी (VNIT)में आए और राहुल सिंह का जिक्र ना हो ऐसा कैसे हो सकता है? आखिर कॉलेज से अंतिम समय में जो कड़वी यादें ले गए थे, उसका बड़ा या फिर कहो कि एकमात्र कारण राहुल सिंह ही था।

हर कॉलेज में अच्छा, बुरा सब कुछ होता है पर राहुल सिंह ने जो किया वह बुरे से भी बुरा था। कॉलेज में पहले भी कई बार विद्यार्थियों के बीच मारपीट हो चुकी थी। जो अक्सर छोटी-छोटी बातों से लेकर लड़कियों को छेड़ने तक भी, पर सारी लड़ाई आपस में ही होती थी, कोई बाहर का व्यक्ति नहीं शामिल होता था। और न ही कभी कोई केस पुलिस तक पहुंचा था। हाँ, कॉलेज के प्रिंसिपल जो अनुशासन में विश्वास रखते थे व कमेटीने कई बार स्टूडेंट को सजाएं दी।

'अरे भाई!, राहुल सिंह का नाम लेकर माहौल क्यों खराब कर रहा है? आखिर कितने साल बाद मिले हैं, अपन कुछ अपनी बातें करते हैं और कुछ कॉलेज की बातें करते हैं।' राज बोला। 'अरे भाई! तू तो बुड्ढा हो गया है!' कुमार के सफेद बालों को हाथ लगाते हुए रोहित ने उसके मजे लेते हुए कहा।

'हाँ भाई, जब से क्लासमेट से मिला हूं, अपनी उम्र का एहसास हो रहा है।' कुमार ने हंसते हुए जवाब दिया तो सब मुस्कुरा पड़े। आखिर कॉलेज का दोस्त ही हमारा आईना तो होता है जो हमें वास्तविकता का दर्शन कराता है।

सभी एक दूसरे की वर्तमान स्थिति जानने की कोशिश कर रहे थे कि कौन क्या है?कहाँ पर है? क्या कर रहा है? और कितना सफल हुआ है? ज्यादातर विदेश में आईटी कंपनी में जॉब कर रहे थे, तो कुछ की खुद की कंपनियां थी भारत में। दो दोस्त आईएएस ऑफिसर बने थे। लगभग सभी वेल-सेट थे, कह सकते हैं।

रात को सांस्कृतिक संध्या व गाला डिनर का कार्यक्रम था।आज स्टेज पर ज्यादातर

प्रोग्राम खुद उन्हीं का था क्योंकि सबको पता था कि कौन गाता है? और कौन सुनाता है? कौन मिमिक्री आर्टिस्ट हैव कौन कवि है?

'यार 20 साल के बाद गा रहा हूँ,' अमित ने श्रीनी को कहा जब अमित का नाम एनाऊंस हुआ।

'भाई कौन सा इनाम लेना है तुझे या फिर तुझे किसे इम्प्रेस करना है? सबको तेरी आवाज सुननी है।' रोहित ने कहा।

'भाई अभी भी इसकी आवाज में बहुत दर्द है', मुकेश का कोई गाना सुनकर रोहित ने कहा।

'हाँ, अब तो दर्द बढ़ गया है,' श्रीनी ने कहा। 'बेचारे की शादी जो हो गई है', पीछे से किसी ने कहा तो सब जोर से हँस पड़े।

'यार कल का क्या कार्यक्रम है?' रोहित ने पूछा। 'कल हम सब कॉलेज की विजिट करेंगे और उस हर क्लास में व लेबोरेटरी में जाएंगे हाँ जहाँ हमने पढ़ाई की थी' कुमार ने बताया जो पूरे कार्यक्रम को ऑर्गेनाइज कर रहा था।

'और कैंटीन भी,' अमित को श्रीनि ने पूछा। 'हूँ हूँ हाँ वहाँ सबसे बाद जाएंगे। क्योंकि हाँ वहाँ बैठ गए तो इतनी पुरानी बात याद आएगी कि उठ ही नहीं पाएंगे', रोहित ने जवाब दिया।

'और गोल्ड-फ्लेक भी पिएंगे,' श्रीनी ने कहा।

'भाई! मैनें तो कुछ साल पहले सिगरेट छोड़ दी है, बच्चे बड़े हो गए हैं कहते तो कुछ नहीं थे पर जब तक मेरे हाथों में सिगरेट होती थी, तीखी नजरों से देखते थे। बस उन नजरों से बचने के लिए सिगरेट ही छोड़ दी।' चैन स्मोकर रोहित ने कहा तो श्रीनी को तो क्या किसी को विश्वास ही नहीं हुआ।

'हाँ दोस्त हम अपने से भले ही मुँह मोड़ लें पर अपने बच्चों की नजरों से मुँह नहीं मोड़ सकते!'

'सही बात है,' कुमार ने कहा।

'और कॉलेज विजिट के बाद अपना ओल्ड हॉस्टल हाँ जहाँ रात को 3-4 बजे तक जागते रहते थे, हाँ वहाँ भी जाएंगे।' 'अरे वाह मजा आएगा, उन पुरानी यादों को वापस

ताजा करने में!' 'आँखों में आए पानी को पोंछते हुए अमित बोला।

'चलो रात के 12:00 बज गए हैं, सुबह जल्दी उठे भी थे!' कार में बैठते हुए रोहित ने कहा। सुबह सभी कॉलेज के कैंपस में 10:00 बजे तक लगभग सभी आ चुके थे। जो पहले पहुंचे थे, वे कॉलेज बिल्डिंग के सामने फोटो सेशन करा रहे थे और सेल्फी ले रहे थे साथ में हँसी -मजाक भी कर रहे थे और अपने बच्चे और बीवी को बता रहे थे कि उन्होंने कॉलेज में क्या-क्या किया था और ज्यादातर तो झूठ ही बोल रहे थे। 'चलो सब आ गए। कॉलेज की विज़िट करते हैं।' कुमार बोला।

सब आज कॉलेज बिल्डिंग व क्लासेस को उसी उत्सुकता से देख व महसूस कर रहे थे, जैसे कॉलेज के प्रथम दिन देख रहे थे। इतने भावुक हो गए थे कि बोल भी नहीं पा रहे थे। आखिर इसी कॉलेज ने उन्हें इतना काबिल बनाया था जिंदगी में।

कॉलेज की दीवारों पर सब जगह गांधी जी से लेकर अब्राहम लिंकन तक के सारे महान व्यक्तियों के क्वोट्स लिखे हुए थे, जो ज्यादातर नैतिकता को लेकर थे। 'अरे, प्रिंसिपल का ऑफिस!' श्रीनी उसी डर से बोला जैसे कॉलेज के विद्यार्थी समय में प्रिंसिपल के नाम से डरता था। प्रिंसिपल खडूस व अनुशासन प्रिय थे। किसी को छोटी गलती के लिए भी इतना डांटते थे कि आसपास खड़े एक भी विद्यार्थी में वह गलती जिंदगी भर करने की हिम्मत ही नहीं होती! तो आप सोच सकते हो, जिसने यह गलती की थी, उसकी क्या हालत हो गई होगी।

'कौन है प्रिंसिपल सर, सोलेकर सर?' रोहित ने पूछा। 'अरे वह तो कब के रिटायर हो गए होंगे। अपन थे तभी उनके सफेद बाल आ गए थे', राजेश बोला। 'अरे अभी तो कोई डॉक्टर आर के सिंह है।' राज ने नेम प्लेट पढ़ते हुए कहा।

'पहचानता है कोई?' राज ने पूछा। 'नहीं भाई! कभी नाम नहीं सुना,' प्रिंसिपल के रूम के बाहर की पूरी दीवार में फ्लोर से लेकर छत तक कांच के शेल्फ बने हुए थे और उसमें लगभग 100 से भी ज्यादा ट्रॉफियाँ या शोल्ड लगी हुई थी, जिसमें लिखा था कि कब, व कैसे मिली। 'अरे वाह! अपने कॉलेज को इतनी सारे सफलता और सम्मान मिला है। अपने समय में कुछ सात - आठ ट्रॉफियाँ थी जो प्रिंसिपल सर की कुर्सी के पीछे लगी होती थी।' श्रीनी ने याद करते हुए कहा जिसकी स्टेटिक्स बहुत ही अच्छी थी।

'हाँ भाई, अपना कॉलेज बहुत आगे बढ़ चुका है।' राज ने कहा। 'चलो, हम सभी आए

हैं तो उनसे शुभेच्छा मुलाकात भी कर लेते हैं और प्रिंसिपल सर का चेंबर भी देखते हैं, हाँ जहाँ हमें कई बार मुर्गा भी बनना पड़ा था', रोहित व अमित ने कहा। तो सभी बोले, 'हाँ -हाँ सर से मिलते हैं,' बाहर खड़े चपरासी को विजिटिंग पेपर पर लिखकर दिया कि 1994-बैच आपसे मिलना चाहता है। तुरंत ही चपरासी वापस आया और सबको ससम्मान अंदर ले गया। 'गुड मॉर्निंग, प्रिंसिपल सर,' सभी ने एक साथ उसी कोरस में बोला जैसे विद्यार्थी समय में बोलते थे। 'गुड मॉर्निंग, दोस्तों,' सामने प्यार व सम्मान वाली आवाज आई, जो उन्होंने अपने कॉलेज-जीवन में कभी भी प्रिंसिपल से नहीं सुनी थी।

'अरे यह आवाज तो जानी-पहचानी है!' अमित शर्मा चौंक पड़ा।

'अरे! यह तो राहुल सिंह है! मतलब राहुल सिंह हैं!' कुमार आश्चर्य से बोल पड़ा।

'क्या!!!' सब के मुँह से एक साथ निकला।

राहुल सिंह! वह भी प्रिंसिपल! किसी को समझ में नहीं आया।

'हाँ दोस्तों, मैं आपका एक साल जूनियर राहुल सिंह!' प्रिंसिपल मुस्कुराते हुए खुशी से उठते हुए बोले और उन्होंने चपरासी को सबके बैठने के लिए कुर्सियां मंगाई। जब तक सब न बैठ गए, तब तक वे खड़े रहे। 'श्यामलाल सभी के लिए चाय और कॉफी लेकर आओ!' कुर्सी पर बैठने के बाद प्रिंसिपल राहुल सिंह ने कहा।

चेंबर में पिन-ड्रॉप साइलेंस था। किसी के मुँह से कुछ नहीं निकल पा रहा था। आश्चर्य के कारण या फिर कहो कि राहुल सिंह के कारण। कई लोग सोच रहे थे कि यदि पता होता कि कॉलेज के प्रिंसिपल राहुल सिंह है तो वे उनकी चेंबर में तो क्या, कॉलेज में ही नहीं आते। इस हद तक उन्हें इस व्यक्ति से नफरत थी।

अब हाँ यहाँ आए हैं तो उन्हें औपचारिकतावश बैठना ही पड़ेगा और जो चाय मंगायी, वह भी पीनी ही पड़ेगी, आखिर वे पढ़े-लिखे व सभ्य लोग थे। इस तरह से अचानक उठना सभ्यता नहीं कहलाती!

'चाय पी कर जल्दी से निकलते हैं।' श्रीनी ने रोहित से कहा। राहुल सिंह ने औपचारिक बातचीत की। चाय पीने के बाद वे तुरंत उठने लगे तो राहुल सिंह बोले, "प्लीज! आप कुछ देर बैठिए न। आपको ए 20 साल बाद मिलकर अच्छा लगा। हालांकि छाती ठोक के कोई भी कह सकता है कि 1994-बैच के किसी भी व्यक्ति को हाँ वहाँ बैठना या

मिलना अच्छा नहीं लगा।

'मैं जानता हूँ हूँ कि आपको मुझे यहाँ देख कर और मिलकर अच्छा नहीं लग रहा है। और आप मुझे यहाँ देखकर आश्चर्यचकित हैं कि मैं इस पद पर कैसे हूँ!

'मैंने आपके साथ जो किया वह किसी को भी अच्छा नहीं लगेगा, यह बात अच्छी तरह समझ सकता हूँ । आप सोच रहे हैं कि मेरा जैसा व्यक्ति इस कॉलेज का प्रिंसिपल कैसे है? वह भी उस कमनसीब घटना के बाद। हकीकत में उस कमबनसीब घटना के कारण ही मैं हाँ यहाँ का प्रिंसिपल बना।'

प्रश्न सभी के मन में थे, पर न तो किसी की इच्छा थी. ना ही कोई पुरानी बातों को याद करके अपना मूड खराब करना चाहता था।

श्रीनी ने डिबेट में कहा था कि क्यों इनोवेटिव श्रेष्ठ होता है, इंजीनियर से।

उनके जवाब ने मुझे झकझोर करके रख दिया था। कितना सच था। मेरे मन व मस्तिष्क में यही उत्तर घूम रहा था।

शाम को जब घर पर मेरे पापा ने मुझे उदास देखकर पूछा, 'क्या बात है बेटा?'

मेरे बिल्डर पिता ने पूछा तो मैं सच में रो पड़ा और पापा को मैंनें पूरी बात बताई। कॉलेज के इलेक्शन की पूरी बात, कुछ भी नहीं छुपाया।

सुनकर पापा कुछ देर चुप रहे। फिर बोले, "बेटा तुम्हारी पहली व बड़ी गलती यही थी कि तुमने दोस्तों व कॉलेज के साथियों की बीच की लड़ाई को अहम की लड़ाई समझकर इसे जीतने के लिए बाहर के गुंडों को इस में शामिल किया।

पता है आज मैं अपने परिवार में, समाज में, गाँव में बहुत ही गर्व महसूस करता हूँ और गर्व से कहता हूँ कि मेरा बेटा इंजीनियर की पढ़ाई कर रहा है।

पता है, क्यों मैं गर्व से कहता हूँ? क्योंकि हमारे समाज में व हमारे देश में पढ़े लिखे लोगों को सबसे ज्यादा महत्व व सम्मान दिया जाता है। उनके लिए समाज में हमेशा हजारों वर्षों से सम्मान की भावना होती है क्योंकि पढ़े-लिखे व्यक्ति में नैतिकता व अनुशासनात्मकता सबसे उच्च कोटि की होती है। वह नैतिकता में विश्वास करता है। वह समाज का सबसे सभ्य व्यक्ति माना जाता है।

जो जितना ज्यादा पढ़ा-लिखा, समाज में उसका उतना ही सम्मान। तुमने उन गुंडों का

उपयोग करके पता है कॉलेज में अपनी छाप क्या बनाई है? गुंडों का सरदार। सबसे बड़ा गुंडा। अब तुममें और गंवार, अनपढ़ व्यक्ति में कोई फर्क नहीं है।

अभी तक कॉलेज में पता चला है कि तुम गुंडो के सरदार हो। कल शहर में, परसो हमारे गाँव में पता चलेगा, समाज में पता चलेगा। दुनिया कहेगी, देखो! वह बड़ा गुंडा आ रहा है, सरदारा है गुंडों का। लोगों के दिल में तुम्हारे लिए सम्मान खत्म हो जाएगा और हमारा सम्मान तो खत्म होगा ही।" पापा ने मुझे कड़वी सच्चाई बताई।

मैं कई दिनों तक सो नहीं पाया। मेरे कानों में यही बजता रहा, गुंडों का सरदार, सबसे बड़ा गुंडा। मैंनें न सिर्फ कॉलेज के साथियों को दुखी किया बल्कि अपने परिवार व अपने पापा को भी दुखी किया। अब यह छाप मुझे ही मिटानी होगी। मैंनें तय किया कि मैं अब ऐसे असामाजिक तत्वों से दूर रहूँगा जिंदगी भर। अपना सारा ध्यान पढ़ाई में लगा दूंगा और अपना खोया हुआ सम्मान वापिस लाऊंगा।

मैंनें अपने आपको को झोंक दिया पढ़ाई में रात-दिन। और सच में मेरी मेहनत रंग लाई। इंजीनियरिंग के फाइनल इयर में गोल्ड मेडलिस्ट बना। मास्टर डिग्री ली, उसके बाद पीएचडी की बैंगलोर से। क्योंकि पापा ने कहा था कि जितना पढ़ा-लिखा, उतना ही नैतिक व सभ्य व्यक्ति।

और मैंनें कॉलेज में पढ़ाने को चुना ताकि मैं विद्यार्थियों को नैतिक रूप से मजबूत बनाऊं, सभ्य बनाऊं। वे ना सिर्फ सफल इंजीनियर बने बल्कि सफल व सम्मानित व्यक्ति भी बने।

थैंक्यू श्रीनी, आपने मुझे उस दिन सच व सच्चाई ना बतायी होती, तो मैं इस कॉलेज में प्रिंसिपल की जगह, गुंडों का सरदार बना हुआ होता। राहुल सिंह ने श्रीनी का हाथ पकड़कर भावुकता से बोला, तो सब ने उसके सम्मान में जोर से तालियां बजायी।

लेखिका के बारे में

अंजलि पुंडीर रिटायर्ड शिक्षिका हैं। इन्होंने नवोदय विद्यालय समिति, जयपुर संभाग, में हिंदी अध्यापिका के रूप में तीस वर्ष तक अपनी सेवाएँ प्रदान की हैं। कविताओं के प्रति दीवानगी बचपन से है। लिखने का शौक रखती हैं और स्टोरीमिरर को इन्होंने अभिव्यक्ति प्लेटफॉर्म के रूप में चुना है। बच्चों और बुज़ुर्गों के साथ-साथ बेजुबान पशु-पक्षियों की सेवा करने में इन्हें सुकून मिलता है। जरूरतमंदों की सहायता करना इनके स्वभाव का हिस्सा है। लेखन में मुखर अंजलि व्यावहारिक जीवन में बहुत संकोची और मृदुभाषी हैं। लेखन के साथ-साथ बागवानी का शौक भी रखती हैं।

शहीद की माँ

– अंजलि पुंडीर

अलार्म की आवाज़ से विनीता चौंक गई। अरे! सुबह हो गई! यानी सारी रात वह विचारों के जंगल में ही भटकती रही। पिछले कुछ दिनों से वह बहुत उखड़ी हुई सी थी। विद्यालय में प्रार्थना सभा के दौरान बच्चे राष्ट्रगान ऊँचे सुर में नहीं गा रहे थे। बार- बार टोकने पर भी उन पर कोई असर नहीं हो रहा था। कल तो आखिर वह झल्ला ही गई और हारमोनियम पर सुर छेड़ ऊंचे स्वर में चिल्लाई- कोई कक्षा में नहीं जायेगा जब तक पूरे जोश के साथ राष्ट्र गान संपन्न नहीं हो जाता! कैसे युवा हो तुम? अपना राष्ट्र गान भी बुलंद स्वर में नहीं गा सकते।

धूप लगती है मैम- पिछली पंक्ति से स्वर उभरा।

खून खौल उठा उसका। याद आया, सुयश उसके कलेजे का टुकड़ा जो पिछले साल ही आतंकी हमले में शहीद हुआ था। उसने सोचा किन लोगों के लिये सुयश जैसे जांबाज सैनिक अपने प्राणों की बाजी लगा रहे हैं! उनके लिए जिन्हें राष्ट्रगान गाने में भी धूप सताती है।

कैसी-कैसी विषम परिस्थितियों में रहकर ये फौजी अपना धर्म निभाते हैं। पहाड़ों की बर्फ में अपना जिस्म गलाते हैं, रेगिस्तान की तपिश में खुद को झुलसाते हैं। अपने परिजनों से दूर उन्हे देखने, उनसे मिलने के लिए तरसते हैं पर जब देश के लिए जान की बाज़ी लगाने का समय आता है तो पल भर के लिए भी हिचकिचाते नहीं और हँसते-हँसते शहादत का रास्ता चुन लेते हैं।हमारा युवा इतना कृतघ्न कैसे हो सकता है! नहीं! एक शहीद की मां होकर मैं ऐसे सिस्टम का हिस्सा बनकर नहीं रह सकती। किसी फैसले पर पहुँचना बहुत जरुरी था। जो चल रहा है उसे चलने दिया जाये या अपने तरीके से विरोध किया जाये।

कल इस घटनाक्रम के बाद वह छुट्टी लेकर घर आ गई थी। बेटे सुयश की तस्वीर से लिपट कर बहुत रोई थी। सारी रात विचारों के झंझावातों से जूझने के बाद वो फैसला ले चुकी थी कि ऐसे लचर सिस्टम का हिस्सा बनकर काम नहीं करेंगी।

भगवान अंशुमालि आकाश में आकर जगत को तमिस्र से मुक्त करा चुके थे। उसने भी

फटाफट रोजमर्रा के काम निपटाये। अपना त्यागपत्र तैयार किया। अपने बेटे की तस्वीर को चूम विद्यालय के लिए निकल गई। सीधे प्राचार्य कक्ष में जाकर उनकी मेज़ पर अपना इस्तीफा रख दिया। सर चौंक गये- क्यों मैम, इस्तीफा क्यों? मन की पीड़ा होंठों पर आ गई और क्षमायाचना के साथ विनीता ने कहा – नहीं, सर इस व्यवस्था में और नहीं! विद्यालय में यह खबर जंगल की आग की तरह फ़ैल गई कि विनीता मैम रिजाइन कर रही हैं। सर से बातचीत करके जैसे ही उनके कमरे से बाहर निकली, दरवाजे पर ही बच्चों का एक समूह हाथ जोड़कर खड़ा था। सबसे आगे अमर था जिसने कल धूप लगने वाली बात कही थी। चेहरा आँसुओं से भीगा हुआ। विनीता के बाहर आते ही उसके पैरों में गिर पड़ा और क्षमायाचना करते हुए बोला- मत जाइए मैम प्लीज़।

विनीता ने कहा – बेटा, मैं इस्तीफा दे चुकी हूँ। अमर उसके पैर पकड़े पकड़े ही बोला- मैम मेरी गलती की इतनी बड़ी सज़ा सबको मत दीजिए। मेरी जगह सुयश भैया होते तो क्या आप उन्हें भी माफ़ नहीं करतीं। विनीता की आँखें भर आईं और उसने अमर को पैरों से उठाकर बाँहों में भर लिया। पीछे खड़े प्राचार्य महोदय ने मुस्कराते हुए विनीता का इस्तीफा फाड़ दिया।

लेखिका के बारे में

रतना कौल भारद्वाज एक प्रकाशित लेखिका हैं। यह हिंदी-अंग्रेज़ी दोनों भाषाओं में लिखती हैं। हाल ही में इनका अंग्रेज़ी में एक काव्य संग्रह स्टोरीमिरर ने ही प्रकाशित किया है। इनके लेख गहरे और संवेदनशील होते है और समाज के हर पहलू को बखूबी से दर्शाते हैं। इन्होंने 19 साल बड़ी बड़ी मल्टीनेशनल कंपनियों में सीनियर लेवल्स पर काम किया है और इन कंपनियों में विशेष योगदान दिया है जिसके लिए इन्हें आज भी सराहा जाता है। 2010 में इन्होंने राष्ट्रीय स्तर पर अपना एक NGO खोला है जिसके माध्यम से यह निचले तबके के लोगों के लिए निस्वार्थ काम करती है। यह एक स्किल बिल्डर के साथ साथ एक मोटिवेशनल स्पीकर भी है। लिखने के साथ-साथ पेंटिंग, कुकिंग, म्यूजिक और गार्डनिंग में भी रुचि रखती है।

पहचान बदलती गई

– रतना कौल भारद्वाज

वह एक सम्पन्न परिवार में जन्मी थी। वह उस पीढ़ी की पहली संतान थी। वह बेटी थी। बहुत लाड़ मिला, गोदियों में झुलाया गया, लक्ष्मी का रूप माना गया। क्या दिन थे, माँ बाप के चेहरे खिले रहते थे। पहली संतान का सुख सारे परिवार के लिए बहुत ही सुखदाई था।

साल बीतते गए। कब वह पांच साल की हुई , पता ही नहीं चला। पूरा दिन वह चहकती - फुदकती रहती, इतना प्यार दुलार मिला कि वह ज़िद्दी बनती गई, फिर भी घर वालों के प्यार - दुलार में कोई कमी नज़र नहीं आई। हर सदस्य की वह जान थी।

आज अचानक घर में ख़ुशी का माहौल सा था पर साथ में कुछ तनाव भी था। उसकी माँ किसी पीड़ा से परेशान थी। वह नादान कहाँ जानती थी कि घर में एक छोटा मेहमान आने वाला था। वे कह रहे थे माँ को अस्पताल लेकर जाना पड़ेगा। यह भाषा उसकी समझ से परे थी। वह तुनक कर बैठ गई, उसे माँ के पास बैठना था, उसे माँ की गोद चाहिए थी। वह माँ की पीड़ा से बिलकुल अनजान थी। सब समझाते रहे पर वह अपनी ज़िद्द कहाँ छोड़ने वाली थी। अक्सर यही तो हुआ करता था, वह ज़िद्द करती थी और सारा परिवार उसके आगे- पीछे चलता रहता था।

उसे किसी तरह से समझा- फुसला कर उसकी माँ को अस्पताल ले जाया गया। वह अपनी दादी की गोद में आधी सोई आधी जागी हुई थी कि अचानक फ़ोन की घंटी बज उठी। न जाने ऐसा क्या हुआ था सब ख़ुशी से नाच रहे थे। मिठाइयां बंटने लगी थी, सब एक दूसरे को गले लगा रहे थे। वह नादान, उसकी समझ से परे, यह सब देख रही थी। अचानक दादी ने उसे गोद से उतारा और दूसरे कमरे के पलंग पर पटक दिया और वह ज़ोर- ज़ोर से रो रही थी पर यह क्या! आज उसके रोने की आवाज़ पर किसी की कोई प्रतिक्रिया ही नहीं थी। किसी को उसकी आवाज़ सुनाई ही नहीं दे रही थी। अचानक दादी कमरे में आकर उसे चूमते हुई बोली, “अरे वाह, आलेले, आज गुड़िया के घर में छोटा भाई आ गया।” प्यार से गले लगाया पर उस प्यार की कशिश कुछ कम पड़ गई थी, कहीं छोटी सी दरार ने अपनी शक्ल दिखाई थी। क्यों आखिर आज ऐसा क्या हुआ था? क्या

उसकी पहचान बदल गई थी? आज उसकी पहचान प्यारी बेटी से, लक्ष्मी से, परी से, एक भाई की बहिन मे तब्दील हो गई थी।

माँ एक दिन के पश्चात घर आ गई। वह रोते बिलखते माँ के पास पहुँच गई और उनकी गोद मे बैठने की ज़िद्द पर अड़ गई। माँ थोड़ी सी परेशानी की हालत में थीं और उसे थोड़ा दूर बैठने को कह रही थी पर वह कहाँ मानती। ऊपर से वह नन्ही सी जान जिसको देखकर उसे बहुत गुस्सा आ रहा था। आता भी क्यों नहीं! उसकी गोद पर उसने कब्ज़ा जो कर लिया था और माँ उसको सीने से लगा कर दूध पिला रही थी। सब आकर उससे प्यार से पुचकार रहे थे, बड़ी नाज़ुकता से उससे छू रहे थे, उसकी परेशानी और व्याकुलता का अंदाज़ा किसी को भी नहीं था।

वह रोती रही, बिलखती रही, बार -बार एक ही रट, "मुझे माँ की गोदी मे बैठना है।" वह अपनी ज़िद्द पर अड़ी हुई थी। पापा भी वहीँ पर खड़े थे और उसे प्यार से कुछ समझाने की कोशिश कर रहे थे लेकिन वह अपनी नासमझी की वजह से कुछ सुनने को तैयार नहीं थी। यह क्या! पापा एक दम चिल्लाते हुई बोले, "चुप हो जा नहीं तो एक चांटा मारूंगा।" पर उसका रोना कहाँ बंद होना था। फिर अचानक, "तड़ाक!" उसका सर एकदम चकराया था।

पापा का लोहे जैसा हाथ उसके चेहरे पर अपना पूरा निशान छोड़ गया था। वह सहमी हुई दूर कोने में जा गिरी थी। उसकी आँखों से आँसू निकल रहे थे। आज घर की हवा में परिवर्तन आया था। आज उसे चुप कराने कोई आगे नहीं आया था। न जाने सब कहाँ व्यस्त हो गए थे। माँ भी उस नन्हे से बच्चे को संभालने में लगी थी। आज उसकी आँखों और नाक का पानी एक हो रहा था पर किसी को इसकी परवाह ही नहीं थी। आज दादी की परी को दादी भी नहीं दिख रही थी। दिखती कैसे! मेहमानों के स्वागत में बहुत ही व्यस्त थी।

रोते- रोते वह वहीँ एक कुर्सी पर लुढ़क कर बैठ गई थी। उसे भूख भी सता रही थी पर आज उसकी भूख के बारे में सब शायद भूल चुके थे। अचानक सब बदला- बदला सा लग रहा था। सब अटपटा सा लग रहा था। समझ नहीं आ रहा था कि आज ऐसा क्या हुआ था कि सब इतने व्यस्त हो गए थे और इस कल की लक्ष्मी का ध्यान आज किसी को क्यों नहीं आ रहा था। घर में आई हुई नई ख़ुशी के पीछे आज यह कल की परी बेगानी हो गई थी। क्या उसकी पहचान वाकई में बदल गई थी? क्या समाज के सच्चे - झूठे

रिवायतों ने उससे उसकी पहचान छीन ली थी? क्या यह हमारे समाज का एक कुरूप था!

कितने ही सवालात, कुछ उसकी समझ के मुताबिक, कुछ उसकी समझ से परे, उसके मस्तिष्क में घूम रहे थे। समय निकलता गया और आगे चलकर समाज के तौर तरीकों ने उससे उसकी पहचान करा दी। कल की परी, हर पड़ाव पर अपनी पहचान बदलती गई। कभी किसी की बेटी, कभी बहिन; कभी पत्नी, कभी बहू; कभी माँ! कितने ही रिश्तों के तमगे उसे पहनाये गए पर उसका असली अस्तित्व अभी भी कहीं गुम था। पर ऐसा कब तक चलता। अब उम्र के कई पड़ाव पार करके वह समाज और इसकी कुरीतियों को खूब समझ चुकी थी। या आज शायद वह नींद से जाग गई थी।

वह आधुनिक भारत की नारी जहाँ संस्कारों की सुन्दर माला गले में पहने खड़ी है, वहीं आज महिला सशक्तिकरण के रूप में अपने अधिकार को भी खूब समझ चुकी है। आज वह खुले आसमान के नीचे परिंदो की तरह उड़ना जान चुकी है। एक तरफ मर्यादाओं का पालन तो दूसरी तरफ सामाजिक बदलाव, आज यही उसकी असली पहचान है।

लेखिका के बारे में

नालंदा सतीश पेशे से भारतीय जीवन बीमा निगम में प्रशासनिक अधिकारी के रूप में पिछले 25 सालों से कार्यरत हैं, साथ ही एक औद्योगिक कंपनी की संचालिका भी है।

इन्होंने जीवन बीमा की उच्चतम डिग्री हासिल की है तथा एमएससी गणित, एमबीए की डिग्री भी हासिल की हुई है। नालंदा सतीश लंदन की बीमांकक विषय मे एसोसिएट भी हो चुकी हैं जो कि बहुत ही गर्व की बात है।

इतना सब कुछ होने के बावजूद भी नालंदा सतीश एक संवेदनशील, भावुक लेखिका और कवयित्री हैं। समाज के प्रति जागरूक, संवेदनशील और समर्पित होने के कारण यह अपने कार्यस्थल की यूनियन की अध्यक्षा भी हैं। वह एक उत्कृष्ट एंकर है, और किसी भी प्रतियोगिता में उत्सुकता से भाग लेती हैं।

इन्हें यात्रा करना बहुत पंसद है, जिसकी वजह से वह मराठी, हिंदी, अंग्रेजी और कोंकणी भाषा बोलती है। गोवा में इनका वास्तव्य होने के कारण इन्हें गोवा से काफी लगाव है। समंदर की लहरें और प्रकृति की खूबसूरती इन्हें बहुत आकर्षित करती है।

इनकी दो किताबे मराठी भाषा में और एक किताब अमेज़ॉन पर ‘कच्ची धूल’ नाम से हिंदी में प्रकाशित हो चुकी है।

उम्मीदों का पतझड़

– नालंदा सतीश

अवनि माँ बाप की लाड़ली संतान थी। दो भाइयों में अवनि सबसे छोटी होने के कारण अवनि का लालन पालन बड़े ही लाड़ प्यार से हुआ था। दोनो भाई छोटी अवनि पर जान छिड़कते थे। अवनि के पिताजी सेठ मगनलाल की राजनीति में गहरी पैठ थी। माँ शोभना देवी पेशे से नामचीन वकील थी।

राजनीति और वकालत साथ- साथ हाथ पकड़े चल नहीं दौड़ रही थी। घर में पैसों की कमी नहीं थी, घराने का रुतबा, इज्जत, शोहरत, शानो शौकत देखते ही बनती थी। आवभगत के लिए नौकर चाकर हाथ बांधे चौबीसों घंटे तैनात रहते थे। माँ बाप और दोनों भाइयों के लाड़ ने अवनि को मगरूर, हठी और जिद्दी बना दिया था। माँ के ध्यान में यह बात आयी थी लेकिन बेटी अभी छोटी है, सीख जाएगी; यह सोचकर बात आयी गयी हो गयी। बेरोकटोक अवनि का चंचल मन बेक़ाबू हो रहा था।

छोटी अवनि धीरे- धीरे उम्र के यौवन की दहलीज पर खड़ी हो गयी थी। उम्र के इस पड़ाव पर अवनि हमेशा दोस्तों के साथ घिरी रहती, समय का उसे कभी ध्यान ना रहता। माँ हमेशा की तरह चिंताग्रस्त, मन मसोस कर रह जाती। जवान लड़की का यूँ आधी- आधी रात तक बाहर रहना उसे हजम नहीं होता था। होता भी कैसे! समाज का ढाँचा ही कुछ ऐसा है! चाहे हम कितना भी आधुनिक हो जायें, लड़कियों का देर रात बाहर रहना किसी को भी सुहाता नहीं। पेशे से वकील होने के कारण शोभना देवी ऐसे कई किस्सो से वाक़िफ़ थी, जहाँ सिर्फ लड़की होने के कारण होने वाली शारीरिक और मानसिक प्रताड़ना, परेशानी, अन्याय, अत्याचार, हिंसा, उत्पीड़न से गुजरना मामूली सी बात थी।

वैसे तो अवनि के माँ बाप विशाल हृदय और आधुनिक विचार के थे, दोस्तों से बेझिझक मिलने, पार्टियों में जाने से कोई गुरेज नहीं था। सेठ मगनलाल का परिवार स्वर्ण जाति का होने के बावजूद घर का वातावरण न्याय और समानता के आधार पर खड़ा था, जहाँ छुआछूत या जाति के आधार का कोई भी पक्षधर नहीं था। अवनि के बड़े भाई ने भी छोटी जाति की कन्या से विवाह किया था जिसे पिता सेठ मगनलाल और माँ शोभना ने बिना कोई वाद विवाद से स्वीकृत कर लिया था। इस बात से अवनि के मन में माता पिता

के प्रति आदर भाव और इज्ज़त और ही बढ़ गयी थी।

देखते- देखते अवनि स्नातक के पहले वर्ष में पहुँच गयी। अवनि की कक्षा में एक लड़का आनंद विलक्षण प्रतिभा का धनी था। पढ़ाई में अव्वल रहता था, मिलनसार स्वभाव के कारण सहपाठियों में वह सबका चहेता था। देखने में आनंद स्मार्ट, गोरा चिट्टा, सुंदर नाक नाक नक्श वाला, जिसे देखकर कोई भी दो मिनट के लिए अपने होश गवाँ दे। लड़कों में यह नस्ल बहुत ही कम देखने मिलती। कॉलेज के गैदरिंग में उनके क्लास का एक इवेंट था जिसमे अवनि, आंनद और अन्य कलीग नृत्य प्रस्तुत करने वाले थे।

इस इवेंट के बहाने अवनि आनंद और दोस्तों की रिहर्सल चलती थी। साथ -साथ खाना, उठना बैठना, डान्स करना, हँसी मज़ाक, फुलझड़ियों से चुटकुलों से वक़्त कैसे उड़ सा जाता, खबर ना होती। अवनि को आनंद का स्वभाव भा -सा गया, आनंद सिर्फ पढ़ाई मे ही अव्वल नहीं किन्तु एक्सट्रा करिकुलर एक्टिविटी में भी आगे था। उसका मजाकिया किन्तु केयरिंग टशन अवनि का वीक पॉइंट बन गया। रफ्ता रफ्ता अवनि आनंद से काफी प्रभावित हो गई और उसकी ओर आकर्षित होने लगी। आंनद की सादगी ने जैसे अवनि का तो मन ही मोह लिया, जाने अनजाने में अवनि, आनंद को खबर किये बगैर दिल ही दिल में चाहने लगी और बिना सोचे समझे उसे दिल दे बैठी। उसने यह तक जानने की कोशिश नहीं कि क्या आनंद भी उसके लिए वही खयाल रखता है। प्यार का अंकुर अवनि के दिल की कोमल शाख पर उग चुका था। यह उम्र का तकाजा था या पहले प्यार की झलक अवनि कुछ समझ न पायी। यह चढ़ती उम्र का प्राकृतिक प्रेम था।

वैसे प्रेम का यह ढाई आखर सभी की जिंदगी में कभी ना कभी दस्तक तो देता हैं फर्क सिर्फ इतना है कि किसी के जीवन को गुलजार कर जाता है और किसी के जीवन को छूकर निकल जाता है। सबके लिए इसके मायने अलग होते है, प्रेम किसी के लिए इबादत, किसी के लिए बंधन, किसी के लिए जिंदगी, किसी के लिए शबनम, किसी के लिये सिर्फ आकर्षण। अवनि का हाल भी कुछ ऐसा ही था, वह मंद- मंद झोंके की तरह हवाओं में इत्र घोलती रहती। उसकी हँसी मौसम को ख़ुशगवार कर देती, उसकी झलक मात्र से बगियों में फूल महक उठते। अँगड़ाई लेती अवनि संसार की एकमात्र हसीन, कमसिन, खूबसूरत, नादान, मासूम, नाज़ुक, आफरीन लड़की जो आनंद के खयालों में हमेशा खोयी-खोयी रहती। पागलों की तरह हँसती, स्वप्नलोक मे भ्रमण करती, डालियों संग झूलती, हर वक्त हिचकोले खाती हुई सात समंदर पार मन के साथ प्यार में दीवानी

हो गयी थी अवनि। अवनि को आंनद के सिवाय कुछ भी नहीं सूझता था।

माँ, जवान बेटी की हरकतें समझ तो रही थीं पर यकायक पूछने में हिचक रही थी। माँ शोभना को कुछ भी समझ नहीं आ रहा था। वह मासूम बेटी की ख़ुशी के आगे रोड़ा नहीं बनना चाहती थी, लेकिन पति के कठोर स्वभाव से भी अच्छी तरह से वाकिफ़ थी।

एक दिन माँ ने कुछ सोच समझ कर कोर्ट से ही फोन करके अवनि को मॉल में बुला लिया, वैसे तो आज अवनि का जन्मदिन था और जश्न का बहाना भी। माँ शोभनादेवी शॉपिंग के बहाने बेटी के दिल का हाल जानना चाहती थी। माँ-बेटी ने जी भरकर खरीददारी का लुत्फ लिया, अवनि को उसकी मनपसंद की चीज़े खरीदने मे किसी भी तरह की कंजूसी नहीं की गयी और दोनों लंच करने के लिए होटल के तरफ बढ़े। खाना खाते समय माँ ने नोटिस किया अवनि का ध्यान खाने में ना होकर कहीं और है, शोभना देवी को यह बात बहुत ही खटक गयी, जवान बेटी का यूं चुप- चुप रहना जब हद से पार गुजर गया, तब माँ ने अवनि से पूछा, "बेटा अवनि, क्या बात है? कुछ दिनों से मैं देख रही हूँ तुम्हारा ध्यान कहीं नहीं हैं! ना घर मे, ना पढ़ाई में, दोस्तों से भी आजकल ज्यादा नहीं मिलती हो, अकेले रहना पसंद करती हो। कुछ बताओगी अपनी माँ को, माँ नहीं दोस्त समझकर!"

माँ की बातें सुनकर अवनि को झटका सा लगा, वह आसमान से सीधा धरती पर आयी, पर माँ की प्यार भरी नजरों ने अवनि को दिलासा मिला। अवनि भी माँ को सब कुछ बताने के लिए उत्सुक थी जो उसके मन में था। प्यार में जलथल अवनि बूँद- बूँद हल्की हो रही थी, प्यार की दीवानी आज नदी बनकर बह रही थी। अवनि को यूं लगा जैसे जन्मदिन पर माँ ने बहुत बड़ी सौगात से उसे नवाजा हो। माँ भी बेरोकटोक सब कुछ सुन रही थी पर चुप रही। शायद यही बेहतर था, आज के दिन के लिए। जन्मदिन का ज़श्न हुआ और जमाना बेखबर, बेखौफ सो गया सिवाए अवनि के।

अवनि की आँखों से नींद बेदखल हो चुकी थी, उसके सपने और ख़्वाब आनंद की भेंट चढ़ चुके थे। उसे इंतजार था माँ के फैसले का।

पर माँ तो माँ होती हैं, बेटी के सपने कैसे टूटते बिखेरते देख सकती थी। जवान बेटी के मासूम सपनों को तिलांजलि देना उसके बस मे नहीं था, क्योंकि अवनि के सपनों को चंद दिनों की मोहलत मिली थी। कठोर पिता को अपनी लाड़ली की डोली, कम रसूखदार लोगों के घर भेजना नागवार गुजरा। सेठ मगनलाल के लिए बुद्धिमत्ता की कोई कद्र नहीं थी। धन, दौलत और पैसा ही सब कुछ था।

सारा माजरा समझते ही सेठ मगनलाल ने अवनि की सारी गतिविधियों पर पाबंदी सी लगा दी। अवनि का रोते- बिलखते बुरा हाल था। देखा जाये तो अवनि के पापा को भी बुरा लग रहा था, अपनी प्यारी सी बिटिया का हाल देखकर, लेकिन संतान के प्यार के आगे समाज में झूठी शानो शौकत, दबंगई की ज्यादा अहमियत थी। सेठ मगनलाल के नाम पर धब्बा वह किसी भी सूरत में बर्दाश्त नहीं कर सकते थे, उन्हें मरना गवारा था पर बेटी का प्यार नहीं।

उनका मानना था शादी ब्याह के रिश्ते बराबरी वालों में ही अच्छे लगते हैं।

उन्होंने बिना सोचे समझे अवनि को जबरदस्ती दिल्ली बुआ के घर भेज दिया और अवनि का दाखिला भी जानेमाने कॉलेज में कर दिया। धीरे धीरे चार साल बीत गये। सेठ मगनलाल इस मुगालते में रहे कि नये वातावरण में ढलकर अवनि में बदलाव आया होगा लेकिन पापा का यह खयाली पुलाव खयालों की तरह झूठा निकला। नये परिवेश में जाकर अवनि की दीवानगी और बढ़ गयी थी। वैसे तो दीवानगी की कोई हद नहीं होती, वह होती है बेहद खूबसूरत, हसीन, जवाँ। गुजरते वक़्त के साथ दीवानगी दिन दो गुनी, रात चौगुनी बढ़ती गयी। इधर खाना- पीना अवनि का छूट सा गया था, सुनहरी काया पीली पड़ने लगी थी। बेटी की हालत देखकर सेठ मगनलाल का पारा सातवें आसमान पर चढ़ गया।, उन्होंने ख़ूब समझाने का प्रयास किया पर सब बेकार। अंत में तंग आकर उन्होंने अवनि की शादी ऊँचे खानदान में कर ही दी। माँ शोभना देवी और भाइयों के विरोध का उन पर कोई असर ना हुआ। अवनि के सपने चकनाचूर हो गये, साथ मे माता पिता का आदर सम्मान भी मटमैला होता रहा।

जिस माँ बाप को बेटी के ख़ुशियों की चिंता नहीं उनके लिए कैसा रुदन, कैसी तड़प, कैसा विरह... कैसा विलाप...मछली की तरह तड़पती, बिलखती, हृदयविदारक जिंदगी को कोसती हुई अवनि ने पीछे मुड़कर नहीं देखा और ससुराल पहुँच गयी। अवनि सोचती रही, पापा ने उसके साथ इतना भद्दा मज़ाक क्यों किया? आनंद में क्या कमी हो सकती थी? क्या पापा ने यह जानने की भी कोशिश नहीं की होगी कि आनंद कौन और कैसा लड़का है? काफी छानबीन के बाद अवनि को जवाब मिल ही गया। आनंद छोटी बिरादरी का होनहार लड़का था, जो पापा को बिलकुल ही रास नहीं आया। आज उसका पहला प्यार जातिपाति के हवन में भस्म हो चुका था। लड़के और लड़कियों मे कितना और कैसा फ़र्क किया जाता है अवनि जान चुकी थी। समाज की कथनी और करनी मे कितना

अंतर होता है, चाहे फिर वह सुसंकृत, पढ़े लिखे माँ-बाप ही क्यों ना हो। आज प्यार के मुकाबले झूठी शान, इज्जत, दिखावे ने बाजी मार ली थी। नव विवाहिता दिल मे गुबार लिए अपने पति की दहलीज चढ़ने के लिए तैयार थी। मजबूरी लाचारी का दूसरा नाम है, लड़कियाँ माँ-बाप के हाथों का खिलौना भर हैं, जिन्हें गुड़ियों सा सजा संवारा जाता है ताकि बेहतरीन तरीके से प्रदर्शित कर सके और अपनी जिम्मेदारियों से मुक्ति पा सके।

अवनि भाई बहन के प्रति किये गये भेदभाव से घायल थी। चाहे कोई कितना ही प्रेम प्रदर्शित करे, लड़कियों का दर्जा निम्न स्तर पर ही रहता हैं आज वह जान चुकी थीं।

किस्मत अच्छी निकली सो पति भी नेकदिल, भावुक, संवेदनशील ,पत्नी से बेपनाह मुहब्बत करने वाला प्राप्त हुआ।

पर अवनि को कहाँ परवाह थी। वह तो उसके सपनों के राजकुमार के साथ पहले ही मन ही मन में बंध चुकी थी, उसी के खयालों में खोई रहती। उसी के साथ भविष्य के सपने बुनती, क्योंकि आनंद ही उसका पहला प्यार था, जब कि आनंद को इसकी भनक तक नहीं थी, काश!! ऐसा कुछ होता, आनंद भी इस प्यार भरी शरारती साज़िश में शामिल होता पर ऐसा कुछ नहीं था। आनंद अवनि के एकतरफा प्यार से अनजान था, उसे पता ही नहीं चला कब वह अवनि के एकतरफा प्यार का शिकार हो गया।

जब आनंद को अवनि की किसी दोस्त ने उसकी दर्द भरी कहानी सुनाई तब आनंद को भी बहुत आश्चर्य हुआ। हैरत हुई और अच्छा भी लगा कि अवनि जैसी लड़की उसे इस तरह बेइंतहा प्यार कर सकती है। उसे याद आ रहा था, अवनि के दीवाने कॉलेज में बहुतेरे थे पर अवनि किसी को भी घास नहीं डालती थी। उसकी खूबसूरती औऱ रईसी के चर्चे आम थे। हर कोई अवनि से दोस्ती करना चाहता था फिर वह लड़का हो या लड़की। उसे लगा जैसे सुनहरी धूप में चाँदनी नहा रही है, उसे खुद पर नाज़ हुआ, और रश्क़ भी। उसे याद आ रहा था हल्का हल्का सा कैसे अमीर घर की परी ने उस ग़रीब को हमसफर के रूप में चुना था। क्या वह इसका हक़दार था? आज वह अपनी किस्मत पर इतरा रहा था, और अवनि को मिलने के लिये उसका मन मचल रहा था। उसकी बेकरारी वक़्त के साथ बढ़ रही थी। दिल में अफरातफरी मची हुई थी।

कहते हैं ना जहाँ चाह वहाँ राह! आनंद ने अवनि के घर का पता ढूंढ लिया। आनंद मन ही मन सोच रहा था क्यों अवनि ने एक बार भी अपने मन की बात कहना मुनासिब नहीं समझा। काश!! अवनि एक बार तो कह के देखती तो शायद आज परिस्थिति कुछ और

हो सकती थीं। किन्तु काश और शायद का वक़्त बीत चुका था। अवनि किसी की पत्नी का दर्जा हासिल कर चुकी थीं, उम्मीदों के पर झड़ चुके थे। पतझड़ का मौसम शुरू हो चुका था। उदासी के आलम में अंतर्मन की आवाज़ ने आनंद को रोक लिया। विचारों की जद्दोजहद और कशमकश ने आनंद के पैरों में बेड़ियाँ डाल दीं। अब मिलने से भी क्या मतलब! अवनि के वैवाहिक जीवन में उथल पुथल मचाकर उसे हासिल भी क्या होने वाला था। अनजान प्यार को अनजान ही बने रहना शायद ज्यादा जरूरी था, और यही वक़्त की जरूरत थी।

आनंद ने अब की बार दिल की नहीं मानी, वह दिमाग से सोचने लगा, क्योंकि दिल से सोचने पर अवनि का प्यार हावी हो जाता था। शायद यही किस्मत और नसीब को मंज़ूर था। दोनों अपने अपने पहले प्यार के बिना ही जिंदगी बिताये, जिसकी खबर न तो प्यार करने वाले को थी न ही प्यार पाने वाले को।

हम सबकी जिंदगी होती ही है नदी की तरह, जो सिर्फ आगे बढ़ना जानती है। भूतकाल को भुलाकर वर्तमान में बहती रहती हैं औऱ अनजाने में ही सही भविष्य की राह चुनती रहती है।

आनंद और अवनि इसी नदी के दो किनारे जैसे थे, जो एक दूसरे को देख तो सकते थे, महसूस कर सकते थे, पर मिलना तकदीर में नहीं लिखा था।

देखते- देखते दिन गुजरते गये, बदलते वक्त के साथ कुदरत की तस्वीर भी बदलती रहती हैं। अवनि और आनंद ने नियति की नियत से समझौता कर लिया, और दिल के किसी कोने मे अपने- अपने प्यार की बंदिश बंद करके रख दी। शायद यही सही निर्णय था। कलेजे पर पत्थर रखकर आहत जिंदगी को जिंदा रखना सबके हित में था।

लेखिका के बारे में

डॉ. अनु अवकाश प्राप्त पैथॉलॉजिस्ट हैं। साहित्य में उनकी रुचि शुरू से ही रही। मूर्धन्य साहित्यकारों को पढ़ने और कुछ- कुछ समझने के अवसर निरंतर मिलते रहे। लेखन की ओर रुझान कॉलेज के दिनों से ही रहा। कविता में उनकी विशेष रुचि रही। अब तक उनके तीन कविता संग्रह (डायरी के पन्ने, सबरंग और बया का घर) प्रकाशित हो चुके हैं। मातृभाषा तेलुगु और राष्ट्रभाषा हिन्दी के अलावा मराठी और अंग्रेज़ी पर भी उनकी अच्छी पकड़ है। गुजराती, कन्नड और बंगाली पढ़ समझ लेती हैं। कला और प्रकृति से जुड़े रहना पसंद करती हैं।

कुएं की चौपाल

– डॉ. अनु सोमयाजुला

कुछ अजीब लग रहा होगा आपको। 'कुआं' - कुंआ है और 'चौपाल' - चौपाल, कुछ बेमेल सी बात है। हमने अपने गाँव का यही नाम रखा है 'कुएं की चौपाल वाला गाँव!' ये कैसा नाम हुआ! चाहें तो आप कुछ और रख लीजिए। अंततः आपको सहमत होना ही पड़ेगा कि हमारा गाँव औरों से निराला और अनोखा है। लगता है आपकी उत्सुकता जाग उठी है। चलिए, आप को पूरी बात बताते हैं।

ये तो आप मानते हैं कि अमूमन हर गाँव का ढांचा एक सा ही होता है। एक छोटी सी मुख्य (?) सड़क, कुछ कच्चे पक्के घर संभ्रांत परिवारों के, रोज़मर्रा की ज़रूरतों के लिए एकाध दुकान और एक कुआं। कभी कोई तालाब या छोटी मोटी नदी भी। गाँव से दूर कुछ झोपड़ियां। हमारा गाँव भी पहली नज़र में कमोबेश ऐसा ही दिखता है। एक छोटी सी कच्ची पक्की सड़क जिसके दोनों तरफ़ भद्रजनों के कुछ घर हैं। सरपंच जी, मुखिया जी, पंडित जी, मास्टर जी और वैद जी वगैरह यहीं रहते हैं। इसे ऊपरी टोला या ऊपर वालों का टोला कहा जाता है।

सड़क के मुहाने पर परचून की दुकान है। रोज़मर्रे की ज़रूरत का सारा सामान लोग यहीं से लेते हैं। सड़क के दूसरे छोर पर कुछ हटकर एक कुआं है – ऊपर वालों का कुआं। सुरक्षा और सफाई का यहाँ पूरा ध्यान रखा गया है। पक्की जगत बनी है, चारों ओर सीमेंट का घेरा है जिसके चारों ओर ईंटें जड़ दी गई हैं। गाँव की महिलाओं की यहाँ बैठक जमती है। काम के बीच सुख-दुःख बांटे जाते हैं, सास-बहू के किस्से साझा होते हैं, पतियों की चुगली और बच्चों के भविष्य पर गहन चर्चा भी होती है। समान्य सी बात, अलग क्या है?

इससे आगे हलकी सी ढलान पर एक और कुआं है - छोटी सी ईंटों वाली जगत से घिरा। कुछ दूरी पर गोबर लिपे रास्ते के दोनों ओर छिटकी हुई कुछ झुग्गियां हैं, मवेशियों के बेढ़ंगे से दड़बे हैं और है एक बड़ा सा नीम का पेड़ - इन झोपड़ियों के बनने-टूटने का, लोगों के सुख-दुःख का निरपेक्ष साक्षी। निम्न वर्ण के लोग यहीं बसते हैं। इसे निचलों का टोला कहते हैं। चलिए, यह तो हुआ गाँव का जुगरफिया। अब आपका गाँव से असली

परिचय कराते हैं। हमारे गाँव में बड़ा एका है, भाईचारा है, कई मानों में सर्व समभाव भी है। इन बातों को समझने के लिए यह समझना ज़रूरी है कि शहर और गाँव की मानसिकता में कुछ बुनियादी फ़र्क है। शहरों में इस तरह के टोले नहीं होते। लोग इस तरह घुले-मिले होते हैं कि कुछ पता ही नहीं चलता। पर गांवों में लोग अब भी पुरानी परंपराओं को (मानें या न मानें) निभाने में विश्वास रखते हैं। ऊपरी टोले वाले हमसे ऊपर हैं, सम्मान के पात्र हैं, यह बात निचलों को घुट्टी में पिलाई जाती है। वैसे ही निचली टोली वाले नीचे ही रहने चाहिए, बराबरी में बिठाये नहीं जाते, इन विचारों की घुट्टी पी कर ऊपर वाले बड़े होते हैं। हमारे गाँव पर भी यह बात शत प्रतिशत लागू होती है – फ़िर भी....! चलिए एक एक कर बातों को समझते हैं।

परचून की दुकान से ही आगे बढ़ते हैं। बनिए का मानना है कि जीने का और जीने के लिए खाने का सब को हक़ है। परंतु गाँव की मर्यादा भंग न हो इसलिए उसने सीधा देने का एक रास्ता निकाला। नियम हुआ, निचली टोली वाले तब आएं जब ऊपर वाले आ कर चले जाएं। कभी आवश्यकतावश बीच में आ भी गए, तो दो हाथ की दूरी बनाए रखते फिर आगे आते। उन्हें किंतु दुकान के पास आने या किसी चीज़ को हाथ लगाने का अधिकार नहीं है। उन्हें अपने साथ एक टोकरी लानी पड़ती। जो भी सामान बताया जाता, पुड़िया बांध कर टोकरी में उछाल दिया जाता। निशाना अचूक, शायद ही कभी कोई पुड़िया खुली हो या छूटी हो। अन्न कभी नीचे नहीं गिरना चाहिए ऐसा बनिये का मानना है। दाम वही जो औरों के लिए। आखिर ईमानदारी भी कोई चीज़ है!

वैदजी तो भगवान का ही दूसरा रूप हैं। ऊपरवाले जो मर्ज़ी दे दें, निचलों का इलाज मुफ़्त ही करते, पुण्य कमाते। अब उन्हें छुआ तो नहीं जा सकता है इसलिए नाड़ी जांचने का अनोखा तरीका ढूंढ़ निकाला। माचिस की डिबिया पर रेशम बांधकर फेंकते, मरीज़ से कहते अपनी कलाई पर लपेट ले। दूसरे सिरे को थाम नब्ज़ जांच लेते। रेशम पवित्र है इससे उन्हें दोष न लगता। फ़िर वही- पुड़िया बंधती है, उछाली जाती है और दवाई खाने का तरीका बताया जाता है। आप सोचते होंगे हर बीमार के लिए अलग रेशम कहाँ से आता होगा! तो भई, यह भार पंड़ित जी के ज़िम्मे है। पंड़ितजी जब भी किसी के यहां पूजा पाठ कराने जाते, तो दक्षिणा के साथ रेशम की डोरी का लच्छा भी मांग लेते। लाकर वैदजी को देते, कुछ पुण्य का हिस्सा पाते। बदले में वैदजी पंडितजी और उनके परिवार का मुफ़्त इलाज करते। ऐसी सहयोग की भावना आपने न देखी न सुनी होगी। शहरों में भी आजकल मुफ़्त इलाज के लिए आए मरीज़ को देख कर डॉक्टर का चेहरा उतर जाता

होगा।

वैसे निचली टोली की जमात को कहीं भी लिखने-पढ़ने की आज़ादी नहीं के बराबर होती है। पर हमारे गाँव की क्या कहिए! अगर कोई पढ़ना चाहता तो कक्षा के दरवाज़े के बाहर बैठ सकता है। मास्टरजी का कहा कुछ कानों पड़ जाए तो बच्चा धन्य हो गया! किंतु ये न समझा जाए कि निचली टोली के लोग मुफ़्त में सब पाना चाहते हैं। स्वाभिमान इनमें भी कूट कूट कर भरा है। कभी किसी का आंगन झाड़ दिया या लीप दिया, लकड़ियां काट दीं, मवेशी चरा दिए - जैसी जिसकी मांग।

एक बार की बात है, ऊपर वालों के कुएं में एक छोटा बच्चा गिर गया। अब किसका बच्चा था, कैसे गिरा, किसी ने देखा क्यों नहीं जैसे दीगर प्रश्नों को छोड़िए। बात इतनी सी है कि इस कुएं में गिरा है तो इधर वालों का ही होगा। अब जो सवाल मुँह बाए खड़ा था वो ये कि अब क्या किया जाए? पानी कहाँ से आएगा, सारे काम कैसे निपटेंगे। दूसरा कुआं भी तो नहीं था। जो था उसका पानी इधर वाले कैसे उपयोग में लाते। पंचों ने गहन चर्चा और विचार के बाद रास्ता निकालने, उपाय बताने का दायित्व पंडितजी को सौंप दिया। पंडितजी स्थिति की गंभीरता समझ रहे थे। पोथी निकाली, पंचांग खोला, कुएं और गाँव की कुंडली बनाई। बहुत सोच विचार के बाद बोले महूरत अच्छा था, पानी को ज़यादा दोष नहीं बैठेगा। हवन करना होगा, कुएं में और कुएं के चारों ओर गंगाजल का छिड़काव करना होगा और शांति पाठ करना होगा बस। फिर इसका पानी यथावत हो जाएगा। हाँ , बच्चे का शव निकालकर परिवार को सौंप दिया गया। तुरत- फुरत तैयारियां की गईं और कुएं की शुद्धि हो गई।

सब कुछ सामान्य हो गया। जीवन सुचारु रूप से चल पड़ा। कुछ समय पश्चात एक और दुर्घटना घटी। निचले वालों के कुएं में बिल्ली का बच्चा गिर गया। बड़ा हंगामा हुआ। बाल्टी डाल कर लाश बाहर निकाली गई। पानी के उपयोग पर रोक लगाई गई। फिर पंडितजी को बुलाया गया। फिर पोथी-पंचांग खुला, बांचा गया और जांचा गया। निष्कर्ष निकला चूंकि कुएं ने एक निरीह, मूक प्राणी की बलि ली है इसलिए अब यह अशुद्ध है। इस अपराध के लिए कोई शुद्धि पाठ नहीं हो सकता अतः कुएं को तत्काल पाट दिया जाए। पंचों और पंडितजी की बात सर माथे पर, लेकिन हम क्या करें! आपात्कालीन पंचायत बैठी। निचलों के जीवन-मरण का प्रश्न था। तय किया गया, ऊपर के कुएं से एक पक्की नाली बनवाई जाए कुछ ढलान दे कर जो सिरे पर एक छोटे हौदे में पानी छोड़े।

इसे ढंक कर रखने और साफ सफाई की जिम्मेदारी निचलों की होगी। ऊपरी टोले की महिलाएं जब भी पानी भरें, एक बाल्टी इस नाले में बहा दें। इस तरह इस समस्या का समाधान हो जाएगा। आनन फ़ानन में काम पूरा कर दिया गया। इस उपकार के बदले निचली टोली वाले ज़िंदगी भर के लिए ऊपरवालों के चरण धोकर पीने की बात करते और ऊपरवाले अपने मानवतावाद की दुहाई देते रहते।

ज़िंदगी फिर पटरी पर आ गई। कुआं पट चुका था, पर्यायी व्यवस्था भी ठीक चल निकली। किंतु शंकाएं राह ढूंढ़ ही लेती हैं, मन में घर करने को। पंचों ने फिर सोच विचार किया। कभी किसी मंद बुद्धि या शरारती बुद्धि ने पटे हुए कुएं को खोदने की सोची तो? अनर्थ ही हो जाएगा। इसलिए सर्व सम्मति से यह निर्णय लिया गया कि इस जगह पर ऊंचा चबूतरा बनवाया जाए। धूप से बचने के लिए एक छतरी लगवा दी जाए। आगे से गाँव की पंचायत यहीं बैठेगी। सरपंच जी भी ख़ुश, उनके घर के सामने अब भीड़ न होगी। तब से यह पंचायत की बैठक हो गया। अब रोज शाम को इसी चबूतरे पर चौपाल लगती है, सारे पुरुष इकट्ठे होते हैं, दुनिया जहान की चर्चाएं होती हैं। चबूतरे के नीचे निचली टोली वाले भी आ बैठते और ज्ञान प्राप्त करते। बच्चे भी मिल जुलकर खेलते। ऊपरी टोले वाले चबूतरे के ऊपर और निचलों के नीचे। कभी कोई अतिक्रमण नहीं हुआ, कभी परंपराओं पर आंच न आई। आस पास के गाँव हमारे गाँव की मिसाल देते थकते नहीं हैं। यह चबूतरा हुआ 'कुएं की चौपाल' और इसी चबूतरे की वजह से हमारे गाँव का नाम पड़ गया 'कुएं की चौपाल वाला गाँव।'

अब आप पूरी बात जान चुके हो। देश विदेश घूमे हो। देखा है ऐसा गाँव, जहाँ उच्च वर्गियों के मन में निचले वर्ग के लोगों के लिए सहृदयता है, दया है, करुणा है। जहाँ परंपरा के नाम पर शोषण (जैसा देखा, सुना या बखाना जाता है) नहीं होता। जहाँ अपने से कमज़ोर वर्ग के प्रति कोरी सहानुभूति नहीं दर्शाई जाती बल्कि दायित्व भी निभाया जाता है! आप कहोगे बिना स्वार्थ के कौन किसी के लिए कुछ करता है। सही है जी, आज भाई - भाई के बीच दायित्व बोध के पीछे स्वार्थ दिखाई देता है फिर यह तो यह दो विभिन्न वर्गों की बात है। निहित स्वार्थ, प्रत्यक्ष या परोक्ष कभी नकारा नहीं जा सकता। फिर भी कहीं न कहीं अब आप भी मानना चाहोगे कि हमारा गाँव वाकई सबसे अलग और अनोखा है।

लेखक के बारे में

मनीष पेशे से एक व्यावसायिक सलाहकार हैं और उन्हें अपनी कहानियों के माध्यम से मानवीय भावनाओं की खोज करना पसंद है। मनीष आईआईटी से पढ़े हैं और उनकी पुस्तक - 'कालचक्र क्रॉनिकल्स' किंडल बेस्टसेलर रही है। उन्हें पौराणिक कथाओं और प्राचीन भारतीय इतिहास के बारे में पढ़ना पसंद है।

नज़रिया

– मनीष सिंह

कभी कभी हमारे जीवन में ऐसी घटनाएँ होती हैं, जिनपे हम खुद भी हैरान हो जाते हैं। ये घटनाएँ अचानक ही होती हैं। क्यों, कैसे, किसलिए, इनका जवाब न तो हमारे पास होता है, और न ही हम खोज पाते हैं। ये बस, हो जाती हैं। और होती भी ऐसे हैं, कि सच, वास्तविकता व विज्ञान के बनाये नियम, दूर दूर तक कहीं नज़र नहीं आते। हम ये सोचने लगते हैं कि जो भी हुआ, या जो भी हमने देखा या सुना, उसमें कितना सच है? क्या जो हुआ वो महज एक छलावा था? आँखों का धोखा या फिर मन का वहम? वास्तविकता क्या है? इसकी परिभाषा क्या है? कौन है जो इसके नियमों को बनाता है? ये सवाल मेरे जहन में कभी पहले नहीं आये। मैंने हमेशा से तर्कसंगत सोच और वैज्ञानिक दृष्टिकोण के साथ जीने वाला इंसान था। पर उस एक घटना ने मेरा दृष्टिकोण हमेशा के लिए बदल दिया।

आज उस घटना को बीते हुए बीस साल हो गए। पर अब भी जब भी सोचता हूँ, तो लगता है कि जैसे कल ही की बात है। मैं उन गन्नों पे बिछी ओस की बूँदों को अभी भी महसूस करता हूँ, हवा में फैली उस भीनी मिट्टी की खुश्बू अभी भी मुझे तरोताजा कर देती है। और वो चेहरा... लकड़ी के गट्ठर की जलती आग की रोशनी में एक अलग ही चमक लिए वो चेहरा...

बीस साल पहले मैं आर्मी में मेजर की पद पर जोधपुर में तैनात था। दिसंबर महीने की ठण्ड अपना कमाल दिखा रही थी। दिन में मिली धूप, रात को आई ठण्ड के आगे सर झुका के घुटने टेक देती थी। पर हम फौजी थे। गर्मी पड़े या ठण्डी, हम हमेशा अपनी ड्यूटी पे तैनात रहते थे।

दोपहर के 12:45 बजे थे। सूरज अपने पूरे जोश में था और सैनिक बल पूरे होश में अपने नियमित कार्य कर रहे थे। मैं अपने केबिन में था, जब मेरे पिताजी, एयर कोमोडोर भानु प्रताप का फ़ोन आया। यूँ तो वो मेरे पिताजी थे, पर ड्यूटी पर वे हमेशा मेरे सीनियर पहले और पिताजी बाद में थे।

"गुड आफ्टरनून, सर!" मैंने कहा।

"गुड आफ्टरनून, मेजर रुद्र," मेरे पिताजी ने एक हावी आवाज़ में कहा। एक पल के बाद वे फिर बोले। "तुम्हारे दादाजी की तबियत काफी ख़राब है। वो अपनी अंतिम साँसे ले रहे हैं। मैं चाहता हूँ तुम जितनी जल्दी हो सके मधुगढ के लिए निकलो। हम आपको वहीं मिलेंगे।"

मैं कुछ पल के लिए चुप रहा। मुझे कुछ समझ में नहीं आ रहा था। पिताजी कभी ड्यूटी के समय निजी जीवन की बातें नहीं करते तो फिर आज कैसे? और इन्हें कब से अपने पिताजी की चिंता होने लगी? आज के पहले, बल्कि जब से मुझे याद है, इन्होंने कभी उनका जिक्र नहीं किया।

"यस, सर!" इतना ही बोल पाया मैं।

"गुड डे, मेजर," ये बोल कर उन्होंने फ़ोन काट दिया।

पिताजी को यूँ अचानक घर जाने की याद कैसे आ गयी? डेस्क की दराज से मैंने सिगरेट निकाली और पीने लगा। हर एक कश के साथ मेरे सवाल 'शायद इन्हें जायदाद चाहिए', मैंने सोचा। सुना था मैंने एक बार इनको माँ से बात करते हुए। 'काफी बड़ी जायदाद है, और पिताजी के कोई भाई बहन भी नहीं हैं...नहीं नहीं....ऐसा नहीं होगा...पिताजी नें मुझे बचपन से ही आत्म निर्भर बनना सिखाया है। शायद कुछ और..'

कुछ नहीं समझ आ रहा। ये दादा कहाँ से आ गया बीच में। मेरी सिगरेट खत्म हो गयी थी। पर सवाल अभी भी थे। मुझसे रहा नहीं गया। मैंने अपना फ़ोन निकाला और पिताजी को कॉल किया। तीसरी घंटी में फ़ोन उठाकर उन्होंने कहा, "हाँ बेटा!"

"पिताजी, हमें आपसे एक बात पूछनी है।"

"जानते हैं। यही ना, कि आज अचानक से हमें अपने पिताजी की याद कैसे आ गयी?"

सब जानते थे वो, कब, क्या और कौन सा सवाल है मेरे ज़ेहन में।

"जी, पिताजी।"

"मरते हुए आदमी से कैसा बैर, रूद्र? हम जानते हैं कि वो अब ज्यादा दिन नहीं जियेंगे। उनके आखिरी पलों में अगर उनकी आखिरी इच्छा पूरी नहीं हुई, तो शायद उनकी आत्मा यहीं भटके। और उनके जैसे लोगों की यहाँ जरूरत नहीं। न तो जीते हुए, न मरने के

बाद। हम आपको बुलाना चाहते हैं, क्योंकि हम आपको उस आदमी से मिलाना चाहते हैं जिसके लिए कभी किसी के मन में प्यार नहीं होगा।"

"जैसा आप कहें पिताजी," ज्यादा न पूछते हुए फ़ोन रख दिया।

मेरे पिताजी हमेशा दादाजी से नफरत करते रहे। और उनकी इसी नफरत की वजह से, मैंने भी कभी अपने दादाजी को इज्जत नहीं दी। पिताजी कभी किसी से बैर नहीं रखते थे। हमने शायद ही कभी उन्हें किसी से लड़ते या किसी के प्रति बैर रखे देखा। कोई अगर कुछ बुरा करता भी था तो वि हमेशा उसे माफ़ कर देते थे। वो हमेशा कहते कि बैर भाव से कभी इंसान खुश नहीं रहता।

मुझे याद है मैं काफी छोटा था। मैंने इनको पहली बार ये कहते कहते सुना था कि गलतियाँ इंसान से ही होती हैं। माँ नें तब पूछा था इनसे, कि ऐसा है तो ये अपने पिताजी को क्यों नहीं माफ़ करते!

"इंसान गलतियाँ करता है, शैतान की तो ये फितरत होती है!" मेरे पिताजी ने जवाब दिया था। मैं भी ये समझते हुए ही बड़ा हुआ कि मेरे दादाजी जरूर अव्वल दर्जे के कमीने रहे होंगे। शायद यही वजह थी कि मैं भी उनसे नफरत करते हुए बड़ा हुआ।

अब जाने की तैयारी करनी थी। अपने गाँव, जहाँ मैं आज तक नहीं गया, जिसे मैंने बस पिताजी के मुँह से ही सुना था। 'एक दो दिन में क्या हो जायेगा। वक्त ही कट जायेगा थोड़ा' ये सोचते हुए मैं वापस अपने काम में लग गया। मुझे नहीं पता था, कि दो दिन में मेरी ज़िन्दगी जीने के मायने बदलने वाले थे।

अगली शाम जोधपुर से रेल पकड़ के मैं मधुगढ के लिए रवाना हुआ। चौबीस घंटे की थकाऊ यात्रा के बाद मैं मधुगढ के स्टेशन पर था। स्टेशन किसी खाली पड़ी सरकारी इमारत की तरह –था, बेकार और लाचार। मैंने चारों तरफ देखा। दिसंबर की ठण्ड और कोहरे नें सब कुछ ढका हुआ था। मुझे उतरे हुए दो मिनट ही हुए होंगे कि ट्रेन नें सीटी दी और चल पड़ी। अच्छा ही था। इस घटिया स्टेशन पर रुकना भी कौन चाहेगा?

पीठ पर बस एक बैग लिए मैं पास ही पड़ी एक बेंच पर बैठ गया। पिताजी को फ़ोन करके बताना था। मैंने अपना फ़ोन निकाला, पर उसमे कोई सिग्नल नहीं आ रहा था।

"ग्रेट ...," मैंने दांत भीजते हुए कहा।

अब मुझे अकेले ही दादाजी के घर पहुँचना था। मैं स्टेशन के बाहर आया। सामने ओस

की एक चादर बिछी हुई थी। ठंडी हवा मुझे जैसे ये बताने की कोशिश कर रही थी कि जहाँ तू आया है, यहाँ सब इसी तरह ठण्डे दिल के हैं, तो तू वापस चला जा परदेसी। पर मैं भी एक सैनिक था। मैंने एक मुस्कान के साथ बैग से अपना सिगरेट का डब्बा निकाला और एक सिगरेट जलायी। और उस पहले काश के धुएँ को बाहर छोड़ते हुए मैं आगे बढ़ा। थोड़ी ही दूर पर एक तांगे वाला खड़ा था। मेरी किस्मत अच्छी थी। मैं जीत रहा था। 'ये तांगे वाला भी किसी डरावनी फिल्म के रामू काका की तरह ही है,' मैंने उसे देखते हुए सोचा। वो एक छोटा सा आदमी था, जिसने बड़ी सी शॉल ओढ़ रही थी और बीड़ी जलाये एक टीबी के मरीज़ की तरह खांसे जा रहा था। उसकी हालात पर तरस से ज्यादा मुझे गुस्सा आ रहा था।

मैं उसके पास गया और थोड़ी ऊँची आवाज़ में कहा, "चाचा... मध्रुगढ चलोगे क्या?"

मेरी आवाज़ तेज़ थी, तभी शायद वो चौंक के पलटा और बीड़ी उसके हाथ से गिर गयी। वो मुझे शायद डरा हुआ जान पड़ा। कांपती हुई आवाज़ में उसने मुझसे कहा, " अरे बाबू साहब! आप तो जान ही ले लेते। ऐसे भी कोई चिल्लाता है क्या बाबूजी? चलेंगे मध्रुगढ। कहाँ जायेंगे बतायें।"

"राम प्रताप की कोठी पर," मैंने चिढ़ी हुई आवाज़ में कहा।

"राम प्रताप जी कहिये बाबू साहब। कर्ता- धर्ता हैं वो यहाँ के," उसने भी चिढ़ी हुई आवाज़ में वापस कहा।

"अच्छा ठीक है। चलो भी। कितना समय लगेगा?"

"ज्यादा नहीं। बैठिए" उसने इशारा करते हुए कहा। मैंने अपनी सिगरेट फेंकी और उसके तांगे पे बैठ गया। "वैसे बाबू साहब आपको पहले कभी देखा नहीं। नए हो क्या?"

"हाँ... पहली बार आया हूँ। उनका पोता हूँ।"

ये सुनते ही वो झटके से पीछे पलटा और ख़ुशी से बोला, "अरे! भैया आप भानू जी के बेटे हो? अरे वाह! धन्य हो गया मैं तो आज। कब से यहीं से सवारी उठाता आया हूँ, पर कंही नहीं सोचे कि आप भी बैठेंगे मेरे तांगे पे। आप के पिताजी को बहुत घुमाए हैं हम उनके बचपन में।। आज आप भी बैठ गए। कमाल हो गया! आज जीवन धन्य हो गया।"

फिर क्या था। उसने ख़ुशी ख़ुशी घोड़े हाँ कते हुए तांगा आगे बढ़ाया।

मेरी दूसरी सिगरेट मेरे मुँह में थी। और वो मुँह से गिर गयी क्योंकि मैं सड़क के झटकों से उबार नहीं पा रहा था। सड़क पे घुप्प अँधेरा था। पर उस आदमी को जैसे अँधेरे में देकने की आदत थी। वो बड़ी ही कुशलता से तांगा हाँकते हुए आगे बढ़ रहा था।

"वैसे भैया आपके दादाजी बहुत बड़े आदमी हैं। काफी कुछ किये हैं वो मध्रुगढ़ के लिए।", उसने एक मजबूर सेल्समैन की तरह मेरे दादा की तारीफ करनी शुरू कर दी। "बिजली, पानी, सड़कें... बहुत कुछ..."

"वो तो दिख रहा है," मैंने ताना मारते हुए कहा, "बिजली का खम्भा तक तो है नहीं। और इसे आप सड़क कहते हैं? अगर कुम्भकर्ण को इसी सड़क पे आपके तांगे पे बैठा के घुमाया होता तो रावण को काफी आसानी होती उसे नींद से जगाने के लिए।"

"हा हा हा!" वो हँसा, फिर कहा, "भैया... ये तो कुछ भी नहीं है! इतना तो हर जगह होता है।"

मैंने सिगरेट का धुँआ उड़ाते हुए उसकी बात को नज़रअंदाज़ किया। धुंध अभी भी गहरी थी और रात के नौ बज चुके थे।। फ़ोन में अभी भी कोई सिग्नल नहीं आ रहे थे। कुछ देर और झटके खाते हुए जब मुझसे और नहीं हुआ तो मैंने उससे पूछा, "और कितनी दूर है?"

"बस भैया पहुँच ही गए। आगे से बस दायें मुड़ के आ गए बस।"

मुझसे न हुआ। मैंने उसे वही रुकने को कहा और वहाँ से उतर गया। उससे घर तक का रास्ता पूछ के मैंने उसे पैसे दिए, पर उसने शाप लगेगा कहकर मना किया और उलटी दिशा में चल दिया।

मैंने राहत की सांस ली। अब बस थोड़ी ही देर और थी। मैं उसके बताये हुए रास्ते पे चलने लगा और पहले मोड़ से दाएं मुड़ गया। पर थोड़ी ही दूर चलके मुझे लगा कि मैं गलत आ गया हूँ। आगे बस घना कोहरा और जंगल था।

"शिट!" मैंने कहा।

लेकिन एक सैनिक होने के नाते ये भी अच्छा था। मैं अब खुद रास्ता ढूँढ़ते हुए आगे बढ़ गया। वैसे भी मुझे उस बुड्ढे से मिलने का कोई शौक नहीं था। ये जंगल मुझे ज्यादा अपने लग रहे थे। मैंने अपनी टोर्च निकाली और घने कोहरे को चीरता हुआ आगे बढ़ा। कुछ कदम ही चला था, जब मैंने देखा की थोड़ी ही दूर पे एक आदमी आग जलाये मेरी तरफ

पीठ करके बैठा है। मैंने थोड़ी राहत की सांस ली।

'ये आदमी मुझे रास्ता बता सकता है।' यह सोचते हुए मैंने उसे आवाज़ लगायी, "सुनिए, भैया?"

उसने सुना नहीं। वो अभी अभी जंगलों की तरफ मुँह करके बैठा था।

"भैया जी?" मैंने फिर से उसे आवाज़ लगायी। इस बार वो मुड़ा और उसने बड़े ही आश्चर्य से मुझे देखा। वो कुछ तेईस साल का रहा होगा। उसके चेहरे पर अलग ही तेज था। कुछ देर के लिए वो मुझे देखता रहा फिर हलके से मुस्कुराया।

मैंने भी मुस्कुराकर उससे पूछा, "राम प्रताप का घर कहाँ पड़ेगा?"

वो अभी भी मुझे देखकर मुस्कुरा रहा था। फिर अपने बाएँ हाथ से पीछे की तरफ इशारा करते हुए कहा, "यहाँ से सीधा चलते जाइये।"

मैंने उसके दिखाए हुए रास्ते पर चलना शुरू कर दिया।

"अजीब हैं यार यहाँ के लोग," मैं अपने आप से बातें करता हुआ आगे बढ़ गया।

आगे फिर वही अँधेरा और छायी हुई धुंध मेरे साथ हो गयी। मैं गन्नो के खेत से होता हुआ, कच्ची पगडण्डी के सहारे आगे चलता जा रहा था। मैंने अपनी घड़ी में समय देखा। रात के 9:30 हो रहे थे। मैंने आगे नज़र डाली। बस अब और भटकना नहीं,' मैंने सोचा। 'अगर आग के पास बैठे इस आदमी ने मुझे ये बताया कि बुढ़ऊ की हवेली और दूर है, तो मैं यहीं बैठ जाऊँगा, वो भी पूरी रात के लिए।'

उस बैठी हुई आकृति के पास मैंने कुछ कदम बढ़ाये, पर जो दिखा वो कुछ और ही था।

वो एक औरत थी। इतनी रात को भी अकेले इतने घने खेतों के बीच आग जला के बैठी थी। भारत में तब भी गाँवों में औरतों को इतनी छूट नहीं थी कि रातों को अकेले निकला करें। मैं काफी करीब आ चुका था आग के। वो एकटक आग की तरफ देखे जा रही थी। मैं थोड़ा हिचकिचाया चूंकि इस गाँव की किसी लड़की से पहली बार टकराया था और मुझे नहीं पता था की वो कैसे जवाब देगी। देगी भी या शायद एक शहरी आदमी को देख के भाग ही जाए, क्या पता!

मेरी सिगरेट खत्म हो चुकी थी। मैंने अपने फ़ोन में सिग्नल चेक किया। अभी भी कोई सिग्नल नहीं थे। मैंने उस झोपड़ी की तरफ नज़र डाली। एक उजड़ा हुआ नलकूप था वो।

आग और मेरी टॉर्च की रौशनी में भी ये साफ़ दिख रहा था कि वो कम से कम तीस साल पुराना था। इसके पहले की मैं उस वीरान पड़े नलकूप से अपनी नज़र हटा के उस औरत की तरफ मुड़ता, एक आवाज़ मेरे पीछे से आई, “इतने जाड़े में हाँ वहाँ मत खड़े रहिये। यहाँ आग के पास आ जाएं, थोड़ी राहत मिलेगी।”

मैं पीछे मुड़ा। वो लड़की अभी भी आग की ही तरफ देख रही थी। शायद मुझसे नज़र नहीं मिलाना चाहती थी। गाँव की लड़कियों में ये शर्म और बात का लहजा सहज ही बचपन से होता है। पर अब मेरे लिए काम आसान हो गया था। मैं अब आराम से आगे का रास्ता पूछ सकता था। मैंने अपना बैग नीचे रख और आग के पास नीचे बैठ गया। नीचे जमीन ठंडी थी, तो उसने चारपाई पे पड़ी एक बोरी मुझे दे दी, पर इशारा किया कि मैं आग की दूसरी तरफ बैठूं। मैंने वैसे ही किया।

मैंने अपने सिगरेट के डब्बे से एक और सिगरेट निकाली और लाइटर से जला के पीने लगा। पहला कश छोड़ते ही जैसे मैंने उससे आगे का रास्ता पूछने के लिए मुँह खोला ही, कि उसपे नज़र पड़ी। उसकी उम्र शायद बीस साल की रही होगी। आग की रौशनी में अब ध्यान से देखा। उसने शायद चुनरी लहंगा पहना हुआ था। पर हैरानी की बात ये थी कि इतनी ठण्ड में भी उसने कोई शॉल नहीं पहने हुई थी। उसके चेहरे पे एक अजीब सी ही चमक थी।

मैंने शायद ही इतनी सुन्दर लड़की कहीं देखी थी।आग की रौशनी में उसकी आँख और भी चमक रही थी। उसे देख कर यकीन हो गया कि जरूर इसका पति या पिता यहीं कहीं आस पास ही होंगे, वर्ना ऐसी सुन्दर लड़की को ऐसे रात में अकेले कौन छोड़ता है? उसे देख कर ऐसा ही लगा जैसे कोई अपना घर का ही बैठा हुआ है। ये शायद इसलिए भी था, कि मुझे कोई ढंग से तमीज़ से बात करने वाला मिला था।

“आप इतनी रात में अकेले यहाँ क्या कर रही हैं? आपको डर नहीं लगता?” मैंने पूछा।

वो अभी भी आग की ही तरफ देखे जा रही थी।

“नहीं,” उसने एक मधुर आवाज़ में कहा। “हमारे मंगेतर यही पास में ही हैं। और हम अपने पिताजी का इंतज़ार कर रहे हैं। उनकी काफी समय से तबियत खराब थी, और अब वो सारी परेशानियों से दूर होने वाले हैं, फिर हम आज ये गाँव छोड़ के जा रहे हैं।” उसने बिना मुझे देखे जवाब दिया।

मुझे अपने ऊपर थोड़ी शर्म आई। मैं गाँव में था, मुझे ऐसे सवाल गलती से भी नहीं पूछने चाहिए थे। क्या पता किसे क्या बुरा लग जाये।

"चलिए ये तो काफी अच्छी बात है" मैंने अपनी गलती सुधारते हुए कहा। "अच्छा सुनिए, मुझे जल्दी है। यहाँ आग के पास थोड़ी गर्मी देने के लिए शुक्रिया पर मैं और नहीं बैठ सकता। मुझे ठाकुर साब की हवेली जाना है। क्या आप मुझे यहाँ से रास्ता बता सकती है?"

पहली बार उसने सर उठा कर मुझे देखा। उसके चेहरे पर एक हलकी सी मुस्कान छा गयी और उसने अपना दाहिना हाथ उठा के मुझे उसकी दाहिनी हाथ की सीध पे जाने के लिए इशारा किया। मैंने अपना बैग उठाया, सिगरेट फेंकी और उसे शुक्रिया बोल के आगे ही बढ़ा था कि उसने पीछे से आवाज़ लगायी,

"सुनिए...."

मैं पीछे मुड़ा। वो अभी भी मुस्कुरा रही थी।

"जी कहिये?" मैंने पूछा।

बिना हिचकिचाते हुए उसने कहा, 'आपको ये सब नहीं पीना चाहिए। इससे आपकी सेहत को नुकसान होता है। यहाँ सभी समीक्षक हैं। एक मदद कर दी तो क्या मतलब कोई भी यहाँ ज्ञान बाँट देता है यार।' मुझे गुस्सा तो बहुत आ रहा था पर तब भी मुस्कुरा के मैंने अपना सर हिला दिया।

अब उसके बताये हुए रास्ते पे चलता हुआ मैं आगे बढ़ा। बस थोड़ी ही दूर पे मुझे घरों में जलती हुई रोशनियाँ दिखाई देने लगी। मैंने वहाँ एक आदमी को रोक कर हवेली का रास्ता पूछा तो उसने बताया कि वो हवेली से ही आ रहा था। मेरे पिताजी ने उसे भेजा था स्टेशन पर जाकर ये पता करने के लिए कि मैं कहाँ तक पहुंचा हूँ। मैंने राहत की सांस ली। उसने पूछा कि मैं कहाँ से आ रहा हूँ, मैंने कहा कि मैं जंगल के रास्ते से आया क्यूंकि मैं रास्ता भूल गया था। उसने मुझे थोड़ी देर के लिए घूरा और फिर आगे देखने लगा।

इस गाँव में सब पागल हैं, मैंने सोचा। पर यहाँ चमक थी। बिजली थी। सड़क थी और अभी भी थोड़ी चहल पहल थी 'तो बुढ़ऊ ने काफी काम करवाया है' मैंने मन ही मन कहा।

हवेली मेरे सामने थी। मैंने ऐसी हवेली ऐसे किसी भी गाँव में, अपनी पूरी ज़िन्दगी में नहीं

देखी थी।'पिताजी सच में तो कहीं इसी के लिए नहीं आये यहाँ ?' मेरे मन में फिर से वही सवाल उमड़ा।

हवेली को अभी भी दिवाली की तरह सजाया गया था। बाहर भी काफी भीड़ थी। सब शायद बुढऊ को देखने आये हुए थे। मेरे साथ वाला आदमी मुझे अंदर ले गया। मेरे पिताजी बाहर ही खड़े थे। मुझे आता देख वो मेरी तरफ बढे।

इसके पहले ही मैं कुछ बताता, उन्होंने कहा, "वो मर चुके हैं। हम कल सुबह ही निकलने वाले हैं।"

इतना कहकर वो अंदर चले गए। मैं अभी भी शब्द समझने की कोशिश कर रहा था कि पीछे से एक आवाज़ आई, "अरे! तुम तो भानू के बेटे हो न!"

मैंने पीछे मुड़के देखा। एक बूढ़ी सी औरत मेरी तरफ बढ़ रही थी। ये शायद मेरे पिताजी को जानती थी। मेरे भ्रमित अभिव्यक्ति को नज़रअंदाज़ करते हुए वो मुझे एकटक देखने लगी। उसकी मोतिया होती हुई आँखों में आँसू थे और चेहरे पे मुस्कान।

"बिलकुल भानु पे गए हो। तुम्हारी उम्र में बिलकुल तुम्हारी तरह ही दिखता था। पहली बार आये हो हवेली में, वो भी ऐसे अशुभ मौके पे। भानु तो अब आता भी नहीं। पता नहीं अब क्या होगा!" इतना कहकर वो रोने लगीं।

मुझे अभी भी समझ में नहीं आ रहा था कि मै करूँ तो क्या? तभी मेरे पीछे से वही आदमी जिसके साथ मैं हवेली आया, बोल, "ये इस हवेली में बरसो से हैं, आपके पिताजी को इन्होने ही पाल पोसकर बड़ा किया है।" पर 'बेवजह छुट्टियाँ खराब हो गयी यार!' मैंने मन ही मन सोचा। बस अब कल यहाँ से निकलना था। मैंने उस बूढी औरत को एक झूठी सहानुभूति देते हुए अंदर की तरफ बढ़ा उसने फिर कहा, " बस अगर तुम्हारी बुआ आज होती तो तुम्हारे दादाजी को इतनी पीड़ा न होती मरते वक़्त। काफी तड़पे हैं वो अपनी दोंनो संतानो के लिए। भगवान ऐसी मौत किसी को भी न दे।"

मेरे कदम वही के वही रुक गए। जो मैंने सुना था उसपे मेरा दिल और दिमाग यकीन करने की पूरी कोशिश कर रहा था पर उसे यकीन नहीं हो रहा था। मेरी कोई बुआ भी थी, या हैं, और ये बात मेरे पिताजी ने मुझे कभी नहीं बताई? तो क्या पिताजी के साथ वो अपनी बहन से भी नफरत करते थे? या फिर मेरी बुआ उनसे नफरत करती थी क्यूंकि मेरे पिताजी ने उनके पिताजी को नहीं अपनाया? उस औरत से और जानने के उद्देश्य से मैं

पीछे मुड़ा। वो हवेली की छत को सहारा दिए एक विशाल स्तंभ के नीचे बैठी हुई, अभी भी रो रही थी।

मैंने अपना बैग बगल में रखा और और उनसे उनके सामने बैठकर, एक बच्चे की तरह पूछा, "मेरी बुआ कौन थी?"

उस औरत ने मुझे हैरानी वाली नज़र से देखा और कहा, "हे भगवान! भानू ने तुम्हें तुम्हारी बुआ के बारे में कुछ नहीं बताया? उस बेचारे नें अपने पिताजी से लड़ाई में अपना दिल इतना कठोर बना लिया कि जिस बहन से वो इतना प्यार करता था... ये सब... हे राम...!"

वो और कुछ न कह पायी। पर उसने अभी भी कुछ नहीं बताया था मुझे। मेरे मन में सवालों ने बवंडर मच रख था। मैं अभी रुक नहीं सकता था। मैंने उस औरत को फिर से झकझोरा, "काकी...," मैंने बोला। "मुझे बताईये।" पर उसके मुँह से शब्द नहीं निकल रहे थे।

अब बस एक ही रास्ता था। मैं तेज़ी से पीछे मुड़ा और अपने पिताजी को ढूंढने लगा. किसी ने बताया कि मुनीम और वकीलों के साथ व्यस्त थे। पर मैं अब और इंतज़ार नहीं कर सकता था। मैं पिताजी के कमरे में गया। किसी और हालत में मैं उन्हें कभी परेशान नहीं करता। पर इस बार बात कुछ और थी।

मैं सीधा अंदर गया और उन्हें बाहर आने को कहा। मेरे गंभीर स्वर को वो पहचान गए थे। वो बाहर आये।

मैंने एक ही सांस में सवाल पूछा, "आपके पिताजी का समझ में आता है, पर मेरी बुआ भी हैं, ये बात आपने क्यों कभी नहीं बताई मुझे?"

उनका चेहरा उतर जायेगा, ये मुझे पता था। मैंने उन्हें पहली बार शब्दों के लिए संघर्ष करते देखा था।

पर सैनिक थे वो भी। अपने आप को सँभालते हुए बोले, "क्या जानना चाहते हो? क्या समझना चाहते हो? हाँ , थी हमारी एक बहन... भानुमती ..," वो थोड़ा हिचकिचाए, अपना गला साफ़ किया और फिर बोले, "पर हमारे बाप ने वो भी छीन ली हमसे। बस इतना काफ़ी है तुम्हारे लिए रूद्र। बस ऐसा समझ लो कि ये जो नफरत है हमारी अपने बाप के लिए, बस इसी लिए है कि उस आदमी ने मेरी बहन मुझसे छीनी है। एक पूरी ज़िन्दगी...रूद्र... हमने एक पूरी ज़िन्दगी उस दर्द और खालीपन को जिया है। अब यदि आप चाहतें हैं कि हम वही रास्ता फिर से चलें, तो क्षमा करें, ऐसा नहीं होने वाला है।

आराम करें अब। सुबह निकलना हैं।" और वो फिर अंदर चले गए। मुझे पता था कि अब मैं चाहे कितना भी बोलूं, ये अब मुझे कुछ भी नहीं बताने वाले। पर अब तो मुझे ये जाने बिना चैन नहीं मिलने वाला था कि आखिर ऐसा हुआ क्या था।

अब एक ही चारा था। मैं दोबारा उस औरत के पास गया। वो उसी स्तंभ के सहारे बैठी हुई थी। उन्होंने मुझे आते हुए देख लिया था। मेरे चेहरे पे सवालों के जाल शायद उन्हें दिख गए थे। या शायद वो समझ गई कि मैं क्या पूछना चाहता हूँ। समझती भी कैसे नहीं। मेरे पिताजी को जो बड़ा किया है उन्होंने। उन्होंने मुझे अपने नज़दीक बैठने कहा।

मैंने बैठते ही कहा, "पिताजी से कुछ पूछ के उनके पुराने घाव नहीं खुदेरना चाहता। आप ही कुछ बताये दादी- काकी।"

उन्होंने मुझे बड़े ही दयनीय और उदास भाव से देखा। एक लम्बी सांस ली और अपने धीरे और वृद्ध स्वर में कहा, "भानू ने गलत ही क्या कहा रूद्र। उस बेचारे ने तो अपने जीवन की सबसे कीमती चीज़ खोई है। पर ऐसा नहीं है सिर्फ उसी ने कुछ खोया था। एक बाप ने अपनी संतानें खोयी थीं, एक बहन ने अपना भाई, और एक लड़की ने अपना प्यार।"

"प्यार?" मैंने बीच टोकते हुए पूछा।

"हाँ बेटे। पर पहले तुम्हे तुम्हारी बुआ के बारे में बताते हैं। तुम्हारी बुआ पूरी तरह से तुम्हारी दादी की तरह दिखती थीं। वो तुम्हारी बुआ को जन्म देते ही स्वर्ग सिधार गई। तुम्हारे दादाजी ने दोनों का नाम भानू और भानुमति रखा था। पर तुम्हारे दादाजी उसे प्यार से डब्बी बुलाते थे। और तुम्हारे पिताजी को डब्बू। कभी ये देख के लगा नहीं कि भाई बहनों में तीन साल का फर्क था। धीरे- धीरे मध्रुगढ़ के हर घर में इन्ही दोनों का जिक्र होने लगा। सब इन भाई बहन के प्यार की मिसालें देते थे। वो समय ही कुछ और था। भानू अपने पिताजी पे जान छिड़कता था। पूरा परिवार ख़ुशी से रहता था। भानुमति तो सबकी आँखों का तारा थी। और हर बाप भानू जैसा ही बेटा चाहता था।

फिर समय बदला। तुम्हारे दादाजी चाहते थे कि भानू गाँव की बागडोर संभाल ले, और खेती करे। पर तुम्हारे पिताजी फ़ौज में जाना चाहते थे। तब शायद पहली बार तुम्हारे पिताजी और दादाजी में किसी बात को लेकर अनबन हुई थी। ऐसा नहीं था कि भानू तब भी तुम्हारे दादाजी से प्यार नहीं करते थे। पर भानू का मानना था कि जिंदगी में किसी को क्या करना है, ये फैसला उसका खुद का होना चाहिए। तुम्हारे दादाजी को लगा कि

अगर भानू फौज में चला गया तो वो अपना इकलौता बेटा खो देंगे। और उसी डर को उन्होंने गुस्से में बदल कर अपने भानू को परिवार या ज़िन्दगी में से कुछ एक चुनने के लिए कहा। पर तुम्हारे पिताजी भी काम अड़ियल नहीं थे। स्वाभिमान और गुस्से में वो पूरे अपने पिता पे गए थे। वो गए तो घर छोड़ कर, पर भानुमति के लाख मनाने पर दोनों के बीच में सुलह हो गयी थी। पर उसके बाद जो हुआ, वो न तो हमने सोचा था, न ही गाँव में तब किसी ने।"

"ऐसा क्या हुआ था दादी -काकी?" मैंने पूछा।

"कन्हैया। तुम्हारे दादाजी के लिए मुनीमगिरी करता था। बड़ा ही भला इंसान था वो। तुम्हारे पिताजी के बचपन का दोस्त, और तुम्हारे दादाजी के भरोसे की परिभाषा। ये बात तब की है जब तुम्हारे पिताजी की शादी होने वाली थी। तुम्हारे दादाजी ने पास ही लखनऊ के एक बड़े ही घराने में भानू की शादी पक्की की थी। तुम्हारे दादाजी भानुमति की भी शादी जल्द से जल्द करवाना चाहते थे। जब तुम्हारे पिताजी की शादी हो गयी, तब एक दिन तुम्हारी बुआ की शादी की बात चली।

पर तुम्हारी बुआ को कन्हैया से प्यार था, शायद बचपन से। और तुम्हारे पिताजी ये बात अच्छे से जानते थे। उन्हें इस बात से कोई तकलीफ नहीं थी क्योंकि कन्हैया उनका बचपन का दोस्त था और तीनों साथ ही बड़े हुए थे। भानू को लगा की वो तुम्हारे दादाजी को समझा लेंगे, पर तुम्हारे दादाजी ने पहले ही भानुमति का रिश्ता पक्का कर दिया था, वो खैरना गाँव के ठाकुर के बेटे से। और तुम्हारे दादाजी अपने वचन के पक्के थे।

हुआ वही जिसका डर था। भानू को जब ये पता चला तो उसने अपने पिताजी से इस बात पे काफ़ी बहस की। वो इस बात से गुस्सा था कि तुम्हारे दादाजी ने बिना भानुमति की मर्ज़ी जाने उसकी शादी कही और पक्की करा दी। तुम्हारे पिताजी ने कहा कि जब उनकी मर्ज़ी पूछी गयी थी उनकी शादी के लिए, तो फिर उनकी बहन की क्यों नहीं? पर तुम्हारे दादाजी टस से मस नहीं हुए। मामला और गम्भीर हो गया, जब तुम्हारे दादाजी को कन्हैया और भानुमति के बारे में पता चला।

उस दिन इस गाँव ने तुम्हारे दादाजी और तुम्हारे पिताजी, दोनों को इतने गुस्से में देखा था कि अगर भगवान शंकर भी आ जाते तो शायद उनके गुस्से की बराबरी न कर पाते। पर हुआ वही जो तुम्हारे दादाजी चाहते थे। और ये हुआ तुम्हारी बुआ के कारण। जब तुम्हारे पिताजी ने अपनी बहन और कन्हैया को साथ ले जाने की बात की, तो भानुमति खुद

बीच में आकर अपने भाई को ऐसा करने से मना कर दिया। वो किसी भी हालत के अपने पिताजी की मर्ज़ी के खिलाफ नहीं जाना चाहती थी। वही पल था जब भानू वो लड़ाई हार चुका था। उसने गुस्से में अपने पिताजी से ये कहकर सम्बन्ध तोड़ लिए कि वो इंसान नहीं एक पत्थर है, जिन्होंने अपने रुतबे और झूठी शान के लिए अपने बच्चों का भी घर बर्बाद कर दिया। वो शायद आखिरी बार था, जब तीनों साथ में दिखे थे।

बात उसके अगले दिन की है। पिछले दिन की हुई घटनाओं ने तुम्हारे दादाजी को काफी परेशान कर दिया था। उनका इकलौता बेटा आज उनसे नफरत करने लगा था। उनकी एक ही बेटी थी, जो निचले दर्जे के एक लड़के से प्यार करती थी।

मुझे अच्छे से याद है। तुम्हारे दादाजी ने गुस्से में आकर कन्हैया को गोली मारने का मन बन लिया था। पर तुम्हारी बुआ ने उन्हें कसम दी की वो कभी कन्हैया को देखेगी भी नहीं और जब तक तुम्हारे दादाजी ज़िंदा हैं, वो कन्हैया का नाम तक नहीं लेगी। तुम्हारे दादाजी जैसे भी थे, पर अपनी बेटी से बहुत प्यार करते थे। उन्होंने कन्हैया को हवेली में बुलाया और कसम दी की दोबारा मधुगढ़ में न दिखे।

कन्हैया था तो निचली जात का, पर एक बहुत ही अच्छा इंसान था। इतना कुछ होने के बाद भी तुम्हारे दादाजी के लिए वफ़ादार था। उसने तुम्हारे दादाजी को कसम दी कि जब तक तुम्हारे दादाजी ज़िंदा हैं, वो कभी लौट के इस गाँव में नहीं आएगा। तुम्हारे दादाजी ने कन्हैया को तुरंत गाँव छोड़ने के लिए कहा। भानुमति चाहती थी कि आखिरी बार वो कन्हैया को गाँव के बाहर छोड़ के आये। हम्म 'यही हुआ होगा। बुआ कन्हैया के साथ कहीं भाग गयी होंगी और पिताजी को ये लगता है ऐसा बूढ़ऊ के वजह से हुआ है, तभी वो उनसे नाराज़ है।' मैंने सोचा।

मैं गलत था।

"नहीं। भानुमति और कन्हैया, ये दोनों ही तुम्हारे दादाजी की काफी इज़्ज़त करते थे। वो भागे नहीं।"

"तो फिर क्या बुआ वापस आईं?" उन्होंने मुझे कुछ पलों के लिए देखा और फिर एक पीड़ा भरी आवाज़ में कहा," शिवेंद्र प्रताप, जिस लड़के से तुम्हारी बुआ की शादी पक्की हुई थी, वो भानुमति के जाने के एक घंटे बाद अपने साथियों के साथ आया और तुम्हारे दादाजी को ये खबर दी की भानुमति कन्हैया के साथ भाग गयी। ये खबर सुन कर तुम्हारे

दादाजी को काफी झटका लगा। पहले ही एक लड़का उन्हें छोड़कर जा चुका था और अब भानुमति भी... पर जब ये खबर तुम्हारे पिताजी को पता चली, वो वापस आये।

उन्हें शिवेंद्र बिलकुल भी पसंद नहीं था। और न ही उन्हें उसकी बातों पे यकीन था। तुम्हारे पिताजी समझते थे कि अगर भानुमति और कन्हैया को भागना ही होता तो वो उन्ही के साथ चले आते। तुम्हारे दादाजी कोई भी प्रतिक्रिया देने की हालत में नहीं थे। भानूमती के जाने के बाद वो जैसे टूट से गए थे। भानू ने सारी ज़िम्मेदारी अपने ऊपर ले ली। उसने अपना पूरा समय अपनी बहन को ढूंढने में लगा दिया। हफ़्तों की मेहनत के बाद, शिवेंद्र का ही एक आदमी तुम्हारे पिताजी के पास आया।

वो बदहवासी की हालत में था और काफी बहकी बातें कह रहा था। उसने तुम्हारे पिताजी को बताया कि उसे रातों में नींद नहीं आती। उसे पछतावा था, पर जो हुआ उसमे उसका कोई हाथ नहीं था। तुम्हारे पिताजी ने जब उसे अच्छे से झकझोरा, तब खबर सामने आई कि उस दिन, शिवेंद्र ने भानुमति और कन्हैया को साथ में गाँव के किनारे पर देख लिया था। शिवेंद्र काफी गरम दिमाग का था। उसकी लगा कि भानुमति कन्हैया के साथ भागने का सोच रही है। उसने उन दोनों को वही मार दिया। पर उसके तुरंत बाद जब उसका दिमाग शांत हुआ तो उसे अपनी करनी का दृश्य दिखा। अपनी जान बचाने के लिए उसने कन्हैया को गंगा के तेज़ बहाव में फेंक दिया और भानुमति के शरीर को हमारे ही नलकूप में दफना दिया। पर उसे भी सजा मिली। कुछ समय बाद वो मरा मिला, अपने दोस्त के घर में।"

मैं सुन रहा था। एक एक चीज़ सुन रहा था। पर मैं हाँ वहाँ था नहीं। मेरा दिमाग कल्पना की दुनिया में ये सब होते हुए देख रहा था। एक बेटे को सब कुछ हारते हुए देख रहा था। एक लड़की को अपने प्यार से दूर जाते हुए देख रहा था। अब मैं, अपने पिताजी के दर्द को गहराई से महसूस कर रहा था। मैं अपने पिताजी की काकी को देखे जा रहा था, 'इतना सब कुछ देखा है मेरे पिताजी ने इस घर में ?'

"बस रूद्र," काकी ने आगे कहा। तुम्हारे पिताजी ने जब वो नलकूप खुदवाया तो एक पूरा पहर, अपनी प्यारी सी, मृत भानुमति के आधे गले शरीर को अपने सीने से लगा के रोते रहे। तुम्हारे दादाजी को तो जैसे लकवा मार गया था। पर उस दिन जो इस गाँव ने भानू प्रताप को जैसे बदलते देखा, वैसा बदलाव फिर कभी नहीं आया। उसने अपने पिता को, जिनके लिए कभी वो अपने प्राण तक दे सकता था, भानुमति की लाश देखनी तक नहीं नसीब की। भानुमति का दाह संस्कार तुम्हारे पिताजी ने खुद लिया, और उसमे भी तुम्हारे

दादाजी को सम्मिलित नहीं होने दिया।

मुझे अच्छे से याद है। तुम्हारे पिताजी ने जाने से पहले अपने पिता से कहा था कि उनकी दोनों संतानें मर चुकी हैं, कि वो उन्हें हर चीज़ के लिए माफ़ कर सकते हैं, पर अपनी बहन के लिए नहीं कर सकते। उनकी झूठी शान और इज़्ज़त की बधाई देते हुए, वो ये कसम खा के गए थे कि अब उनके मरने की बाद ही इस घर में कदम रखेंगे, वो भी बस उनके अंतिम संस्कार के लिए।"

काकी ने एक लम्बी सांस ली, "बस रूद्र बेटे... यही है दुख भरी कहानी। बहुत गलत हुआ.... एक परिवार जो पुरे गाँव की मिसाल बन गया था, आज ऐसे होगा...." इतना कह के वो रोने लगी। पर इस बार कुछ अलग था। इस बार मैंने उन्हें झूठी सहानुभूति नहीं दी। इस बार मेरे दिल में दर्द हुआ था। इस बार मेरा गला रुंधा हुआ था। मैं शोक में तो था, पर बुढऊ के लिए नहीं, अपनी बुआ के लिए। उनके बलिदान के लिए, अपने पिताजी के दर्द के लिए। तभी मैंने फैसला किया।

मैंने काकी से पूछा, "दादी- काकी... मुझे अपनी बुआ को देखना है... अभी।"

उन्होंने मुझे मुस्कुराते हुए देखा, अपने आँसू पोछे और मुझे अपने साथ हवेली में ले गयी। दो आँगन पार करके वो मुझे एक बड़े से हॉल में ले गई। हॉल में घुसते ही सामने एक काफी बड़ी तस्वीर टंगी हुई थी।

"रूद्र बेटे, ये देखो, तुम्हारी बुआ...." काकी ने आवाज़ लगायी।

मैंने उनकी दिखाई हुई तर्जनी उंगली पे अपनी नज़र डाली।

मैंने अपनी ज़िन्दगी में बस दो बार डर का अनुभव किया था। पहली बार, जब मैं कारगिल में था, और दूसरी बार अब, जब मैंने एक ऐसी लड़की की फोटो देखी जो, मेरी बुआ थीं, जो बहुत खूबसूरत थीं, और जिनसे मैं अभी थोड़ी देर पहले उस उजड़े नलकूप पे आमने सामने मिल चूका था।

मेरी एक खासियत है। मैं चेहरे कभी नहीं भूलता। और ऐसा चेहरा मैं कभी नहीं भूल सकता था। इतनी ठण्ड में शायद पहली बार मेरे माथे पे इतना पसीना था। मेरा दिमाग सुन्न पड़ चुका था। काकी कुछ कह रही थी, पर मैं सुन नहीं पा रहा था। उस तस्वीर के चार चेहरों में से एक और चेहरा था जो मैंने कहीं देखा हुआ था। मैंने काकी को आवाज़ लगायी और कुछ न समझा पाने से, अपनी तर्जनी से उस चेहरे की तरफ इशारा किया।

काकी ने उस चेहरे को देख के कहा, "अरे ! यही तो है कन्हैया।

'ये कैसे संभव है ?' मैंने सोचा, 'दो लोग जो मेरे पैदा होने के पहले ही मर चुके हैं, मैंने उन्हें न सिर्फ ज़िंदा देखा है, बल्कि उनसे बात भी की है।'

मैं ये सब सोच ही रहा था कि अचानक मुझे सब समझ आने लगा।

मेरी बुआ ने अपने पिता को कसम दी थी जब तक वो ज़िंदा हैं, बुआ कभी भी कन्हैया से मिलेगी और कन्हैया ने कसम खायी थी की जब तक उसके मालिक जिन्दा हैं, वो गाँव में कदम नहीं रखेगा। शायद तभी दोनों बाहर इंतज़ार कर रहे! 'ऐसे कुछ होता भी है या मैं सच में थका हुआ हूँ?' मैंने सोचा। सच जानने का एक ही तरीका था।

मैंने अपना बैग हाल में ही पटका और पूरी फुर्ती के साथ वापस उसी पगडण्डी के सहारे नलकूप के पास गया। मैं समझ गया था कि ये वही नलकूप है, जिसमे बुआ को दफनाया था। अब ये धुंध और अँधेरा मेरा कुछ नहीं बिगाड़ सकते थे। धुंध को चीरता हुआ भाग रहा था। मैं चाहता था, पहली बार दिल से चाहता था की कोई और लड़की हाँ वहाँ बैठी हो।

पर हाँ वहाँ कोई नहीं था।

न कोई आग और न आग की कोई निशानी। न कोई चारपाई और ना ही कोई बोरी। ठंडी हवा मेरी नाक में घुस रही थी, पर मुझे परवाह नहीं थी। मुझे अभी और आगे जाना था। मैं फिर बिना रुके, अपनी टोर्च की रौशनी से सहारे, वापस उसी रास्ते की तरफ दौड़ा, जहाँ से मैं गाँव के लिए अंदर आया था। पर अंत में पहुँचने पर भी कुछ नहीं था। सिर्फ घुप्प अँधेरा और धुंध। मैंने आप पास आग के निशान देखे पर ऐसा लगा जैसे इस जगह पे पिछले कई दिनों से कुछ जला नहीं होगा। हताश और निराश मैं वापस मुड़ा। मेरे हाथ कुछ नहीं लगा था। मैंने अपनी सिगरेट निकाली और मुंह में डाली ही थी की तभी सब पानी की तरह साफ़ हो गया।

उस लड़की ने कहा था कि उसके मंगेतर गाँव के बाहर उसका इंतज़ार कर रहे हैं, और उसके पिता काफी समय से बीमार थे, पर अब ठीक होकर उसके साथ गाँव से दूर जा रहे थे। ठीक होने से उसके मतलब था कि सभी दुःख से निवारण, और वो तभी संभव है अगर एक पीड़ित आदमी अपना शरीर त्याग दे। सोच में डूबा हुआ मैं वापस नलकूप तक पहुंचा।

मैं रुका और मुस्कुराया।

सिगरेट अभी भी जली नहीं थी। मैंने सिगरेट मुंह से निकल के फ़ेंक दी। अब कभी इसकी जरूरत नहीं पड़ने वाली थी। वैसे भी, मैं अपनी बुआ की एक मात्र गुजारिश को मना कैसे कर सकता हूँ।

अब मुझे डर नहीं लग रहा था। मिटटी की भीनी खुशबू, और ओस अब मुझे एक अजीब सा सुख दे रहे थे। मैं खुश था। पर अगले ही पल मैं 'मेरी बुआ अब आज़ाद थीं... वो सभी अब आज़ाद थे । मैंने सोचकर मुस्कुराया।

हवेली में जब मैंने अपने पिताजी को देखा तो इच्छा हुई कि उन्हें ये सब बताऊँ। पर ऐसा करके मैं उन्हें यादों के ऐसे दलदल में ले जाता, जिससे निकलने के लिए उनकी पूरी एक ज़िन्दगी चली गयी। वे अपने पिताजी को कभी माफ़ तो नहीं करेंगे, और ये अपनी जगह पे सही भी हैं। पर मैं अपने दादाजी को माफ़ करूँगा।

वैसे देखा जाये तो मैं कोई होता भी नहीं था उसने बैर रखने वाला। मैं तो उन्हें जानता भी नहीं था। बस एक विरासत में मिली हुई नफरत ही थी उनके लिए जो कई समय तक बाहर आ रही थी।

मैं वापस हॉल में गया। मैंने उस फोटो को एक बार फिर ध्यान से देखा, मुस्कुराते हुए। अब कोई दुःख नहीं था। एक बरसो पुरानी नफरत का हर तरीके से अंत हुआ था आज। मैंने राहत की सांस ली।

इतने सालों बाद अगर इस पर बात की जाये तो आप शायद कहेंगे कि जो मैंने देखा, वो एक इत्तफाक था। या फिर ये कि मुझे भ्रम हुआ था क्योंकि मैं थका हुआ था। पर मुझे अपनी आँखों देखी पे भरोसा है।

क्योंकि मैं ये मानना चाहता हूँ कि एक लड़की ने अपने पिता के मान के लिए अपना प्यार कुर्बान किया। एक नौकर ने अपने मालिक के लिए अपना घर और गाँव छोड़ा। यहाँ तक कि मरने के बाद भी एक दूसरे का सालों तक अपने वचन की मर्यादा में रखकर, इंतज़ार करते रहे। मैं मानना चाहता हूँ कि मेरे दादाजी के वर्षों के पश्चाताप ने अंत में उन्हें अपनी बेटी और बेटे से दोबारा मिलवा दिया था।

हाँ! यही सच है। मेरा सच। उस एक रात ने मेरे जीने के मायने हमेशा के लिए बदल दिए थे।

लेखिका के बारे में

ममता सुनील अग्रवाल इनका जन्म १९६८ में वर्धा, महाराष्ट्र में हुआ। १९९१ वर्ष में संगणकशास्त्र में पदव्युत्तर पदवी परीक्षा में ममता ने मराठवाड़ा विद्यापीठ में प्रथम स्थान प्राप्त किया। इसके बाद ममता ने व्यवस्थापन क्षेत्र में कई अंतर्राष्ट्रीय पदविका प्राप्त कीं। १९९१ में ममता ने मराठवाड़ा विद्यापीठ के संगणक शास्त्र विभाग में व्याख्याता के तौर पर शुरुआत करने के बाद ममता ने अलग अलग कंपनीयों में प्रोग्रामर की पदवी पर काम किया। १९९६ से ममता ने संगणकशास्त्र में अग्रणी "टाटा कंसल्टेंसी सर्विसेस" में अलग अलग पदों पर कार्य कर रही हैं। ममता के पति डॉक्टर हैं और उन्हें दो जुड़वाँ बेटियां हैं।

ममता का "मन से आत्मा तक" यह हिंदी काव्य संग्रह २०१३ में गाजियाबाद के मांडवी प्रकाशन से प्रकाशित हुआ। ममता का "आजोबा भाड्याने देणे आहे" नामक मराठी उपन्यास प्रकाशन के अंतिम चरण में है इसके अलावा ममता हिंदी, मराठी और उर्दू भाषा में कविता, ब्लॉग और कथालेखन करती हैं।

वो कौन है?

– ममता सुनील अग्रवाल

वो रविवार की सुबह थी। सैन फ्रांसिस्को के पाँच सितारा होटल मे एक बड़े से बाल रूम मे एडवांस टेक्नोलोजी पर एक कॉन्फ्रेंस हो रही थी। सुबह से एक के बाद एक प्रेजेंटेशन हो रहे थे और सभी एक से बढ़कर एक। मैं अभिभूत सा था। दोपहर के खाने के पहले एक और प्रेजेंटेशन एक भारतीय महिला का था। नाम कुछ अजीब सा था उसका "सु पैट!" वो स्टेज पर आई। धुंधले प्रकाश मे उसका चेहरा पहचान मे नहीं आया। "आर्टिफ़िशियल इंटेलिजेंस" विषय पर उसका प्रेजेंटेशन शुरू हुआ और हम सब जैसे अपनी कुर्सी से चिपक से गए। अपने विषय पर बहुत अच्छी पकड़ थी उसकी। प्रेजेंटेशन कब खत्म हुआ पता ही नहीं चला। बहुत ही प्रभावशाली तरीके से उसने प्रेजेंटेशन किया था। उसकी आवाज, बोलने का लहजा, एनिमेशन वाली स्लाइड्स और उसका समझाने का तरीका! जबर्दस्त! भोजन के लिए बाहर निकलते वक़्त सभी की यही प्रतिक्रिया थी।

भोजन कक्ष में वह फिर से दिखी। अब उसका चेहरा एकदम स्पष्ट दिख रहा था। उसकी प्लेट मे कुछ सलाद और स्टार्टर थे। कॉन्फ्रेंस के आयोजक और कुछ प्रेजेंटर उसे घेर कर खड़े थे। सभी उसका अभिनंदन कर रहे थे और वो सभी को हँसकर नम्रता से उत्तर दे रही थी। मैं भी कुतूहल से उसकी ओर देख रहा था। अन्तर्मन से कहीं आवाज आई "एक बार मुझे भी उससे मिलना चाहिए।" लेकिन वो अकेली दिख ही नहीं रही थी। फिर मैंने खयाल छोड़ दिया।

जाने दो, देर हो जाएगी! ये सोचकर मैं भी अपने भोजन की थाली परोस कर एक कुर्सी पर बैठकर खाने लगा। मुझे खाते हुए पाँच मिनट ही बीते होंगे, तभी "मे आय जॉइन यू?" कहते हुये किसी ने मेरी पीठ पर थपकी दी। पराए देश मे कौन मुझे पहचानने लगा ये सोच मैंने पीछे मुड़कर देखा तो थोड़ा चौंका। "वो" ही थी। कुर्सी पर बैठते हुये उसने पूछा "तुम विवेक बारलिंगे हो न?" कहते हुए वो मेरे पास वाली कुर्सी पर बैठी। मैं बुरी तरह से चौंका। पश्चिमी फॉर्मल सूट पहनी हुई, नक्षशिकांत स्मार्ट दिखनेवाली वो औरत मुझे मेरे नाम सहित "तुम" कहकर बात कर रही थी।

"पर आप ... मतलब तुम ... " मैं पहचानने की कोशिश करके उससे कुछ पूछता, उससे

पहले ही वो बोल पड़ी, "अरे मैं, सुनंदा पटवर्धन. खामगाव मे फर्स्ट इयर मे हम लोग एक ही क्लास मे थे। कुछ याद आया?"। यादों के झरोखों से एक चेहरा चमक उठा। लेकिन ये "वो" कैसे? मैं सोच मे था तभी किसी ने उसे आवाज दी और वो "लेट अस मीट इन द इवनिंग" कहते हुये मुझे बाय का इशारा करके चली गयी।

और में अतीत के गलियारों मे चला गया। सुनन्दा हमारे क्लास की सबसे होशियार लड़की थी। पर उसके बहुत कम ही कोई दोस्त सहेली थे। मैं तो उसकी मित्र सूची में भी नहीं था। वह हमेशा साधारण से सूती सलवार कुर्ता पहनती, उसपर तेल लगाकर बनाई हुई दो लंबी चोटी, बिना किसी मेकअप के, पैरों में स्लिपर पहनकर एक पुरानी सी खटर- खटर साइकल पर कॉलेज आती थी। बहुत कम बोलने वाली और अपने काम से काम रखनेवाली लड़की थी वो। पास ही की किसी निम्नस्तर सोसाइटी मे रहती थी ऐसा किसी ने बताया था। हम जैसे मस्ती मे डूबे रहने वाले और क्लास बंक करने वाले छात्रों का अलग ही ग्रुप था। कभी सिनेमा कभी पिकनिक तो कभी कुछ और। लेकिन वो लेक्चर खत्म होने के बाद हमेशा लाइब्रेरी में जाती और फिर वहाँ से सीधा घर। खाना भी घर से एक स्टील के टिफिन में लाती और क्लास में ही खा लेती। उसे कभी भी कैंटीन या सिनेमा जाते नहीं देखा। उसकी कोमल नजर थी मुझ पर ऐसा मुझे कई बार एहसास हुआ था पर मैंने कभी उसकी तरफ ध्यान ही नहीं दिया। प्यार के बारे मे सोचना तो बहुत ही दूर की बात थी। वो मुझसे कभी कुछ बात करती, तो भी मैं हमेशा उससे बात करना टालता रहता।

साल पूरा होने को आया तब प्रैक्टिकल बुक पूरी करने की चिंता हुई। दोस्तों ने कहा अगर सुनन्दा की बुक मिल जाये तो काम बन जाएगा। मुझे भी दोस्तों की बात सही लगी। उनके लिए न सही लेकिन खुद के लिए तो मैं सुनन्दा से बुक मांग ही सकता था। मैं इसी कोशिश में लग गया। उस दिन मैं दोस्तों के साथ सिनेमा न जाकर लाइब्रेरी गया। उसके सामने की कुर्सी पर बैठकर पढ़ाई करने का झूठा ढोंग करने लगा। दो तीन दिन इसी तरह गुजरे। उसने मुझे देखा पर कुछ बोली नहीं। बस अपनी पढ़ाई करती और निकल जाती। एक दिन मैंने उससे बात की और बुक मांग ली। थोड़ी सी ना नुकुर के बाद दो दिन की मुहलत देकर उसने मुझे अपनी प्रैक्टिकल बुक दे दी। बहुत ही सुंदर अक्षरों मे सलीके से बनाई हुई। हालांकि दो दिन कहने के बावजूद मैंने लिखने मे देर लगाई और दस दिन होने के बाद भी मैंने उसे उसकी बुक वापस नहीं दी। आखिर उस रविवार को वो अपनी सायकल से अचानक मेरे घर आ गयी। मैं एकदम घबरा गया। पता नहीं क्या कहेगी और घर वाले

क्या सोचेंगे। वो घर मे आई। माँ और पापा को सलीके से चरणस्पर्श किया और नम्रता से अपने आने का कारण बताया। लेकिन मेरी बुक तो अब तक कोरी ही थी। कल देता हूँ कहते कहते भी वो अपनी बुक लेकर चली गई। जाते- जाते उसने बहुत गुस्से से मुझे देखा। मुझे समझ नहीं आ रहा था कि क्या करूँ। माँ पिताजी भी उसकी तारीफ कर रहे थे।

दो दिन बाद मंगलवार को उसने मुझे लाइब्रेरी मे मिलने के लिए बुलाया। कुछ झिझकते हुये ही मैं गया। उसने एक नयी प्रॅक्टिकल बुक मुझे दी। सुंदर अक्षरों मे पूरी लिखी हुई। उस बुक पर सुंदर सा कवर चढ़ा था और लेबल पर मेरा नाम लिखा था। उसकी आंखे देर रात जागकर लिखने से शायद सूजी हुई थी। मैं कुछ कहता उसके पहले ही वो बिना कुछ बोले चली गयी। उसके बाद कॉलेज बंद हो गया और हम सीधे परीक्षा के केंद्र पर ही मिले। वो हमेशा परीक्षा के पहले किताबों मे उलझी रहती। पूरी परीक्षा खत्म हो गयी लेकिन मैं न उससे मिल पाया न कुछ बोल पाया। उस प्रॅक्टिकल बुक की वजह से मुझे विषय मे अच्छे मार्क मिले थे और मैं उसे धन्यवाद भी नहीं कह पाया।

उसके बाद मेरे पिताजी का ट्रांसफ़र औरंगाबाद हो गया और हमारा शहर बदल गया। गर्मी की छुट्टियाँ थी और उस वक़्त मोबाइल का जमाना नहीं था। बल्कि फोन भी बहुत मुश्किल से किसी के पास होता। मैं खास किसी को कुछ बता नहीं पाया।

उसके बाद सुनन्दा आज मेरे सामने थी.... पर इतना बदलाव? मैं अचंभे मे था। न आँखों को भरोसा हो रहा था, न कानों को।

"अरे हो कहाँ तुम?" कहकर फिर वो सामने आई और लगभग खींच कर ही वो मुझे अपनी कार मे ले गयी। कार निकालकर सीधे एक लाउंज मे ले गयी। मुझसे पूछे बिना मेरी पसंद का नाश्ता और जूस लेकर आई। मैं अचंभे मे था लेकिन पूछा नहीं।

इधर उधर की बातें करते करते हम लोग फिर अतीत मे पहुंचे और मैंने उसे इस बदलाव के बारे मे पूछा। उसने बताया "जिस साल तुम कॉलेज छोडकर गए, उसी गर्मी की छुट्टी में मेरे पिताजी चल बसे। किसी तरह ट्यूशन पढ़ाकर और घरों में काम कर के मैंने अपना ग्रेजुएशन पूरा किया। पर उसके बाद गरीबी के मारे पढ़ाई छूट गयी। घर मे आर्थिक सहयोग की जरूरत बढ़ गयी। जल्दी ही भाई ने अपनी आर्थिक परिस्थितिनुसार सगाई कर के मेरा विवाह कर दिया। साथी चुनने की छूट नहीं थी मुझे। पति खूब शराब पीता था। किसी न किसी वजह से मुझे मारता। वो पढ़ा लिखा नहीं था इसलिए वो हमेशा मुझे अपमानित करने का बहाना ढूँढता रहता। विवाह के एक साल के भीतर ही मुझे एक

लड़का हुआ। उसके बाद एक दिन अचानक शराब पीकर सड़क पर झूमते हुये वो एक ट्रक से टकराया और अपने प्राण जगह पर ही त्याग दिये। तब मेरा बेटा 2 साल का था।“

“फिर अब यहाँ कैसे? तुम में इतना बड़ा बदलाव? ये सब कैसे हुआ?” मैंने पूछा।

“अरे, अब मैं और मेरा बेटा अकेले बचे थे। भाई की कमाई भी सीमित और अब उसका परिवार भी था। कब तक उनके भरोसे रहती। जीने के लिए कुछ करना तो जरूरी ही था न। फिर कुछ इधर उधर काम कर के और थोड़ी भाई की मदद से एक कम्प्युटर कोर्स किया। बहुत कोशिश के बाद एक छोटी सी कंपनी के कम्प्युटर डिपार्टमेंट में नौकरी लगी। इसी नौकरी के दम पर थोड़ा और ज़ोर लगाया, बैंक से एक छोटा लोन लेकर कम्प्युटर का एडवांस कोर्स किया। उसी क्लास की प्लेसमेंट सेल की मदद से एक मल्टीनेशनल कंपनी मे मेरा डायरेक्ट सेलेक्शन हो गया। मेरा काम अच्छा था और मनोबल भी। मेरी लगन की वजह से जल्दी तरक्की हो गयी। उस वक्त अमेरिका मे भारतीय आईटी के लोगों की बहुत डिमांड थी। एक साल के अंदर ही मेरी लगन तो देखते हुये कंपनी ने मुझे ऑन साइट भेजा। कंपनी की तरफ से ही पर्सनलिटी डेवलपमेंट का कोर्स हुआ। अब तीन साल से यहीं रिसर्च कर रही हूँ।”

“ओ माय गॉड ... इतना सब कुछ हो गया तुम्हारे साथ और फिर भी इतना आत्मविश्वास... यकीन नहीं होता!” मैंने कहा।

“ज़िंदगी सब कुछ सिखा देती है, विवेक!” उसने जूस का सिप लेते हुये कहा।

“और तुम्हारा बेटा? वो कहाँ है?”, मैंने पूछा।

“अभी मेरा बेटा लोनावला के एक बोर्डिंग स्कूल में है” उसने बताया।

“अब आगे क्या इरादा है?”

“आगे कुछ खास नहीं। तीन चार महीने मे मेरा ये प्रोजेक्ट पूरा होगा। फिर वापस मुंबई जाऊँगी। तब तक बेटे की प्रायमरी की शिक्षा पूरी हो जाएगी। फिर उसे भी बोर्डिंग स्कूल से निकाल लूँगी और हम दोनों साथ रहेंगे।”

इतनी मितभाषी सुनन्दा एक मुलाक़ात मे ही कितना कुछ बोल गयी... “हे भगवान!” “ मेरे मुँह से निकला।

“अरे, मुझसे ही पूछते रहोगे या अपने बारे में भी कुछ कहोगे। मैं भी सच मे पागल हूँ

सिर्फ अपने बारे मे ही बोलती रही। तुम अपने बारे मे बताओ, यहाँ कैसे ?" उसने पूछा।

मैं भी उसके साथ हँसा। "अरे मेरे बारे मे बताने को भी कुछ नहीं" मैं बोला "खामगाव से पापा का ट्रान्सफर होने के बाद हम औरंगाबाद आ गए। वहाँ इंजीनियरिंग ग्रेजुएशन पूरा करने के बाद कैट की परीक्षा दी और आय आय एम मे चुन लिया गया"। दिल्ली में रहकर MBA किया। उसके बाद कैम्पसमें ही बंगलोर की एक आयटी कम्पनी में नौकरी लग गयी। पिछले पाँच सालों से बंगलोर में हूँ। यहाँ भी पिछले रविवार को ही कम्पनी के एक क्लाइंट के काम से शार्ट टर्म असाइनमेंट पर आया हूँ। । प्रोजेक्ट "इन्टरनेट ऑफ़ थिंग्स" पर है इसलिए मेरे क्लाइंट ने ही मुझे इस कॉन्फ्रेंस के लिए नॉमिनेट किया। अच्छा हुआ, तुमसे मुलाक़ात हो गयी। नहीं तो इस पराए देश मे मैं सच में उकता जाता।"

और बाकी विवाह वगैरह? उसने पूछा।

"नहीं किया अब तक। कोई मिली नहीं, मन लगे वैसी। अब पापा नहीं रहे। पिछले साल हार्ट अटैक से चलते रहे। माँ पीछे पड़ी रहती हैं, टिपिकल माँ जैसी। कब तक पराए शहर मे अकेला रहूँगा। अब विवाह कर लो। हर हफ्ते तसवीरों का एक लिफाफा आ जाता है। अब उनसे क्या कहूँ?" मैंने कहा।

नाश्ते का बिल उसी ने दिया। "अगले रविवार क्या कर रहे हो? कुछ पक्का नहीं हो तो मेरे घर आना। दोपहर मे जल्दी आओगे तो कहीं घुमाने भी ले चलूँगी। रात का खाना साथ खाएँगे मेरे घर।" उसने कहा और मैंने बिना कुछ सोचे समझे सकारात्मक गर्दन हिला दी।

उसने मुझे कार से होटल तक छोड़ा। कमरे में पहुंचा पर वह नजर के सामने से हटती नहीं थी। मन की अच्छाई और आत्मविश्वास इंसान को कितना खूबसूरत बना देता है, इस बात पर मुझे कभी भी भरोसा नहीं आता अगर मैं सुनन्दा को आज नहीं मिला होता। मन में उसके ही विचार चल रहे थे। प्रोजेक्ट के काम करते- करते भी वही नज़र के सामने आ जाती। लगता जैसे सामने खड़ी रहकर वो मुझे ही निहार रही है। क्या जाने क्या हुआ था मुझे। जो लड़की कॉलेज मे साल भर मेरे साथ थी, जिसे मैंने कभी नजर भर भी देखने की जरूरत नहीं समझी आज वो हर वक़्त मेरे ख़यालों में थी। इतवार कब आएगा और कब मैं उससे मिलूँगा, बस यही गिन रहा था मैं।

किसी तरह रविवार का दिन निकला। उसके यहाँ जाने के पहले मैंने कई बार कपड़े बदले, कोई दस बार बाल सँवारे। दोपहर होने के पहले ही होटल से निकल गया। डी मार्ट में

जाकर उसके लिए एक छोटा सा गिफ्ट खरीदा, कुछ गुलाब और अचानक ज्वेलरी शॉप में भी घुस गया। सब कुछ लेकर बटुए की इजाजत नहीं होने पर भी टैक्सी ली और उसके घर पहुंचा। वो भी तैयार थी। शायद वो भी इंतजार कर रही थी। एक छोटा सा सुंदर घर था उसका। कोई ज्यादा फर्नीचर नहीं। कॉफी पीकर हम निकले। वह सैन फ्रांसिस्को के आस पास की बहुत सारी जगहों पर ले गयी। शाम को आठ बजे हम घर पहुंचे। उसने खाने की काफी सारी तैयारी पहले ही कर रखी थी। सादा भारतीय खाना बनाया था। उसने खाना गरम किया और ताजे फुल्के बनाकर लायी। हम दोनों ने खाना खाया।

थोड़ी देर बातचीत करने के बाद मैंने विदा लेने की बात कही। "दो मिनट रुको, कहकर वो अंदर गयी।" बाहर आई तब उसके हाथों मे एक छोटी सी एम्ब्रोयडरी की हुई थैली थी। उसने वह मेरे हाथ में दी। मैंने खोल कर देखा तो उसमे मुझे मेरा कॉलेज लाइब्रेरी का आइडेंटिटी कार्ड, मेरा रुमाल और एक पेन था। ये उसी दिन खो गया था जिस दिन मुझे सुनन्दा ने प्रॅक्टिकल बुक दी थी। प्रॅक्टिकल बुक मिल गयी थी इसलिए मैंने भी कुछ खास ध्यान नहीं दिया था। ढूँढने की कोशिश भी नहीं की थी। कदाचित लाइब्रेरी में ही भूल गया था। लेकिन सुनन्दा ने उसे अब तक इतना संभाल कर रखा था, ये उस खूबसूरत थैली को देखकर ही समझ मे आ गया था। मैंने उसकी तरफ देखा लेकिन वो मुझसे नजर चुराने की कोशिश करने लगी।

मैं उसके पास गया और उसके चेहरे को हथेली में लेकर उठाया। उसने नज़र उठाकर मेरी तरफ देखा। उसकी आँखों के आँसू वो सब कुछ कह गए, जो उसकी ज़ुबान कह नहीं सकी थी। मैंने उसकी आँखों को चूमकर उसके आँसू पी लिए और अपनी जेब से डब्बी निकाल कर उसकी उंगली मे अंगूठी पहना दी।

देर रात को होटल मे पहुंचा तो मैं बहुत खुश था। पहुँच कर सीधा माँ को फोन लगाया और बोला, "माँ, इस बार मैं तुम्हें एक बड़ा सरप्राइज़ दूंगा!"

लेखिका के बारे में

आकांक्षा लखनऊ से हैं और लखनऊ जैसी ही हैं। जिस तरह लखनऊ बस एक शहर न होकर ज़िंदगी की हर रेसिपी का जीता-जागता स्वाद है उसी तरह आकांक्षा की लेखनी में भी हर तरह का रंग मिल जाएगा। वो कभी प्यार लिखती हैं तो कभी तकरार लिखती हैं। कभी क़ाग़ज़ पर खुशी के रंग छिटकती हैं तो कभी कलम से डर की स्याही भी उड़ेल देती हैं। कभी अपने सपनों को पंख लगाती हैं तो कभी उन्हीं सपनों को ओढ़कर चैन की नींद सो जाती हैं। उन्होंने पहली बार कब कुछ लिखने के लिए कलम उठाई थी ये तो उनको भी शायद ठीक-ठाक याद नहीं है तो कह सकते हैं कि जब से होश संभाला है, कुछ न कुछ गढ़ ही रही हैं, या तो डायरी के पन्नों पर या फिर मन के पन्नों पर। वो चाहें किसी पहाड़ की चोटी पर हों या किसी सागर की शांत पड़ी लहरों को निहार रही हों, रचनाओं का ये सृजन अनवरत चलता रहता है। इसी सिलसिले की एक कड़ी है ये कविता/कहानी जो अब आपके हाथों में है।

चौकीदार

– आकांक्षा त्रिवेदी

जी हमारा नाम हैं, मनोहरलाल गुप्ता। हम यहाँ इस सोसाइटी के चौकीदार हैं। परिवार हमारा गाँव में रहता है। हम यहाँ अकेले रहते हैं। 10 साल हो गए अब तो गाँव से दूर रहते हुए। लोग बहुत भले हैं इस शहर में।

सारे साहब- मेमसाहब लोग आते- जाते वक्त हालचाल पूछते हैं हमारा। हमने भी कभी किसी को शिकायत का मौका नहीं दिया। सच कहें तो हम खुश हैं यहाँ। बस कभी- कभी घर बहुत याद आता है।

बाहर चारपाई पर बैठी हुई अम्मा, रसोई मे खाना बनाती हुई हमारी पत्नी सुमन और पढ़ाई करती हुई हमारी बेटी पिंकी। सबके चेहरे याद आते ही आँखें भर जाती हैं। अब आप भी कहेंगे मनोहर, यह कौन सी बातें लेकर बैठ गये। अब हम भी क्या करें साहब, इतनी लम्बी रात, अब जागते हुए भला काटें भी कैसे। तो जो कोई भी मिलता है उससे दुख दर्द बाँट लेते हैं। चलिए, आपको एक मजेदार किस्सा सुनाते हैं। पिछले साल यहाँ एक चोरी हुई थी। हमने पूरी कोशिश की थी उन चोरों को रोकने की। पर उनके पास तरह- तरह के हथियार थे साहब। उनमें से एक ने हम पर गोली चला दी। उसके बाद का तो हमें कुछ याद नहीं साहब। जब आँख खुली तो देखा अम्मा और सुमन ज़ोर ज़ोर से रो रही हैं। थोड़ा और नज़दीक गये तो देखा हूबहू हमारे जैसा दिखने वाला कोई लेटा हुआ है, सफेद चादर मे लिपटा हुआ। जैसे वह लाश को लिटाते हैं न बिल्कुल वैसे। हम पूछते रहे सबसे, पर हमे कोई सुना नहीं। थोड़ी देर बाद कुछ आदमी आये, उसे ले गये और जला दिये। अम्मा, सुमन, पिंकी कोई हमें नहीं सुन पा रहा था। तबसे हम यहीं रहते हैं इसी सोसाइटी में और आपके जैसा कोई भला आदमी मिल जाए तो मन हल्का कर लेते हैं। अब हम भी क्या करें साहब, इतनी लम्बी रात, अब जागते हुए भला काटें भी कैसे! अरे साहब, आप कहाँ जा रहे हैं? अरे, भाग क्यों रहे हैं? संभलकर जाइयेगा इस शहर में लोग बिलकुल भी भले नहीं हैं।

लेखक के बारे में

प्रीत के वाधवानी - आज की पीढ़ी का नवयुवक जो अपने विचारो से आज की पीढ़ी को नई दिशा देने वाला एक नौजवान लेखक है। सेवा –सम्मान की भावना के साथ वे आध्यात्मिक संकुल से जुड़, काफी वक़्त से अपनी सेवा प्रदान कर रहे है। आपने अपनी इस छोटी सी आयु में 'स्टोरीमिरर' के माध्यम से साहित्य में पदार्पण किया है और AUTHOR OF THE YEAR घोषित किए गए हैं। फरवरी वीक (WEEK) में भी आप विनर रहे है। "थार एक्सप्रेस" में भी आपकी प्रतिभा झलक रही है। 12वी कक्षा की परीक्षा के साथ अपने उच्च विचारों से बहुप्रतिभाशाली मापदंड के साथ वे आज की नव युवा पीढ़ी के लिए एक आदर्श समान है। शब्दों को देह स्वरुप देकर अपने विचारों को लिए आपके सामने "प्रीत" उपस्थित हुए है।

पुराने दिन और आज का समय

– प्रीत वाधवानी

पुराना युग बनाम नया युग बनाम वर्ष 2021

परिचय।।यह कहानी पुराने युग, नए युग और वर्तमान वर्ष 2021 के बीच की तुलना है। यह कहानी तीन भागों में विभाजित है।

भाग 1- पुराना युग

भाग 2- नया युग

भाग 3- वर्तमान वर्ष 2021

पुराने युग का परिचय (भाग 1)

पुराने जमाने में प्रदूषण नहीं था। अधिक पौधे और पेड़ थे। वातावरण स्वच्छ था। पुराने जमाने के लोग एक दूसरे की मदद कर रहे थे और एक दूसरे से काफी जुड़े हुए थे। उस युग में लोग पर्यावरण से भी जुड़े थे। हम राजू नाम के लड़के की डेली लाइफ देखेंगे।

भाग 1

राजू 8 साल का लड़का था जो अहमदाबाद में अपने माता-पिता के साथ रहता था। रोज सुबह जल्दी उठकर गुरुकुल चले जाते थे। वह सभी के साथ सम्मान से बात करता था और हमेशा सभी को सम्मान देता था। गुरुकुल में उनके गुरु उन्हें हमेशा पर्यावरण का महत्व समझाते हैं और पर्यावरण को स्वच्छ रखने की बात कहते हैं। राजू हमेशा अपने गुरु के निर्देशों का पालन करता था। वह अपने माता-पिता की हर चीज में मदद करता था। दिन में दो बार भगवान से प्रार्थना भी करता था। रोज शाम को राजू अपने दोस्तों के साथ गार्डन में खेलता था। और प्रतिदिन रात में वह अपने माता-पिता के साथ बात करता था और उनके साथ समय बिताता था। उसके माता-पिता उससे प्यार करते थे और उसके दयालु स्वभाव के कारण उससे बहुत खुश थे। वह हमेशा पौधे लगाता था। वह शांतिपूर्ण वातावरण और अद्भुत प्रकृति में अपने जीवन का आनंद लेता था।

नए युग का परिचय (भाग 2)

नए युग में बहुत अधिक प्रदूषण था। उस युग में बहुत सारे पेड़ काटे गए थे। उस जमाने में

लोग अपने जीवन में व्यस्त थे। वे अपने मोबाइल और काम में व्यस्त थे।

भाग 2

राजू अब नए युग में 16 साल का था और उसे राजेश नाम से पुकारा जाता था। रोज उसकी मां उसे जगाती थी और वह स्कूल जाता था। पूरा दिन वह मोबाइल में ही व्यस्त रहता। यहाँ तक कि खेल भी वह मोबाइल में ही खेलता था और बाहर नहीं जाता था। उसके माता-पिता भी उसकी मदद करने या अपने दोस्तों के साथ खेलने का अनुरोध करते थे लेकिन वह अपने माता-पिता की बात नहीं सुनता था और अपने दोस्तों के साथ मोबाइल पर ही खेलता था। वह अपना समय अपने माता-पिता के साथ नहीं बिताता था। वह अपना स्कूल का काम नहीं करता था। शिक्षक भी उसके शैक्षणिक प्रदर्शन से संतुष्ट नहीं थे। राजेश (राजू) के माता-पिता भी उसके व्यवहार से संतुष्ट नहीं थे। उसके माता-पिता ने उसे कई बार समझाया कि उसे अपनी पढ़ाई पर ध्यान देना चाहिए और आउटडोर गेम भी खेलना चाहिए लेकिन उसने कभी नहीं सुना। वह अपने घर को साफ नहीं रखता था। उसके इस व्यवहार से उसके माता-पिता बहुत परेशान थे।

वर्ष 2021 का परिचय

अब महामारी कोविड 19 है जिसने हजारों लोगों के जीवन को तबाह कर दिया है। लॉक डाउन चल रहा है। और बहुत सारी आर्थिक समस्याएं हैं। लोग ऑक्सीजन और इंजेक्शन की तलाश में हैं। लोग अपने जीवन में बहुत परेशान रहते हैं।

भाग 3

लॉकडाउन में राजेश (राजू) काफी परेशान हैं। उन्होंने 1-2 दिन मोबाइल के साथ और फिल्में देखने का आनंद लिया लेकिन अब वह ऊब और परेशान महसूस कर रहा है। स्कूल बंद हैं और कक्षाएं ऑनलाइन चल रही हैं। उसे ऑनलाइन क्लासेज पसंद नहीं आ रही हैं। अब वह बाहर जाना चाहता है लेकिन नहीं जा सकता। उसने अपने दोस्त से भी बात की कि वह उससे मिलना चाहता है और उसके साथ खेलना चाहता है लेकिन लॉकडाउन के कारण वे नहीं मिल सकते। उसका दोस्त भी कोविड और लॉकडाउन की वजह से बोर और परेशान था। राजेश (राजू) को घर में रहना पसंद नहीं है और अब उसे मोबाइल भी पसंद नहीं है। वह सोच रहा है कि क्या किया जाए। वह अपनी समस्याओं को लेकर अपने पिता के पास गया। उसने अपनी परेशानी अपने पिता से साझा की। उसके

पिता ने उसे बताया कि पिछले जमाने में वह सिर्फ मोबाइल में ही अपना समय बर्बाद करता था। और लोग अपने कामों और मोबाइल में ही लगे रहे। लोग अपने परिवार के साथ समय नहीं बिता रहे थे। उनके पिता का कहना है कि आखिरी बार लोगों ने परिवारों के साथ समय कब बिताया था?

अब समय आ गया है कि हम सभी अपना समय परिवारों के साथ बिता सकें। राजेश (राजू) के पिता ने भी उसे समझाया कि लोगों ने नए युग में पर्यावरण को बहुत नष्ट कर दिया है और दुनिया में बहुत प्रदूषण है इसलिए प्रकृति एक तरह का बदला ले रही है। उनके पिता कहते हैं कि हमने कब साफ आसमान और साफ सड़कें देखीं? तो हमें भी सकारात्मक तरीके से सोचना चाहिए। अगर हम सकारात्मक सोचेंगे तो ईश्वर हमें हर समस्या का समाधान निकालने की ऊर्जा देगा। हमें अपने घर और आसपास को साफ रखना चाहिए और अपने पर्यावरण को खराब नहीं करना चाहिए। हमें अधिक से अधिक पौधे लगाने चाहिए। हमें भी एक दूसरे की मदद करनी चाहिए और परिवारों और रिश्तेदारों के साथ ज्यादा से ज्यादा समय बिताना चाहिए। हमें अपने काम, मोबाइल और परिवार के बीच संतुलन बनाना चाहिए।

परिवार अधिक महत्वपूर्ण है। हमें अपने जीवन में सफल होने के लिए कड़ी मेहनत करनी चाहिए। हमें हमेशा सकारात्मक सोचना चाहिए। राजेश (राजू) मुस्कुराते हुए कहते हैं कि मैं समझ गया और मैं इन सबका पालन करूंगा। उस दिन से राजेश अपने माता-पिता के साथ समय बिता रहे हैं और उनकी मदद भी कर रहे हैं। अब वह अपने आसपास साफ-सफाई रख रहे हैं। उन्होंने अपने घर के बाहर अपने बगीचे में एक पौधा भी लगाया है। अब वह पढ़ाई में मेहनत कर रहा है। अब वह एक बार फिर अपनी जिंदगी का लुत्फ उठा रहा हैं और माता-पिता भी उससे खुश थे।

जीवन के लिए सबक.. हमें हमेशा सकारात्मक सोचना चाहिए।अपने आसपास और पर्यावरण को स्वच्छ रखें। हमें हमेशा अपना समय अपने परिवार के साथ बिताना चाहिए और हमेशा एक दूसरे की मदद करनी चाहिए। खुश रहें और सुरक्षित रहें।

लेखक के बारे में

गौरव खुल्लर पेशे से एक स्नातकोत्तर इंजीनियर हैं एवं केंद्रीय सेवा में कार्यरत हैं। वह एक बेहद ही सरल लेखक हैं। उन्हें कविताएं और कहानियां लिखने में विशेष रुचि है। उनकी कविता "आ रहा हूँ मां मैं तेरे प्यार के लिए" ऑल इंडिया पोएट्री कंपटीशन में विशेष रूप से चुनी गई थी। उनकी कई कृतियां स्टोरीमिरर पर प्रकाशित हुई हैं। उन्हें देशप्रेम और प्रेरणात्मक कविताएं बेहद प्रेरित करती हैं। लेखन के अतिरिक्त गौरव को नई जगहों पर भ्रमण करना और साहसिक कार्यों का अनुभव करना पसंद है।

वो खूबसूरत आँखें

– गौरव खुल्लर

"दादी मां जल्दी आओ", ज़ोर से कहा था छोटी सी अनिका ने। बुला रही थी वो सबके साथ एक फोटो खिंचवाने के लिए।

"ये दादी को सुनता ही नहीं है। पता नहीं, उन्होंने कान की मशीन लगाई है कि नहीं? जा अनिका, थोड़ा जोर से पास जाकर बोल जल्दी आने के लिए!" अनिका के पापा ने कहा।

पर दादी कहाँ सुनने वाली थी। उन्होंने कभी किसी की नही सुनी थी अपने जीवन में। वो तो बस आराम से शीशे के सामने बैठ कर अपने बालों में कंघी कर रही थी। तभी छोटी सी अनिका आई दौड़ते हुए और पूरा हिला दिया दादी को। कहा। "दादी, जल्दी चलो फोटो खींचनी है। फोटोग्राफर इंतज़ार कर रहा है"।

"उसी के लिए तो कंघी कर रही हूँ हूँ। तेरे पापा को लगता है कि मुझे कुछ सुनाई नहीं देता। पर मैं सब सुन लेती हूँ। मुझे पता है कि फोटोग्राफर आया है, मेरी तस्वीर हमेशा खूबसूरत ही आनी चाहिए।"

उधर अनिका के पापा थोड़े बेचैन हो रहे थे और मन में सोच रहे थे कि इस उम्र में भी सबसे ज्यादा समय लेती है मम्मी। पर दादी को कहाँ किसी बात से फर्क पड़ रहा था। वो तो सिर्फ काम की बातों को ठीक से सुनती थी और बाकी बातों के लिए उनके कान ऊंचा सुनते थे। सब परेशान हो रहे थे और कब से तैयार होकर दादी का इंतजार कर रहे थे।

आखिर दादी आ ही गई तैयार होकर और तस्वीर खिंच गई। दादी ने हर तस्वीर पूरे अंदाज से खिंचवाई। जैसा उन्होंने पूरी उम्र भर किया था। तस्वीर में उम्र का तकाज़ा तो बाकी घर वालों पर दिख रहा था। वो अस्सी साल की आँखें आज भी बेहद खूबसूरत लग रही थी और तस्वीर में सबसे सुंदर बस दादी ही लग रहीं थीं।

लेखिका के बारे में

खुशी, योगा और नेचुरोपैथी थैरेपिस्ट एवं प्रशिक्षिका हैं लेकिन दिल से लेखिका हैं। विज्ञान की छात्रा रह चुकी खुशी ,भाषा के प्रति अपने लगाव की वजह से हिंदी में पोस्ट ग्रेजुएशन कर रहीं है। लेखन में विशेष रुचि रखने वाली खुशी ने योगा से संबंधित लेख भी लिखे है जो अलग- अलग जगहों पर प्रकाशित हुए हैं। नियमित ब्लॉग लिखना, लोगो को अपने स्वास्थ्य के प्रति जागरूक करना, अलग- अलग जगह की यात्रा करना, बागवानी करना और अपने देश की संस्कृति से जुड़ी कलाकारी को प्रोत्साहित करना उन्हें आत्मसंतुष्टि देता है।

खुशी का मानना है कि लेखनी अपनी बात आसानी से दूसरों तक पहुंचाने का सबसे सशक्त माध्यम है।

काश ! सच हो जाए ये सपना

– खुशी किशोर

आँख खुलते ही घड़ी पर नजर गई तो सुबह के छ: बज चुके थे। तापसी पलंग के पास लगे बटन को दबा, दोनों बच्चो को प्यार से जगाने लगी। चार साल की रिया और छ: साल के ताशु ने तापसी के गले में बांहे डाल दी। गुड मॉर्निंग मम्मा! तापसी के दोनों गालों पर बच्चो ने प्यार की मुहर लगा दी।

हैलो! बच्चों, गुड मॉर्निंग! मैडम, दूध का ग्लास तैयार है। एलेक्सा ने अंदर आते ही मैसेज दिया।

ओके! एलेक्सा, तापसी ने दोनों बच्चो को दूध का ग्लास दे दिया। चलो, दोनों जल्दी से दूध खत्म करो!

अमर के लिए चाय, बच्चो के स्कूल टिफिन के लिए, आलू का परांठा। नाश्ते के लिए गरमा गर्म पोहे। बच्चो के लिए सैंडविच। सबके लिए ऑरेंज जूस। और... बाद में देखती हूँ सोच, तापसी ने एलेक्सा के रिमोट से ऑर्डर सेट कर दिए।

बच्चों को स्कूल बैग तैयार करने बोल तापसी, खुद पति अमर को जगाने चल पड़ी।

गुड मॉर्निंग! अमर। न्यूज़ पेपर ले तापसी अमर के पास बैठ गई। गुड मॉर्निंग तापसी, बोल अमर मुस्कुरा उठ बैठा।

गुड मॉर्निंग! अमर, चाय। एलेक्सा चाय रख कर चली गई।

अमर चाय की चुस्कियों के साथ तापसी से अखबार की ताजातरीन खबरें सुन रहा था।

हल्की गुलाबी रंग की साड़ी में, लाल रंग की बिंदिया चेहरे पर बिखरी लटे, अमर को तापसी का यूं उसके पास बैठना बहुत पसंद था।

अमर ने तापसी का हाथ अपने हाथों में थाम लिया।

टीटीटीटीटीआरटीटीटी...........

ओह! कितनी कर्कश आवाज है। तापसी नींद से जागी। अलार्म घड़ी के बजने की

आवाज थी ये तो।

वो अभी तक सो रही थी। हाय राम! अब तो सारे काम जल्दी जल्दी भाग कर करने पड़ेंगे। वो एलेक्सा! फिर तापसी को खुद पर ही हँसी आ गई। वो तो उसकी कल्पना थी, जो वो नींद में सच होते देख रही थी।

हुआ ये था कि रात में सब साथ में बैठ ट्रांसफार्मर नाम की फिल्म देख रहे थे। जिसमे मुख्य रूप से रोबोट को दिखाया गया था। तभी उसके बेटे ने बोला था, वो मम्मा के लिए एक ऐसा रोबोट बनाएगा, जो घर के सारे काम कर सके और उसने सपने में एलेक्सा को काम करते देख भी लिया।

तापसी बच्चों को जगा, फटाफट किचेन में भागी। काश! ये एलेक्सा सच में हर गृहिणी के पास होती! कितना प्यारा सपना था।

लेखिका के बारे में

शैली एक मोटिवेशनल ट्रेनर हैं, साथ ही एक लंबे समय से निजी विद्यालयों में अध्यापन का कार्य भी करती आ रही हैं। उन्हें हतोत्साहित लोगों को उत्साहित करना बेहद पसंद है और जीवन के अनसुलझे रहस्य उन्हें हमेशा से आकर्षित करते रहे हैं। समय-समय पर वो काउंसलिंग और ब्लॉगिंग भी कर लेती हैं। उनके लिए लेखन, जीवन के अलग-अलग अनुभवों को कागज के कोरे पन्नों पर व्यक्त करने का एकमात्र सशक्त माध्यम है। शैली को बारिश, रेगिस्तान और हिन्दुस्तान की मिट्टी की सोंधी-सोंधी खुशबू बेहद पसंद है।

बुजुर्ग जोड़े की प्रेमकहानी ... #SMBoss (Task5)

– शैली श्रीवास्तव

...'क़ब्र में अकेले करवटें बदलते-बदलते कितना वक़्त गुज़र गया, पता ही नहीं चला!', आयशा अपने शौहर शाहनवाज़ से एक गहरी सी साँस लेते हुए बोली। कुछ देर तक तो शाहनवाज़ कुछ भी न बोले पर, आख़िरकार बोल ही पड़े कि, 'इसमें गलती किसकी है बेग़म? सरासर तुम्हारी ही है, जो तुमने हमारे बड़े साहबज़ादे के घर छोड़ने का ज़िम्मेदार, हमें न माना होता तो, हम दोनों के बीच जो तक़रार हुयी वो हरगिज़ न हुयी होती। न तुम हमसे इस कदर ख़फ़ा होतीं कि हमें बुढ़ापे में शर्मिंदा करके, बिल्कुल अकेला छोड़कर, हमारी छोटी साहबज़ादी, सकीना के साथ न चाहते हुए भी चली न गयी होतीं तो हम दिल के मरीज़ न होते और तुम्हारी गैरहाज़िरी में दिल के दौरे से अल्लाह मियां को प्यारे न हुए होते और तुम हमारे ख़ाक में मिलने की ख़बर पाते ही, मारे सदमे के दम न तोड़ बैठतीं।'

बेग़म, १४ साल की थीं, जब पुत्तन चचा की बड़ी लड़की की शादी में तुम्हें सुर्ख़ हरे जोड़े में पहली बार देखा था...हाय! क़यामत लग रहीं थीं क़यामत! खाला ने जब देखा कि हमारा खाना-पीना तक छूट गया है और जान पर आ बनी है तो उन्होंने अब्बा को मनाकर हमारा निक़ाह तुमसे करवा दिया था। पूरे २ महीने नगीनों की दुकान पे कदम तक नहीं रखा था। बस तुम्हारे ही क़दमों तले जन्नत समझकर रात-दिन पड़े रहते थे। फ़िर तुम्हारे ही कहने पर जाना शुरू किया था, याद है कि नहीं?

'अज़ी, सब याद है! जानते हैं? हम कभी ३-४ दिन से ज़्यादा अपने पीहर में नहीं रुके! सिर्फ़ आपके कारण, ये सोचकर कि हमारी ग़ैरहाज़िरी में आपको वक़्त पे चाय-नाश्ता कौन देगा? शाम को आपसे, घर लौटने पर दिन भर के नफ़ा-नुकसान के किस्से-कहानियाँ कौन सुनेगा और हाथ-पैर कौन दबायेगा? आप तो चल पड़ेंगे, वही गन्दा पजामा डालकर काम पर, और मज़ाक़ बनवायेंगे हमारा कि, बीवी के आ जाने पर भी ज़नाब इस तरह काम पर तशरीफ़ लाते हैं! हमने अपने पीहर में, जल्दी वापस, ससुराल आने के लिये, इतना झूठ बोला कि क्या बतायें और क्या न बतायें? पर, अल्लाह गवाह है, सब आपकी ख़ातिर। बस, अपने इकलौते बेटे से थोड़ी सी मोहब्बत क्या कर ली? उसकी तरफ़दारी

क्या कर ली? आप तो अपने होश खो बैठे, और उसे तो घर से बाहर निकाला तो निकाला, साथ ही हमें भी घर से जाने को आसानी से कह दिया!'

'आख़िर, आपका ही ख़ून था, इतने ज़ल्लाद कैसे बन गये थे आप?'

'आयशा, बेग़म अब जाने भी दो, माफ़ कर दो, और हाँ, अब क़ब्र में अकेले-अकेले करवटें नहीं बदलेंगी आप, गुस्सा थूक दीजिये, हम बुला रहे हैं आपको, आपके शौहर, शाहनवाज़! हमारे ही साथ, हमारी ही कब्र में, रहिये। हम, ख़ुदाकसम जन्नत में भी न जायेंगे, आप आ जायेंगी तो हमारी क़ब्र ही हमारी ज़न्नत बन जायेगी।

...आयशा, अब क़ब्र में एक पल भी न रुक सकी और चल पड़ी अपने शौहर के पास, मोहब्बत की ख़ातिर। आमीन!

लेखिका के बारे में

निरुपमा मिश्रा 'नीरू' जी उत्तर प्रदेश के बेसिक शिक्षा विभाग में प्रधानाध्यापक पद पर कार्यरत हैं साथ ही साहित्य सेवा भी कर रही हैं। नीरू जी बेहद ईमानदार और कर्मठ अध्यापक होने के साथ ही सामाजिक हित के कार्यों में भी बढ़चढ़ कर अपनी भागीदारी देती रहती हैं। शिक्षण कार्य के अतिरिक्त साहित्य एवं कलाप्रेमी होने के कारण प्रकृति, पर्यावरण, मानवीय मूल्यों, जीवन के उतार-चढ़ाव ,सामाजिक विसंगतियों, आत्मविश्वास एवं संवेदनशीलता से ओतप्रोत रचनाकर्म के अंतर्गत नीरू जी गद्य और पद्य की विभिन्न विधाओं में सृजन करके समाज को दिशा निर्देशन देने का पुनीत कार्य अनवरत करती रही हैं।

बेजान शरीर

– निरुपमा मिश्रा 'नीरू'

एक हफ्ते पहले ही कृतिका के पति का ट्रांसफर नये शहर में हुआ था, ऑफिस के करीब ही किराये का मकान लेकर दोनों रहने लगे थे। एक शाम को बाज़ार से वापस लौटने पर मकान के गेट पर बैठे मकान के बूढ़े चौकीदार सोहन ने कृतिका से कहा कि "मैडम आज शाम को मेरे लिए भी दो रोटियाँ बना दीजियेगा।" सुनकर कृतिका ने मुस्कराते हुए कहा कि - "ठीक है, बना दूँगी।"

उसी मकान में रहने वाले पड़ोसी किरायेदारों से मालूम हुआ कि सोहन पास के ही एक गाँव का रहने वाला है लेकिन कई साल पहले ही अविवाहित सोहन को मृतक दिखाकर उसके भाईयों ने उसकी जमीन- जायदाद हड़प ली थी और सीधा-सच्चा, बेबस सोहन गरीबी के कारण अपने हक़ के लिए लड़ाई भी नही कर सका था, इसलिए मजबूरी में शहर के एक बड़े बिजनेसमैन के इस मकान के चौकीदार के साथ फुल टाइम नौकर की हैसियत से काम करके जीवनयापन कर रहा था। सोहन की मजबूरी का फायदा उठाकर उसका मालिक भी बीस रुपये रोजाना और एक टाइम का खाना ही उसे देता था।

बेबस, बेसहारा बूढ़ा सोहन चुपचाप अपने काम को ईमानदारी से करता रहा था लेकिन जब सुबह मालिक के घर से आये खाने को ही बचाकर शाम को भी खाना पड़ता तो कभी -कभी बासी खाने को देख कर उसका मन खाने के लिए मना कर देता था। ऐसे में उसकी इच्छा होती कि उसे गर्म ताजी रोटियाँ मिल जाये तो पेट भर जाये। सोहन कभी तो संकोच कर जाता, मगर जब दिल नही मानता तो मकान में रहने वाले किरायेदारों से ही ताजा खाना माँगकर खा लिया करता तो कभी यूँ ही पानी पीकर रात भर जागकर रखवाली किया करता था।

शाम को जब कृतिका गर्म रोटियों के साथ सब्जी लेकर सोहन को देने गई तो सोहन के चेहरे पर खुशी झलक रही थी। वो भावविभोर होकर कृतिका को ढेरों आशीर्वाद देने लगा था।

कृतिका ने सोहन के बारे में पड़ोसियों से मिली सभी जानकारी बताई तो उसके पति को

भी सोहन पर बहुत तरस आया। इसी तरह धीरे- धीरे कई साल बीत गये थे लेकिन आये दिन कृतिका के मन में सोहन को न्याय दिलाने, उसका हक़ उसे वापस दिला कर जिल्लत की जिंदगी से दूर खुशहाल जीवन के लिए भावना उमड़ती- घुमड़ती रहती थी।

एक दिन कृतिका के पति को ऑफिस के काम से दूसरे शहर जाना पड़ा तो कृतिका घर में अकेले ही थी। वो जल्दी से अपना सारा काम निपटा कर अपनी पसंद की किताब खोलकर पढ़ने लगी लेकिन किताब पढ़ते समय भी थोड़ी- थोड़ी देर में कृतिका का ध्यान सोहन की समस्या पर चला जाता था। ऐसे मे कृतिका ने किताब बंद करके एक तरफ रख दी और सोहन की मजबूरी का फायदा उठाकर उसके मालिक द्वारा की जाने वाली ज्यादती और सोहन के परिवार वालों की बेहयाई के बारे में सोचने लगी कि बड़ी अजीब दुनिया है, कैसे- कैसे लोग हैं! मन ही मन कृतिका बहुत कुछ करने की सोचने लगी लेकिन उसे ये भी समझ में नही आ रहा था कि कैसे वो सोहन को न्याय दिला सकेगी।

शाम को सोहन की तबीयत भी कुछ ठीक नही थी तो उसका मालिक उसे दवायें देने के साथ-साथ अभद्र भाषा में न जाने क्या-क्या बोलता जा रहा था। मकान के सभी किरायेदारों को सोहन के साथ उसके मालिक का ये बर्ताव पसंद नही आता था लेकिन वो कभी उसका पुरजोर विरोध नही कर सके थे।

जैसे- जैसे रात गहराती चली गई, वैसे- वैसे सन्नाटा भी गूंजने लगा था और उस सन्नाटे में बीच- बीच में सोहन के कराहने की हल्की आवाज भी गूंज रही थी। बाकी किरायेदारों की तरह कृतिका भी सोहन का हालचाल पूछकर अपने रूम में जाकर दरवाजे को लॉक करके बिस्तर पर लेट गई। थोड़ी देर बाद सोहन के कराहने की आवाज़ भी आना बंद हो गई थी, शायद दवाओं के असर से उसे नींद आ गई थी।

कृतिका हल्की नींद में ही थी कि तभी दरवाजे पर किसी ने उसे आवाज देकर बुलाया। पूछने पर उसके पति की आवाज उत्तर में आई तो कृतिका ने दरवाजा खोला। कृतिका के पति के हाथ में एक मोटी फाइल थी जिसे कृतिका को दिखाते हुए उसके पति ने कहा कि "देखो, ये फाइल, मैंने सोहन के बारे में पूरी छानबीन करके उसे उसका हक़ दिलाने का फैसला कर लिया है।"

पति के हाथों से फाइल लेकर कृतिका ने चौंक कर खुशी से कहा कि "हाँ सही, आपने बहुत अच्छा किया है। हमें सोहन को न्याय दिलाना ही होगा आखिरकार किसी जीवित इंसान को इस तरह कोई मृतक कैसे घोषित कर सकता है। ऊपर से उसका मालिक भी

उसकी मजबूरी का फायदा ले रहा है।"

कृतिका यूँ ही बिस्तर पर लेटे हुए नींद में बड़बड़ा रही थी और सुबह के सूरज की धूप खिड़की से भीतर आकर कमरे की दीवारों पर फैलती जा रही थी। इतने में मोबाइल बजने लगा था। कृतिका हड़बड़ाहट में नींद से जागकर इधर - उधर देखने लगी तो कमरे में उसके सिवा कोई और नही था। साथ ही मोबाइल पर बजने वाली ट्यून भी खामोश हो गई थी। मोबाइल पर उसके पति की कॉल दुबारा आने लगी तो कृतिका की चैतन्यता वापस आई। उसने कॉल रिसीव करते ही पूछा कि " क्या आप अभी वही हैं? क्या रात में घर वापस नही आये थे? आप कोई फाइल मुझे दे रहे थे न, वो फाइल कहाँ है?"

कृतिका के पति ने इतने सारे सवाल एक साँस में पूछने का कारण जानना चाहा तो कृतिका चुप रही। उसे रात के देखे सपने और हकीकत में फर्क समझ में आ गया तो वो बोली कि " कुछ नहीं! शायद मैंने सपना देखा था। आप तो आज वापस आओगे न!" कृतिका ने अपने देखे सपने के बारे में विस्तार से बताया तो उसके पति ने उसे ज्यादा न सोचने और अपना ख्याल रखने की कह कर बात खत्म की।

कृतिका फ्रेश होने के लिए बाथरूम की तरफ जा ही रही थी कि नीचे से कुछ आवाजें सुनकर बालकनी से देखने लगी तो मालूम हुआ कि रात में सोने के बाद सोहन सुबह नींद से जागा ही नहीं! वो अब इस दुनिया से विदा होकर अंतिम यात्रा पर जा चुका था। कृतिका सोहन की अचानक हुई मौत से अवाक रह गई थी। कभी वो अपने रात के सपने के बारे में सोचती, तो कभी सामने जमीन पर पड़े सोहन के बेजान शरीर को देखती। वो जीवित रहकर भी मृतक घोषित सोहन के वास्तव में मृत होने पर विचारों के सागर में डूबती जा रही थी कि सोहन के इस बेजान शरीर ने सोहन के मृतक होने की वर्षों से लिपटी पहचान को आज जीवित कर दिया था।

लेखिका के बारे में

डॉ. सुपर्णा मुखर्जी, हैदराबाद में हिंदी प्राध्यापिका हैं। अगर यह कहा जाए कि पढ़ना और लिखना उनके लिए ऑक्सीजन समान है तो अतिशयोक्ति नहीं होगी। वे जिस दिन पढ़ती -लिखती नहीं, उस दिन उनके मन की बेचैनी बढ़ ही जाती है। वे जीवन से जो सीख रही हैं, वहीं कहीं न कहीं कागज़ पर उतारती हैं।

बदलता दृष्टिकोण

– डॉ. सुपर्णा मुखर्जी

वृद्धाश्रम में आकर रूद्राक्षी को दो साल हो गए थे। उसे कभी किसी ने दुखी नहीं देखा। वह जीवन से उकतायी हुई नहीं थी। बीच -बीच में दोनों बच्चे अपने परिवार के साथ मिलने आते थे। वह भी घर जाती थी। एक -दो रात रहती थी पर फिर वापस वृद्धाश्रम लौट आती थी। वहाँ रहनेवाले लोगों को अचरज होता था कि जब इतना सुखी परिवार रुद्राक्षी के पास है तो फिर वह वृद्धाश्रम आई क्यों?

वृद्धाश्रम में काम करने आती थी मंगला। बेचारी बड़ी परेशान थी उसकी बेटी 9वीं में पढ़ती थी

वह चाहती थी बेटी को ट्यूशन भेजे ताकि बिटिया का रिजल्ट अच्छा आए। पर गरीब के सपने, सपने ही रह जाते हैं। रुद्राक्षी को जब पता चला तो अंजली को पढ़ाने उसकी बस्ती में भी पहुँच गई। कुछ और गरीब बच्चे भी पढ़ने आने लगे। रुद्राक्षी ने अपनी दोपहर उनके नाम कर दी।

आज 10वी कक्षा का परिणाम आनेवाला था। जितने उतावले वे बच्चे थे उतने ही उतावले वृद्धाश्रम वाले और रुद्राक्षी का परिवार भी था।

सिर्फ रुद्राक्षी अपने कमरे में बैठकर सोच रही थी। बरसों बीत गए जब एक दिन रूद्राक्षी बहू बनकर अपनी ससुराल आई थी। ओम को जिस दिन से उसने देखा था उसे अपना पति और उसके परिवार को अपना परिवार ही तो मान लिया था। भरापूरा परिवार था। रूद्राक्षी नौकरीपेशा थी लेकिन गृहस्थी और नौकरी के बीच सामंजस्य बिठाना ही है ये उसने खुद से वादा किया था। समय बीतता गया और रूद्राक्षी दो प्यारे बच्चों की माँ भी बन गई। जीवन की आपाधापी बढ़ी मुश्किलात भी बढ़ने लगे। ससुरालवालों का रंग भी धीरे-धीरे सामने आने लगा।

हालातों ने उसे समझाया कि कामकाजी औरतों को दोहरी मार झेलनी पड़ती है। फिर भी बिना हिम्मत हारे गृहस्थी की गाड़ी तो चलानी ही पड़ती है पर गाड़ी सिर्फ गृहस्थी की ही चल रही थी, दाम्पत्य की नहीं! हर छोटी बात पर ओम के साथ झगड़ा होना आम

बात हो गई थी। लड़ने के बाद एक दूसरे को मना लेना भी फर्ज है, ये दोनों ही भूल चुके थे। फिर एक दिन ये पता चला कि ओम के पिता जी की दोनों किडनी खराब हो चुकी हैं, डायलिसिस का ही सहारा बचा था। ओम के पिताजी सरकारी अफसर थे। अच्छी खासी पेंशन थी, जमापूँजी भी थी पर उन्होंने साफ कह दिया "उनके मरने के बाद सबकुछ ओम का ही है तो फिलहाल ये ओम का फर्ज है पिता की सेवा करना।" इस कर्तव्य का पालन उन्होंने भी किया है और उनके पिता के पिता ने भी, आगे ओम की इच्छा ....!

ओम और रुद्राक्षी दोनों प्राइवेट कंपनी में काम करते थे। घर का लोन, बच्चों की पढ़ाई और भी न जाने क्या -क्या जिम्मेदारी? अब बात संस्कार की थी तो फिर और क्या कहा जा सकता था? यूँ ही इलाज चलाते चलाते ससुर जी गुज़र गए। उनके जाने के बाद जो धन सम्पत्ति मिली वह उनके इलाज में हुए खर्च के मुकाबले ऊँट के मुँह में जीरा समान ही था। सिर्फ संतोष यही मिला कि संस्कारी बेटे -बहू का तमगा मिला। इसके बदले न जाने कितनी छोटी छोटी खुशियों का गला घोंट देना पड़ा। बच्चे बड़े होकर अपने जीवन में व्यस्त हो चुके थे। बच्चों की शादी हो गई तो दोनों ने सोचा अब साथ मिलकर बूढ़ापे का मज़ा उठाएंगे लेकिन एक अल्लसुबह ओम का अचानक उसे सदा के लिए संसार में अकेले छोड़कर चला जाना रुद्राक्षी सहन ही न कर सकी। हर दिन कोई एक नयी बीमारी उसे जकड़ लेती। वह चाहती थी कि बहू बेटे पर बोझ न बने पर वह बोझ ही तो बनती जा रही थी। एक दिन बहुत धीमी आवाज़ उसके कान में आ ही गई "माँजी की दवाइयों के कारण देखो, घर खर्च फिर इधर उधर हो ही गया। आप बड़े भाई साहब से बात करो न कि कुछ दिन माँजी को अपने पास ले जाए।" बेटे ने तुरंत बहू को डपटकर चुप करा दिया। लेकिन रुद्राक्षी को लगा जैसे ओम ने उसे डाँटा हो। जैसे उससे कह रहा हो "देखो, हमारे बच्चें भी अब हमारी तरह पिस रहे हैं। कोशिश कर रहे हैं संस्कृति और संबधों की दकियानूसी गाड़ी को खींचने की।"

क्या करे! वह सोचने लगी। फिर उसकी बीमारी के कारण बेटे -बहू का सिनेमा जाने का प्लैन फेल होते हुए देखा, तो उससे न रहा गया। दिल रो उठा उसका। खुद को इतना कमज़ोर देखकर। बार-बार खुद को आईने में देखकर खुद से पूछने लगी," क्या मैं इतनी बीमार इतनी कमज़ोर हूँ? जवाब शायद उसके भीतर समाया ओम दे रहा था "नहीं रुद्राक्षी, तुम खुद को संभाल सकती हो। मैं तुम्हारे साथ हूँ। मत बनो किसी पर बोझ। खुद जियो, दूसरों को भी जीने का रास्ता बताओ।"

बस,रुद्राक्षी ने मन बना लिया। अब और नहीं! उसके और ओम के प्रेम की निशानी हैं ये बच्चे! इनको ऐसे हैरान परेशान होते वह नहीं देख सकती। फिलहाल वह सबल भी है। उसने वृद्धाश्रम में चले आने का मन बना लिया । बहू-बेटों के साथ उसने साफ-साफ बात की। उसे वहाँ पहुँचा आने की जिम्मेदारी भी उसने उन्हीं पर छोड़ी। पहले तो सबको लगा वह गुस्से में घर छोड़ रही है पर जब उसने स्वतंत्र होकर बाकी जीवन को बिताने की बात कही तो सबको उसकी बात माननी ही पड़ी।

और देखो आज उसके उसी आत्मविश्वास के कारण अंजली और दूसरे बच्चे 10 वी पास कर गए।

वो शरारती लड़का

– महिमाश्री

यही कोई तीन या साढ़े तीन साल की मेरी उम्र थी, जब मेरा एडमिशन नर्सरी क्लास में ब्रज किशोर किंडर गार्डन स्कूल में कराया गया। सभी भाई-बहनों में सबसे छोटी होने के कारण मुझे खूब अटेंशन मिलता। लेकिन मैं स्वभाव से बेहद शर्मीली ,भावुक और अंतर्मुखी थी। माँ के सिवाए किसी से नहीं घुल - मिल पाती। जो कहना होता, सिर्फ माँ से कहती। माँ के पल्लु को पकड़ दिन-भर उनके साथ आगे-पीछे घूमते रहने वाली बच्ची थी। माँ के सिवा किसी के पास नहीं जाती थी। यहाँ तक कि अपने बड़े भाईयों और बहनों के पास भी नहीं। खाना खिलायेगी माँ। कपड़े पहनाएगी माँ। सोना-जागना सब माँ के साथ। इसलिए जब स्कूल में दाखिला हुआ तो मुझे याद नहीं कि कभी खुशी-खुशी जाती थी। माँ से तीन घंटे बिछड़ना ही बड़ा दुखदाई होता। कई बार मुझे ले जाने के लिए स्कूल का रिक्शा वाला खड़ा रहता और मैं रोती रहती। जबरदस्ती गोद में उठाकर रिक्शे में बैठा दिया जाता। अपना टिफिन भी नहीं खा पाती थी। वैसे नर्सरी के छोटे बच्चों को खिलाने, बाथरुम ले जाने के लिए स्कूल में सहायिका रहती थी।

स्कूल जाने के लिए जिस रिक्शे से मैं जाती थी,उसमें पहली और दूसरी क्लास के भी बच्चे होते थे। उनमें से एक लड़का बड़ा दबंग था । वो मुझे अच्छी तरह से समझ चुका था कि ये सीधी-साधी मिजाज की लड़की है, जो बस रोती रहती है। इसलिए कुछ दिनों बाद ही उसने मुझ पर अपनी दादागिरी दिखाना शुरु कर दिया। जैसे ही मैं रिक्शे में बैठती, मुझसे मेरा टिफिन छीन लेता। अगर मैं नहीं देती तो धमकाता। कभी मुक्का दिखाता। और फिर जबर दस्ती बैग छीनकर टिफिन निकाल लेता। अगर लंच के लिए परांठे या सैंडविच होते तो आधा खा जाता। सादी रोटी होती तो छोड़ देता। और साथ में धमकी देता रहता कि अपनी मम्मी को अगर बताया तो फिर देखना तुम्हारा क्या हाल करता हूँ।

काफी दिनों तक यही सिलसिला चलता रहा। डर के मारे मैंने कभी माँ को बताया भी नहीं। फिर एक दिन इतवार को दूसरे मुहल्ले में हमारे एक रिश्तेदार के यहाँ फंक्शन का आमंत्रण था। माँ के साथ मैं भी वहाँ गई। वहाँ फंक्शन में मुझे वह दबंग लड़का दिखा। वह भी उस फंक्शन में अपनी मम्मी के साथ आया हुआ था। मैं तो उसे देखकर चौंक

गई पर वह मुझे अपनी माँ के साथ देखकर थोड़ा भयभीत हो गया। उसके चेहरे का रंग उतर गया। इस बात ने मेरे अंदर आत्मविश्वास भर दिया। उसने पहली बार खेलने के लिए मुझे इन्वाइट किया । पर मैं नहीं गई उसके साथ। संयोग से उसकी माँ मेरी माँ की जान-पहचानवाली निकली। हम दोनों की माँए आपस में खूब बातें करने लगीं। मैं अपनी माँ से चिपकर उनके पास ही बैठी रही। बातों से पता चला कि वे लोग हमारे रिश्तेदार के पड़ोसी हैं। और ठीक उनके सामने ही उनका बंगला है। क्योंकि वे लगातार कह रही थीं, "चलो, मेरा घर भी सामने ही तो है। कभी आती नहीं हो। अभी फंक्शन में देर है चलो घर घुमा लाती हूँ।"

इस बात ने मुझे हिम्मत दी और मैंने माँ को धीरे से कान में बता दिया कि इन आंटी का बेटा स्कूल रिक्शे में मुझे परेशान करता है और रोज मेरी टिफिन चेक करता है। आलू परांठा तो हमेशा छीन के खा जाता है। बस फिर क्या था। उसकी मम्मी से तुरंत माँ ने सारी बात बताई। और उसी समय उसकी क्लास लग गई। मेरी माँ ने कहा, मुझे पहले क्यों नहीं बताया! और उससे कहा ये तुमसे इतनी छोटी है बहन जैसी ऐसे तंग करना अच्छी बात नहीं। सब मिलकर खाओ, खेलो। वो उतनी छोटी उम्र में भी बड़ा शातिर था। हें हें हें कर दांते निपोरता रहा। हाँ! किंतु उस दिन के बाद उसने स्कूल रिक्शे में कभी परेशान नहीं किया। बल्कि मुझे देखते ही बड़ी सी स्माइल देता।

मेरा जंगल और मैं....

– योगेश माली

कुछ ही समय हुआ है अपने माता पिता से अलग हुए। ऐसा लग रहा है जैसे सारे जहाँ ने मुझसे मुँह फेर लिया हो। बस मेरे सामने था मेरा प्यारा जंगल। जिन पेडों पर अपनी मम्मी के साथ चढ़ना सीखा और एक पेड़ से दूसरे पेड़ पर उछलना सिखाया पिताजी। आज वह पेड़ तो दिखाई दे रहें हैं पर मेरे माता पिता नहीं दिख रहें। समझ में नहीं आ रहा कि क्या करूँ कि मेरे माता पिता मुझे फिर से मिल जाएँ। कभी अकेले रहा नहीं।

मम्मी हमेशा मुझे सीने से लगाए रखती थीं। बरसात आते ही अपने शरीर से मुझे ढ़ँक लेती थीं। स्वयं भीगती पर मुझे भीगने नहीं देती। आज यह जंगल मुझे सूना-सूना लग रहा है। याद आ रहा है वो अंतिम पल जब मेरे माता पिता मेरे साथ एक पेड़ पर खेल रहे थे। तभी कुछ शिकारी हाथ मे जाल लेकर दौडे आए और मेरी माँ ने मुझे पेड़ की खाली जगह में छुपा दिया। मेरे पिताजी ने बड़ी बहादुरी से उनका सामना किया। दो लोगों को घायल भी किया। पर यह मानव बुद्धिमान होने के साथ साथ निर्दयी भी होते हैं। जाल डालकर मेरे पिताजी को भी पकड़ लिया।

मेरे माता पिता को एक ही पिंजरे में डालकर जब वो ले जा रहे थे, तब मेरी माँ की आँखों से आँसू छलक पड़े। वो आँसू मेरे लिए थे शायद। मैं चाहकर भी अपने माता पिता को छुड़ा नहीं सकता था। मेरे पास उतनी शक्ति नहीं थी कि अपने माता पिता को उन निर्दयी मानवों से छुड़ा लूँ। आखिर एक छोटा सा बंदर का बच्चा उन मानवों का क्या कर सकता है! मेरे लिए यह जंगल अब सुना सुनासा लग रहा था। जंगल के सभी प्राणी सहमे हुए हैं। जंगल मे चारों ओर शांतिपूर्ण माहौल है। सभी बंदर अपने आप को छुपाए बैठे हैं। संध्या का समय और पक्षियों की गूंज ने मेरे एकांत और चिंतित मन को झकझोर कर रख दिया। मेरे सामने ही चिड़िया का एक घोंसला है जिसमें दो बच्चे हैं। जो कि अपने माता के लौट आने पर बहुत खुश हैं। खुशी से वह चिंउ चिंउ की आवाज निकाल रहें हैं। चारों तरफ पक्षियों के घोंसले में ऐसा ही वातावरण बना हुआ है। सूरज पलायन कर गया है। अँधेरे ने चारों ओर अपना अधिकार स्थापित कर लिया है। सभी प्राणियों और पक्षियों के बच्चे अपने- अपने माता- पिता के साथ हैं। पर मैं मायूस होकर एक डाल पर पेट के बल लेटा

हुआ हूँ। मेरी आँखों से टपकते आँसू नीचे जमीन पर गिर रहे थे। मुझे रोता देख सामने के घोंसले से एक चिड़िया मेरे पास आई। वह मुझे अपने बच्चों की तरह ही प्यार देती थी।

मेरे पास आकर उसने अपने पँखों से मेरे आँसुओं को पोछने का प्रयत्न किया। चिडिय़ा ने कहा, बेटा मुसीबत तो हर किसी पर आती है। जीवन में इस तरह के बहुत से मोड आते हैं जब हम अपने परिवार से अलग हो जाते हैं। अब हमें ही देख लो। मैं अपने बच्चों को कितना प्रेम करती हूँ। पूरा दिन मेहनत करके दाना लाती हूँ। इन्हें खिलाती हूँ। इन्हें उड़ना भी सिखाऊँगी पर जैसे ही यह उड़ना सीख जाएंगे। मुझे छोड़कर यह कहीं दूर अपना घर बनाएंगे। अपना नया परिवार बनाएंगे। चाहे कोई प्राणी हो या इन्सान, एक ना एक दिन अपने माता- पिता से अलग होता ही है। हम नहीं चाहते तो भी मौत उन्हें हमसे अलग कर देती है।

मैं मानती हूँ कि तुम अभी बहुत छोटे हो। तुम्हें माँ की जरूरत है। पर यह इन्सान बड़ा मतलबी होता है। यह अपने मतलब के लिए हमें हमारे परिवार से अलग कर देता है। तुम देखो एक बार इस जंगल को। मेरे माता पिता और पूर्वजों ने मुझे बताया था कि पहले हमारा जंगल बहुत विशाल था। बहुत से भिन्न भिन्न फलों के पेड़ हमारे जंगलों मे थे। पर मनुष्य की बढ़ती आबादी और उनके स्वार्थ ने हमारे जंगलों के पेड़ को काट दिया। बहुत से ऐसे पेडों को काटा जिनकी उम्र सौ से भी उपर थी। बहुत से पेड़ों की तो जाति ही समाप्त कर दी। मैं कभी- कभी उड़कर शहर में भी जाती हूँ। मनुष्यों को देखती हूँ। वह अपने लाभ के लिए अपने भाईयों से लड़ते है। अपने माता पिता से झूठ बोलते हैं। यहाँ तक कि मनुष्यों को मैंने अपने बूढ़े माता पिता को घर से बाहर निकालते हुए देखा है। यह लोग इंसान है पर इंसानियत को भूल चुके हैं। यह बहुत ही धूर्त होते हैं। भूलकर भी इनके पास नहीं जाना चाहिए।

मुझे चिड़िया की बातें बिलकुल अपनी माँ की बातों जैसी ही लग रहीं थीं। चिड़िया ने कहा, "तुम चिंता मत करो। आज से तुम मेरे बेटे हो।" मैं भी चिड़िया को अपनी माँ मानने लगा। अब रोजाना का यह नियम हो गया। चिड़िया रोज सुबह होते ही अन्न के तलाश मे चली जाती। मैं उसके बच्चों की रखवाली करता। उनके साथ खेलता। पास के ही फलों के पेड़ से पके हुए नरम-नरम फल खाता। बहुत से फल बहुत ही कड़क थे, पर मैं उसे खा नहीं पाता। बडे बंदर उन फलों को बडें ही चाव से खाते। वो अपने बच्चों को भी उन फलों का रस पिलाते। पर मेरे पास मेरी माता नहीं थी जो मुझे उन फलों को तोडकर अंदर का

भाग खिलाए। मैं स्वयं ही अपना पेट भरता।

संध्या के समय जब चिड़िया माँ घर आती, तो मुझे बहुत प्रेम करती। मुझे पूरे दिन का वृत्तांत सुनाती। शहर की जानकारी देती। मुझे यह भी बताती कि आज उसने शहर मे मानवों की कौन सी हरकत देखी। मैं धीरे- धीरे बड़ा होने लगा था। चिड़िया के बच्चे भी बड़े हो गए। वो भी अब उड़कर रोज शहर जाते थे। मैं समय के हिसाब से सभी बंदरों में बहुत होशियार था। मेरा कद काठी भी सभी बंदरों से अलग था। मैं देखते ही देखते सभी बंदरों से काफी फुर्तीला और तेज बन गया था। मेरी शक्ति के आगे कोई नहीं टिकता था। चिड़िया के द्वारा बताई जाने वाली मानवों की कहानी ने मुझे उनकी तरह ही होशियार और चतुर बना दिया था। पर मेरे अंदर मानवों को लेकर एक नफरत सी पैदा हो गई थी।

एक दिन मैं रोजाना की तरह यहाँ-वहाँ उछल कूद करके अपना मनोरंजन कर रहा था। तभी मेरी नजर कुछ मनुष्यों पर पड़ी। जो अपने जाल लिए जंगल में आ रहे थे। मैंने देखा, उनके हाथ में अपने शेर सिंह का छोटा बेटा है, जिसे उन्होंने पकड़ लिया है। उसे उन्होंने एक पिंजरे मेंडाल रखा है। उन्हें देखते ही मुझे मेरे बचपन का वो दिन याद आ गया। उस घटना को याद करके मेरा दिल दहल उठा। मैंने उन्हें सबक सिखाने का निर्णय लिया। मैंने संध्या होने का इंतजार किया। जैसे ही उन्होंने अपने मचान लगाए और तंबू बनाने लगे, वैसे ही मैंने मौका पाकर शेर सिंह के बेटे का पिंजरा खोल दिया और उसे लेकर दूर शेर सिंह की गुफा में छोड़ दिया। यहाँ पिंजरा खाली देख उन्हें बहुत क्रोध आया। वह जंगल मे एक दूसरे से अलग होकर उस बच्चे को ढूँढने लगे। मैंने रात के अँधेरे का लाभ उठाया। उन्हें एक- एक करके खूब पीटा और काट- काट के घायल कर दिया।

सभी मनुष्य अपने आप को बचाकर भाग निकले। पहली बार ऐसा हुआ था कि वह मनुष्य खाली हाथ लौट गए थे। पूरे जंगल मे सभी ओर मेरी ही चर्चा थी। सभी प्राणियों ने मेरी खूब प्रशंसा की। शेर सिंह ने भी खुश होकर मुझे शाबाशी दी। उसके बेटे की जान बचाई इसलिए उसने शुक्रिया भी कहा। मैंने भी उस दिन से जंगल की और उसमें रहनेवाले सभी प्राणियों की रक्षा करने की कसम खाई। मैं जंगल मे किसी भी मनुष्य को आने नहीं देता। मनुष्यों के अंदर भी मेरा खौफ बढ़ गया था। वह जंगल में आने से डरने लगे थे। मनुष्यों ने मुझे पकडऩे के लिए बहुत बार जाल बिछाया। पर वह कामयाब नहीं हुए। मुझे पकडने के लिए ईनाम भी रखा गया।अलग अलग राज्यों से अच्छे व बड़े धुरंधर शिकारियों को भी बुलाया गया पर वह भी मुँह की खाकर चल दिए।

सर्कस वाले मुझे पकड़ने के लिए बहुत उत्सुक थे। उन्होंने लोगों को बहुत से लालच दिए। मैं भी अब बहुत सावधान रहने लगा था। एक दिन मैं संध्या के समय एक डाल पर बैठा हुआ था कि चिड़िया माँ मेरे पास आई।

उसनें कहा, बेटा आज में शहर घूमने गई थी। वहाँ मैंने सर्कस वालों को देखा। मैं भी उनके खेमे के अंदर घुस गई। मैंने देखा कि वहाँ पर बहुत से जानवर अपने करतब दिखाकर मनुष्यों का मनोरंजन कर रहें हैं। मैंने वहाँ तुम्हारे माता- पिता को भी एक पिंजरें मे कैद देखा। मैं उनके पास तो नहीं गई। पर सोचा तुम्हें बता दूँ। मैं खुशी के मारे रोने लगा। मैंने कहा, मुझे भी देखना है अपने माता पिता को। मुझे अभी ले चलो वहाँ। चिड़िया ने कहा, यहाँ से उत्तर की ओर एक शहर है। जहाँ बड़ी बड़ी लंबी इमारत है। वहीं पर एक मैंदान में वह सर्कस लगा है। शाम होते ही वहाँ बहुत उजाला रहता है। रंग बिंरगे अलग अलग रंग के प्रकाश देनेवाले यंत्र वहाँ लगे हैं। जो मनुष्य द्वारा बनाया गया सूर्य है। वहीं पर एक बड़े से तंबू के अंदर बहुत से पिंजरे हैं। वहीं पर तुम्हारे माता- पिता कैद हैं। पर वहाँ जाना तुम्हारे लिए बहुत ही खतरनाक साबित हो सकता है। मैंने चिड़िया माँ से कहा, चाहे मेरी जान भी चली जाए। पर एक बार अपने माता पिता से मिलना चाहूँगा।

चिड़िया माँ ने कहा, बेटा अभी अँधेरा हो गया है और रात के समय है। मैंतुझे लेकर सुबह चलूँगी। तू अभी सो जा। मैंने कहाठीक है। मैं जाकर लेट गया और चिड़िया माँ भी अपने घोसलें मे सोने चली गई। मेरे मन मे जोरों का तूफान उठने लगा। मेरे माता- पिता का चेहरा मेरी आँखों के सामने आने लगा। मैं उठा और उत्तर की ओर दौड़ पडा। आज मेरे अंदर एक अलग सी फुर्ती थी थी। मैं एक डाल से दूसरे डाल, एक पेड़ से दूसरे पेड पर छलांग मारता हुआ आगे बढ़ने लगा। देखते ही देखते जंगल समाप्त हो गया। मेरे सामने अब खेतों का सिलसिला शुरू हुआ। जल्दी ही खेतों और मैंदानों को पार कर गया। मेरे सामने अब एक उजाले से भरा हुआ इमारतों का जंगल दिखाई दे रहा था।

जैसा चिड़िया माँ ने कहा था, वैसा ही शोरगुल से भरा हुआ शहर था। मैं देखते ही देखते एक इमारत पर चढ़ गया। मैं वहीं से छुपते -छुपाते चढ़ा, जहाँ अँधेरा अधिक था। मैंने चढ़ कर देखा तो सामने सड़क पर अनगिनत वाहन दौड रहे थे। जिसे मानव अपने मर्जी के अनुसार दौडा़ रहा था। इतनी लंबी लंबी इमारत और वाहनों को देखकर मनुष्य की बुद्धि पर बड़ी हैरानी हुई। पर यहाँ के वातावरण मे इतनी धूल और धुआं था कि स्वास्थ्य खराब हो जाए। मैंने यहाँ वहाँ नजर घुमाकर देखा तो सामने के मैंदान मे बड़ा सा तंबू लगा हुआ

था। वहाँ तंबुओं पर बहुत से जंगली प्राणियों के चित्र थे। मैं समझ गया कि यही वह जगह है जहाँ मेरे माता पिता को कैद करके रखा गया है। पर वहाँ बहुत उजाला था। वहाँ लोगों की भीड़ देखकर ऐसा लगा जैसे सारा शहर वहीं उमड़ पड़ा है। वहाँ छोटे बच्चों से लेकर बड़े बूढ़े भी थे। मेरा वहाँ जाने का उचित समय नहीं था।

मैंने सोचा क्यों ना यहीं थोड़ा विश्राम कर लूँ। जैसे ही भीड़ समाप्त होगी वहाँ चला जाऊँगा। मैं यहाँ वहाँ इमारत के छत पर टहलने लगा, तभी मेरी नजर सामने वाली इमारत पर पड़ी। वहाँ एक महिला कुछ कर रही थी। उसके पीछे की तरफ कुछ फल रखे हुए थे। मैंने सोचा, क्यों न थोड़ी पेट पूजा कर लूँ। बहुत दूर से आया था। थकान और भूख ने हाल बेहाल कर रखा था। मैंने झट से उस इमारत पर छलांग लगाई और उसकी खिड़की के सहारे अंदर घुसा। मैंने झट से कुछ केले उठाए और जाने लगा, तो जोर जोर से चिल्लाने की आवाज आने लगी। मैं डर गया। मुझे लगा उसने मुझे देख लिया पर यह क्या, वहाँ कोई नहीं था। मैंने अंदर झाँका तो देखा तो महिला अपने से बूढ़ी महिला पर चिल्लाकर कुछ कह रही थी। उसकी आँखों में क्रोध था पर बूढ़ी महिला की आँखों मे आँसू थे। मुझे उस बूढ़ी महिला पर दया आ रही थी। पर उस जवान महिला को नहीं।

मैं वहाँ बिना कुछ बोले झट से बाहर निकल गया। मुझे चिड़िया माँ की बातें याद आ गई। मैं झट से उसी इमारत पर पहुंच गया, जहाँ मैं पहले था। मैंने पेट भर के फल खाया और लेट गया। कुछ देर बाद जब मेरी आँखें खुली तो देखा कि अब उतना उजाला नहीं था। सड़कों पर वाहन भी नहीं थे। बस एक दो वाहन दिखाई पड़ रहे थे। मैंने उस मैंदान और तंबू की ओर देखा तो वहाँ पर भी भीड़ का नामोनिशान नहीं था। वहाँ पर भी अब कम उजाला था। यही मौका था, माता पिता को वहाँ से छुड़ाने का। मैं झट से इमारत से नीचे उतरा और उसी ओर दौड पड़ा। जल्दी ही मैं वहाँ पहुंच गया। द्वार पर एक व्यक्ति डंडा लिए सो रहा था। मैंने बिना आवाज किए धीरे से अंदर छलांग लगाई। वहाँ बहुत से छोटे- छोटे तंबू थे, जिसमें कुछ मानव सो रहे थे। मैंने देखा कि एक ओर हाथी की सूँड हिलती दिख रही है। मैं उसी तरफ बढ़ा। वहाँ पहुंचकर जब देखा तो वहाँ का नजारा बड़ा ही भयानक था।

वहाँ बहुत से प्राणी थे, जो पिंजरे मे बंद थे। इतने विशाल हाथी को भी उन्होंने जंजीरों से बाँध कर रखा था। मैं झट से पिंजरों मे झाँक- झाँक कर अपने माता- पिता को ढूंढने लगा। एक पिंजरा सामने ही था, जिसमें मेरे माता और पिता सो रहे थे। उनकी हालत देखकर

मेरी आँखों से आँसुओं की धारा बहने लगी। मैंने अपने मम्मी को आवाज दी, तो दोनों जाग गए। मुझे देखकर वह डरकर पीछे हट गए। पिताजी ने क्रोध में कहा, आगे आया तो जान ले लूँगा। मैंने कहा, हाँ ले लो जान अपने बेटे की। यह सुनकर मेरी मम्मी दौड़कर मेरे पास आ गई। पिंजरे से हाथ निकालकर मेरे सिर और चेहरे को सहलाने लगी। पिताजी ने मुस्कुराते हुए कहा, देखो! मेरा बेटा मुझसे भी ज्यादा सुंदर और बलशाली दिखता है।

मम्मी ने कहा, रहने दो तुम। मेरे बेटे को नज़र मत लगाना। पिताजी ने कहा, क्या एक पिता की नजर लगती है अपने बेटे को। मम्मी ने कहा, मैं रात दिन यही प्रार्थना करती थी कि मरने के पहले एक बार अपने बेटे को देख लूँ। आज ऊपर वाले ने यह इच्छा भी पूरी कर दी। अगर तुम आज नहीं मिलते तो यह सर्कस के लोग दो दिन बाद हमारी हत्या कर देते। क्योंकि हम बूढ़े हो चुके हैं, अब हमसे काम नहीं होता। अब हमारी जरूरत इन्हें नहीं है। मैंने कहा, आप लोग चिंता ना करें। मैं आप लोगों को कुछ होने नहीं दूँगा। मैंने पिंजरें का दरवाजा खोला जिसकी आवाज सुनकर दूसरे जानवर भी उठ गए। मुझे देखकर वह जोर- जोर से चिल्लाने लगे। उनकी आवाज सुनकर कुछ लोग वहाँ आ गए।

मैंने झट से मम्मी और पिताजी को बाहर निकाला। उन लोगों ने मुझे घेर लिया था। उसमें से एक व्यक्ति ने कहा, देखो! जिसे हम पकड़ना चाहते थे वह खुद ही यहाँ आ गया। दूसरे ने कहा, देखो! अपने परिवार से मिलने आया है। सभी जोर जोर से हँसने लगे। उनके मुखिया ने कहा, पकड़ो इसे और डाल दो पिंजरे में। शिकार खुद चलकर शिकारी के पास आया है। वह जैसे ही आगे बढ़े, मेरे माता पिता ने उनका पैर पकड़ लिया। यह देख मुझे अच्छा नहीं लगा। मैं क्रोध के मारे आग बबूला हो उठा। मैंने उन पर झपट्टा मारा। मैं अपनी शक्ति पहचानता था।

मैं कोई उनका गुलाम हाथी नहीं था जो अपनी शक्ति को भूलकर एक छोटे से खूँटे मे बँधा रहूँ। मैंने उन्हें उठा- उठाकर कर फेंकना शुरू किया। उन्हें काट काट कर घायल कर दिया। सभी के सभी डरकर भाग खड़े हुए। मैं अपने माता पिता का हाथ पकड़कर जंगल की ओर चल दिया। अब मेरा परिवार फिर से पूरा हो गया था। मैं, मेरी माँ और मेरे पिता खुशी खुशी रहने लगे। आज भी जब लोग उस जंगल को देखते हैं तो उन्हें मेरा खौफ सताता है।

www.ingramcontent.com/pod-product-compliance
Lightning Source LLC
LaVergne TN
LVHW060611051026
849519LV00002B/547

* 9 7 8 9 3 9 5 3 7 4 2 3 1 *